Amor y morriña

THEODOR KALLIFATIDES

Amor y morriña

Traducción de
Carmen Montes Cano
y Eva Gamundi Alcaide

Galaxia Gutenberg

SWEDISH
ARTSCOUNCIL

Esta traducción ha recibido una ayuda del Swedish Arts Council.

Título de la edición original: *Kärlek och främlingskap*
Traducción del sueco: Carmen Montes Cano y Eva Gamundi Alcaide

Publicado por
Galaxia Gutenberg, S.L.
Av. Diagonal, 361, 2.º 1.ª
08037-Barcelona
info@galaxiagutenberg.com
www.galaxiagutenberg.com

Primera edición: octubre de 2022

© Theodor Kallifatides, 2020, 2022
© de la traducción: Carmen Montes Cano y Eva Gamundi Alcaide, 2022
© Galaxia Gutenberg, S.L., 2022

Preimpresión: Maria Garcia
Impresión y encuadernación: Romanyà-Valls
Pl. Verdaguer, 1 Capellades-Barcelona
Depósito legal: B 12711-2022
ISBN: 978-84-19075-53-6

La vio todas las tardes de esa primavera. Iba con su hija, una niña delgada de seis o siete años que no paraba de hacer volteretas laterales y a la que fotografiaba con devoción. Casi apasionadamente, se podría decir, como si tratara de capturar en imágenes algo que no se apreciaba pero que ella veía. Cuando no estaba haciendo fotos, dibujaba con el mismo fervor. Él las envidiaba. A la madre y a la hija. El júbilo que las unía provocaba vibraciones en el aire que había entre las dos. A veces intercambiaban una sonrisa o se reían sin motivo.

Simplemente, eran felices.

Él no.

Se llamaba Christos L. y, para no parecer demasiado extraño, se presentaba como Christo. Estaba solo en su cuarto. Era 1966. Tenía veinticinco años y acababa de dejar atrás una época difícil. Ahora había una puerta que era la suya. En el escritorio descansaban unos libros y un cuaderno de notas. Era cuanto poseía.

Y ahora estaba también la desconocida de la cámara.

Vivían en la misma residencia de estudiantes. Ella con el marido y la hija y él solo como un perro sin dueño. La veía a menudo. A veces en el ascensor, a veces en la sala común de la televisión en la que se reunían por las noches para ver a los líderes de los partidos debatir con vistas a las próximas elecciones. Escuchar a Erlander, Ohlin, Hedlund, Hermansson e incluso Holmberg era algo así como una fiesta.

7

Una vez la vio salir de la sauna con el marido, y tenía la mirada azul claro enturbiada como las agua agitadas de una laguna. Se había envuelto despreocupadamente en una toalla blanca y le quedaba lo bastante suelta como para que se le viera el vello púbico al caminar. Aquella imagen se le fijó en el cerebro como una pegatina.

Ese semestre, Christo tenía que hacer el trabajo final de su especialidad, que era historia del pensamiento. Desde el instituto, había soñado con poder dedicarse durante un tiempo a las grandes corrientes de pensamiento y disfrutó de cada segundo en la universidad. Escribir un trabajo era otra cosa. ¿Sobre qué iba a escribir?

Su directora, Maria-Pia A. era tan joven como él, pero ya había redactado la tesina para la licenciatura y estaba trabajando en la tesis. Además de un intelecto brillante, poseía un buen corazón. ¿Por qué cruzar el río para coger agua?, dijo al tiempo que ponía unas piernas larguísimas en la mesita que había entre los dos. Estaban en su despacho, donde, como siempre, la acompañaban sus dos carlinos.

Él no entendía lo que quería decir.

–Hombre, pues escribe sobre un griego clásico. Seguro que de ahí sacas alguna que otra idea. Cuentas con la ventaja de que puedes leer el original. Solo eso ya tiene su mérito.

–Vale la pena pensarlo –respondió, y observó que había comenzado a hablar en estilo indirecto. Me estoy volviendo sueco, pensó, pero no importa. Nadie se dará cuenta.

El estilo indirecto establecía una tierra de nadie entre los interlocutores, aunque también entre el que hablaba y él mismo. «Vale la pena pensarlo» no es un compromiso, ni una promesa, tampoco una negación. No estás diciendo que te lo vas a pensar. Queda flotando en el aire, deja el horizonte abierto. Es cómodo y tranquilizador y, en el mejor de los casos, incluso cierto. La formulación perfecta para acuerdos exitosos.

De camino a casa, después de la reunión con la directora, pensó en Aristóteles, con el que había tenido una gran afinidad ya en el instituto, sobre todo porque su profesor apenas podía contener las lágrimas cuando hablaba sobre el filósofo. «Fue un pensador muy adelantado a su tiempo. Mientras los demás filósofos flotaban en las alturas por encima de las nubes, él iba pisando la tierra y observando las flores. Mientras ellos construían teorías acerca del todo, él investigaba cómo podía un hombre vivir una vida decente. Hablaba de la moderación, de la razón, de la amistad y de la justicia. Cuando su hijo Nicómaco murió a una edad demasiado temprana, se limitó a decir "sabía que era mortal" y se puso a escribir la Ética a Nicómaco. Definió los parámetros de la tragedia y es difícil encontrar una obra que no siga sus reglas o que las contravenga. Pero al final son sus reglas.»

Aquella misma noche, Christo tomó una decisión. Escribiría sobre Aristóteles, concretamente sobre la *kátharsis*.

La mujer de la cámara había aparecido de una forma muy inoportuna. No conseguía quitársela de la cabeza, pero había resuelto no ceder.

No iba a ser como Simeón el Estilita, el santo que vivió treinta años encima de una columna para eludir las tentaciones de este mundo y así estar más cerca de Dios.

Christo no llegó a estar más cerca de Dios, sino que hizo que sus estudios fueran lo primero de todo, y también lo segundo, y lo tercero. Luego venía lo demás. Le fue de gran ayuda la directora, la fascinaba el concepto de piedad que alentaba el mundo cristiano. Le gustaba la idea de escribir sobre la catarsis.

–¿Cuál sería el equivalente de la piedad en el mundo antiguo? –preguntó, y resultó un poco absurdo.

Dos personas jóvenes sentadas una frente a otra y hablando acerca de la piedad en un espacio donde la luz primaveral casi desnuda les inyectaba en el cuerpo y en el alma un anhelo que ellos mismos se prohibían experimentar.

–Las sociedades que carecen del concepto de piedad son bárbaras –dijo Maria-Pia, y se puso de pie.

Christo sintió que lo despachaba y Maria-Pia se dio cuenta.

–No te quiero echar, pero es que hoy tengo muchas cosas que hacer.

–No pasa nada –dijo él.

En realidad, era más bien lo contrario. Sí que pasaba, y mucho, cuando el deseo de abrazar a alguien estaba a punto de apoderarse de él y de apartarlo de su camino. Casi sin aliento, salió del despacho.

Un problema menos. El tema escogido no era casualidad. ¿De qué otra cosa iba a escribir si no de la catarsis? Su tierra, Grecia, era una tragedia. La vida política era corrupta y violenta, a los parlamentarios los compraban, los cambiaban y los volvían a comprar. El desempleo oscilaba entre el cuarenta y el cincuenta por ciento. Y no se trataba solo de la situación general, sino también de la suya personal. Se había convertido en una carga para sus padres, una carga para los buenos de sus amigos que lo invitaban a ir a cafeterías y restaurantes, aunque sabían que tendrían que pagarle la consumición. Era una carga para sí mismo y se estaba hundiendo lentamente en una ciénaga de deseos insatisfechos, de proyectos y sueños vanos, de enamoramientos sin esperanza y de calcetines llenos de agujeros.

Al final, no hubo más salida que hacer lo que hicieron su padre y, antes que él, el padre de su padre. Ellos emigraron, aunque se quedaron en los Balcanes. Christo era el primero que se marchaba muy al norte, a la tierra que en la Antigüedad llamaban Thule y, hoy en día, Suecia.

Corría el año 1964 y la primera época fue difícil.

Aceptó todos los trabajos que le ofrecían. Eran ocasionales, de corta duración y sin derechos. Él era una mercancía. Algunos patronos le hicieron proposiciones sexuales, otros gestos obscenos sin proposición. Uno quería meterla y el otro que se la metieran. Además, tuvo que cumplir con otras tareas no remuneradas como, por ejemplo, limpiarles la casa, lavar el coche, sacar al perro o regar las plantas. Esto último le gustaba. Le resultaba apacible estar con la manguera en la mano y ver cómo le iban saliendo arrugas al día. Le parecía que estaba madurando.

A veces lloraba, no porque le trajera consuelo, sino porque no podía contener el lamento que le henchía el corazón como el viento henchía las velas de Ulises. No dijo ni una palabra acerca de esto a sus padres, al contrario, les mentía; escribía cartas optimistas, y hasta chistosas. Nada sobre que no tenía ni una corona –literalmente, ni una corona– en el bolsillo. Que no tenía una vivienda fija y que dormía en casas de distintos compatriotas y, en ocasiones, en la estación central. Había días en los que no podía permitirse comer. El dinero que se había llevado se le acabó pronto, no eran tantas coronas, seiscientas para ser exactos. La cantidad que su padre pudo permitirse darle. Tomó el dinero y se marchó tan avergonzado que se pasó el viaje sin mirar a nadie a la cara.

Una noche, desesperado y debilitado por el hambre, fue a Humlegården, que por aquella época era escenario de encuentros rápidos y angustiosos entre hombres homosexuales. En Atenas también había un lugar así, en las proximidades del parque del Campo de Ares. Los señores de cierta edad bien situados se compraban hombres jóvenes o al revés, hombres jóvenes se vendían a señores de cierta edad bien situados. Se colocó junto a una farola y aguardó con la intención de venderse. Al cabo de un rato, cometió el error de apoyar la mano en el poste y sintió que se quemaba. No estaba ardiendo, todo lo contrario.

Hacía casi veinte grados bajo cero. Tenía helado el cuerpo entero, salvo el corazón, donde quemaba la vergüenza, y salvo el estómago, donde arrasaba el hambre. El sexo se le encogió y casi se le volvió hacia dentro. ¿Cómo se puede caer tan bajo? Trató de evocar un recuerdo bonito, algo que hubiera sido un consuelo en el pasado, y sonrió al pensar en su madre. ¿Qué diría si lo viera ahora? Ella siempre contaba que cuando nació era tan feo que se asustó al verlo, mientras que su padre se lo tomaba con más calma y decía: no tengas prisa, mujer. Antes de cumplir los treinta, será más guapo que un sol.

Y ¿qué diría su padre si lo viera ahora, temblando de frío, dispuesto a vender su cuerpo, despojándose de su alma como si fuera unos calzoncillos usados? Pasaron unos hombres, uno de ellos le agarró el escroto atrofiado, negó con la cabeza y le dijo a los demás «nada por aquí», se rieron y siguieron adelante. Todo él olía a hambre y a vergüenza. No tenía nada que meterse ni que meter. La ropa griega tan fina que llevaba le daba más frío que calor. Pasaban los minutos. Entonces apareció un caballero muy elegante, se paró y lo contempló con una mirada completamente neutral resguardada por unas gafas como las de Lenin. Un gorro de piel en la cabeza y un largo abrigo negro sugerían que el desconocido era adinerado y la proposición, tentadora. Cien coronas, no por un polvo, sino por diez azotes en las nalgas. Dijo exactamente en las nalgas, sacó una fusta corta y negra y prosiguió:

–Bájate los pantalones.

Ese fue el límite. Sin saber por qué, ese fue el límite. Vender placer era una cosa, vender el dolor era otra muy diferente. Tan bajo no pensaba caer. Despacio, arrastrando los pies como un viejo, empezó a alejarse de allí, mientras notaba la mirada del hombre desconocido en la espalda.

Ya había visto antes aquella mirada. En la policía, en la Oficina de Extranjería, en la tienda donde compraba. Era una declaración de nulidad. No vales nada. No importas nada. No eres nada. Además, ¿qué haces aquí? Vuelve a subirte al platanero. Lárgate. No queremos saber de ti. Nos son útiles tus manos. Nos es útil tu trasero. Pero no te hagas ilusiones. No eres uno de los nuestros. Nunca lo serás. Eres una cabra griega.

Eso decía aquella mirada.

Christos le había dado un nombre.

La mirada del exterminio.

Probablemente siempre hubiera existido. La tenía Alcibíades cuando redujo a cenizas la isla de Milos. La tenían los conquistadores españoles cuando se afilaban las espadas en las cabezas de niños de pecho. Era la mirada de Eichmann y de Beria. De la guerra de Troya a Auschwitz. ¿Qué lleva a un ser humano a ver a su prójimo como ganado? ¿O como un simple agujero en el que meter el miembro? ¿Parezco un agujero?, se preguntó. Quizá sí.

El frío, la luz tenue de aquellas farolas tan bonitas, las sombras que pasaban aleteando y el afilado silencio estaban a punto de acabar con él, y buscó refugio en el cuarto de la pensión donde vivía durante su primera época en Suecia.

Era muy tarde, la casera se iba ya a dormir cuando él entró en el angosto vestíbulo apenas iluminado.

–¡Pobre criatura, qué pinta tienes! –dijo horrorizada.

El cuerpo no le obedecía, se estremecía por dentro, le cedieron las rodillas y cayó despacio en la alfombra. La casera Carolina von H. no se puso nerviosa, sino que le estampó dos buenas bofetadas y lo volvió en sí, llenó la bañera de agua caliente y le ayudó a llegar hasta el cuarto de baño.

–El resto lo puedes hacer tú solo –dijo, y cerró la puerta al salir. Él se desvistió con las manos entumecidas y se metió en la bañera. Al principio le dolió, pero la sangre empezó a recorrerle las venas al cabo de unos instantes. Ya notaba menos el hambre, y la vergüenza también. Después de todo, no había sucumbido, aunque estuvo cerca. Solo él sabía cuánto. Empezaron a correrle las lágrimas, y él las dejó correr. No todo era tan negro. Al menos no mientras que hubiera personas como la casera. Qué mal la había juzgado.

Carolina von H. era la viuda de un coronel que había muerto en sus brazos a causa de un infarto fulminante. Tenía casi setenta años, aparentaba cincuenta, se movía como si fuera una treintañera y daba una sensación de desamparo total cuando Christo veía su frágil silueta andando por las amplias habitaciones, hojeando un libro o tocando el piano.

Se le antojaba difícil imaginársela limpiando la cocina o yendo a la tienda a comprar. Cada mañana seguía poniéndose guapa para sí misma y para su difunto marido, al que siempre se refería como El coronel, nunca de otra forma, y quería que se dirigieran a ella como La coronela. Sin embargo, no habitaba las brumas de una felicidad pretérita, sino que tenía la vida bien organizada. Vivir de la pensión de viudedad era complicado, de modo que decidió alquilar la habitación del servicio del enorme piso de la calle Karlavägen. Carolina von H. era cuidadosa, pero no pedante, amable pero no indiscreta, curiosa pero no entrometida.

Era la primera vez que conocía a gente de esa naturaleza, y estaba sorprendido y encantado a partes iguales. La burguesía sueca constituía para él un mundo nuevo. A veces ella accedía a que le hiciera compañía en el espacioso salón. En el transcurso de esas conversaciones, se dio cuenta de que El coronel había sido un nazi activo durante la guerra, pero ella lo despachaba con un «como todos en aquella época». Era como una moda, no un asunto del que preocuparse, y a nadie le preocupaba.

–Los suecos tenemos una larga tradición de posicionarnos de parte del dragón –dijo, y le dio un sorbo al jerez.

Suecia tenía bastante con «el peligro rojo», los comunistas y Stalin; la forma en la que pronunciaba la palabra *revolución* era incomparable. Conseguía que sonara como una enfermedad gastrointestinal. Echaron tierra sobre las simpatías para con los nazis. El mismísimo Hermann Göring estaba casado con una pariente lejana del coronel. Y ella, ¿era nazi? En absoluto. Le resultaban muy vulgares –esa es la palabra que usó–, aunque sus intenciones eran buenas. ¡Fuera la chusma! Judíos, comunistas, gitanos y mariquitas. De nuevo, esta última fue la palabra que ella usó.

A él no le afecto particularmente, pese a que él mismo era chusma, comunista y medio mariquita. Se estaba estupendamente en el cálido salón, viendo las brasas de la chimenea, viendo la nieve caer, oyendo la voz algo ronca de La coronela y pensando en su barrio de Atenas. El agua caliente de la bañera lo hizo entrar en calor. Las campanas de una iglesia dieron la medianoche. Se levantó, lo recogió todo al tiempo que La coronela lo llamaba desde la cocina. Se puso ropa limpia, fue y se encontró que la cena estaba servida. Dos huevos a la plancha con beicon y café molido muy cargado de la marca Arvid Nordquist Classic, lo que le señaló con insistencia. Estaba muy bueno. Ella lo observaba mientras él comía. Su madre hacía lo mismo.

Después se acostó y durmió quince horas seguidas. Cuando se despertó, La coronela le había conseguido un trabajo en el restaurante propiedad de unos conocidos suyos.

Nunca había hablado de esto con nadie, ocultó la vergüenza en su corazón, igual que el agradecimiento a su casera y el miedo a que la gente creyera que era su calientacamas. No era así. La coronela jamás le pidió otra cosa que la acompañara de cuando en cuando en el amplio salón para hablar de El coronel, los bailes y las celebraciones del Grand Hotêl, las vacaciones en Båstad y las cenas en el Stadshotellet y todos los jóvenes cadetes. ¿Nunca le fue infiel?, le preguntó él una vez. Aquello era una impertinencia y así se lo hizo saber ella. Pero, aun así, respondió: «¡Oh, no! Eso son cosas de mozos y criadas».

Christo vivió en casa de Carolina von H. casi un año, hasta que le concedieron la habitación en la residencia de estudiantes de Strix. No podía haber tenido mejor profesora para aprender sueco. Ella le señalaba cada fallo que cometía, le explicaba las diferencias entre conjunción y preposición, entre el posesivo y el reflexivo, y el valor de las palabras.

«Las palabras son como monedas. Las hay grandes y pequeñas: *hablar* es una moneda de cinco öre, *charlar* una de un öre, *cascar* no vale nada y *conversar* cuesta una corona. ¿Lo entiendes?», le preguntaba de vez en cuando. Había una diferencia entre arder y quemar; entre despertar y despertarse. Para él tenía una especial importancia, porque esas distinciones que no existen en griego. Ella siempre estaba ojo avizor con él.

«Los matices, muchacho. Sin ellos todo está perdido. El amor y el humor, el cariño y la ironía, la verdad y la hipocresía. Nuestras conversaciones se vuelven necias, anodinas, sin emoción. La lengua no lo es todo, pero todo es lengua.» Escucharla lo llenaba de paz. El mundo sueco se le abría de par en par y él le estaba profundamente agradecido. A veces, sus explicaciones eran pura poesía. «La bruma viene del mar. La neblina viene del cielo.» El mérito de que se matriculara en la universidad fue suyo. «Tienes buena cabeza. No voy a permitir que la eches a perder con la rutina y la indiferencia.»

Nadie le había hablado de esa forma. De un modo un tanto impreciso, estaba enamorado de ella, sobre todo después de acompañarla a los establos detrás del Estadio Olímpico. Tenía caballos. Siempre los había tenido. Su abuelo paterno solía coincidir con Hjalmar Söderberg cuando montaba por las mañanas en Karlavägen. Se le llenaban los ojos de lágrimas al recordar los paseos matutinos con El coronel.

«Formábamos un conjunto hermosísimo, los caballos y nosotros. La gente siempre se volvía al vernos pasar», decía. Cuando El coronel falleció, ella heredó su caballo de servicio, que se llamaba *Axel*. Y *Axel* era el caballo más bonito del mundo, con unos ojos amables y largas pestañas blancas y, además, le encantaban los besitos. Verla con *Axel* era casi una experiencia religiosa. Se transformaba en una joven de dieciocho años. La voz se le tornaba mimosa y decidida, montaba aquel animal extraordinario con audacia y con soltura; se le dibujaba en los labios una sonrisa que, de otro modo, nunca se veía.

«Dios mío, Coronela, creo que me estoy enamorando de usted», decía, y ella se alejaba cabalgando con una carcajada.

Cuando comenzó en la universidad, ella lloró de alegría. Le preguntó si podía ir a visitarla de vez en cuando y ella le dijo que sí, pero él nunca lo hizo. En ocasiones la echaba de menos, y una mañana leyó en el periódico que había muerto mientras daba un paseo a caballo. El corazón se le rindió en la silla de montar. *Axel* comprendió lo que había ocurrido y volvió al establo despacio y con cuidado. El familiar que escribió la necrológica la llamó «la última rosa de la burguesía sueca».

Christos fue al entierro, se mantuvo a cierta distancia y lamentó no haber tenido el valor de sostener en sus brazos a la última rosa.

Cuando todos se marcharon a casa, él se quedó y depositó en la tumba una gran rosa de un rojo resplandeciente.

Nunca le había hablado a nadie de aquello y, de pronto, sin motivo aparente, sintió el impulso de contárselo todo a la mujer que fotografiaba a su hija al otro lado de la ventana.

La soledad nos vuelve supersticiosos y lo accidental se convierte en nuestro destino. La mujer de la cámara entró en su vida llevada por un sentido que ninguno de los dos podía comprender aún.

La lavandería de la residencia de estudiantes no era el lugar más romántico del mundo, pero allí fue donde volvió a encontrarse con la mujer de la cámara.

El reloj marcaba las siete de la mañana. Llovía, el cielo se extendía como una gasa, oscuro y compacto. A la intensa luz de los fluorescentes aquellas lavadoras gigantescas parecían el cíclope Polifemo de la *Odisea*. Estaban solos. Más que solos. Estaban desolados, aún sin haberse despertado del todo, sumidos en sí mismos. Sin embargo, el corazón le latía más rápido por el simple hecho de tenerla cerca.

Se limitaron a intercambiar un «hola» y continuaron llenando las máquinas de prendas sucias. Él no tenía muchas. Unas camisas, algo de ropa interior y calcetines. La carga de ella, en cambio, era considerable. Ropa del marido, de la hija y la suya propia. Se quedó contemplando los montones pensativa, como si se preguntara por el sentido de la vida.

No quería molestarla. Al mismo tiempo, el silencio era incómodo, desagradable y lo obligaba a mirarla. Los movimientos que hacía al ordenar la colada en varias pilas eran lentos, metódicos y, a la vez, ingrávidos. No era la primera vez que hacía aquello. Aquí los calzoncillos del marido, allí sus bragas. La hija también tenía su montón, el más grande. El silencio fue creciendo, se volvió más palpable bajo la intensa luz de los fluorescentes. Christo trató desesperadamente de pensar en algo que decir. Al final se le ocurrió.

–¿Has decidido a quién vas a votar? –le preguntó deseando no haber abierto nunca la boca. Ella lo miró con los ojos como platos y se echó a reír.

–¡La peor manera de ligar que he oído en mi vida!

Habían roto el hielo. Como la mayoría de las mujeres jóvenes, tenía una amplia experiencia a la hora de ligar. Desde la pista de baile de Lycksele, donde se había criado, a las fiestas de la Facultad de Arte.

Se presentaron con un «hola» seguido de los nombres de pila, pero sin el apretón de manos.

Rania y Christo.

Ella tenía curiosidad por su país de origen, y resultó que le encantaba Grecia, aunque no había estado nunca, y le acabó preguntando que cómo lo hacía para aguantar sin el sol griego.

No era la primera vez que se lo preguntaban, y respondió simplemente:

–¿Quién ha dicho que aguante?

Ella sonrió y le indicó con un gesto que lo entendía. La verdad es que estaba harto de que le hicieran siempre la misma pregunta.

–Echo de menos Grecia todos los días –dijo.

Había dejado allí a la gente que quería, su lengua, que veneraba, su ciudad, que sin duda lo engañaba con todos aquellos turistas, pero a la que seguía adorando: las plazas y las callejuelas, los sencillos restaurantes con su aroma a albahaca y orégano. En pocas palabras, había dejado todo lo que constituía su vida, y la gente le preguntaba que si echaba de menos el sol.

En contra de su voluntad, parecía casi enfadado y beligerante.

No hemos empezado muy bien, pensó y, en el mismo segundo, Rania le dijo que tenía que marcharse.

–Gracias por el ratito de charla –dijo, abrió la puerta y salió. Tenía un rastro de ternura en la voz.

–Gracias a ti.

Una vez más quiso decirle muchas cosas, pero se calló. Pensó en Carolina von H. El ratito de charla, según su teoría, era una moneda minúscula, quizá una de cinco öre. Pero no si venía de Rania.

Se alejó por el largo corredor subterráneo con pasos ligeros y silenciosos, como si caminara sin pisar el suelo.

Tuvo la sensación de que la iba a perder para siempre. Era insoportable.

–Tenemos que volver a vernos –gritó.

Pero ella no respondió, no se detuvo. No era seguro que lo hubiera oído.

Los siguientes días, Rania estuvo desaparecida. Christo la buscó por los pasillos, en la lavandería, en la sala de la televisión, en el supermercado. No estaba. La única conclusión lógica era que a ella no le importaba, que se había olvidado de él o que ni tan siquiera recordaba que se hubieran visto, pero por alguna razón que no se explicaba, no se rindió. Entonces se la encontró inesperadamente en el estrecho sendero que conducía al bosque cerca de la residencia, no sola, sino con el marido y la hija.

El marido era rubio, alto, con una mirada azul, limpia. Los padres llevaban a la niña de la mano a cada lado y la levantaban a la vez con un balanceo que la hacía reír con un entusiasmo desmedido; no era tan gracioso, pero a los mayores se les contagiaba la risa. Parecían felices, contentos y satisfechos hasta tal punto que Christo sintió remordimientos. ¿Por qué incordiarlos? ¿Por qué irrumpir en su vida?

Rania lo saludó con un gesto discreto, que él correspondió con la misma discreción mientras el marido sonreía amablemente y le preguntaba:

—Eres el griego de la segunda planta, ¿verdad? Yo soy Matias.

Había otro griego, el amigo de Christo, Thanasis, que estudiaba en Empresariales.

—Vive enfrente y nos vemos a menudo. Habla muy bien de ti —prosiguió Matias.

—Me alegro. A mí él también me cae genial.

Rania miraba a los dos hombres con una sonrisa indulgente, como si estuvieran haciendo teatro por ella.

—Thanasis me ha contado que juegas al ajedrez.

—A veces.

Christo respondía brevemente, rozando lo desagradable por miedo a que lo descubriera. Por el mismo motivo no se atrevía a mirarla. ¿Le habría contado a su marido algo sobre el encuentro en la lavandería?

—Pásate alguna tarde, si puedes. Yo también juego y no tengo con quién —le propuso Matias.

—Sería estupendo —dijo Christo, y extendió la mano, que Matias recibió con calidez y apretó vigorosamente, se podría decir que casi con sadismo, sin dejar de sonreír.

Christo también se despidió de Rania, pero no le estrechó la mano.

Tenía miedo de tocarla.

Se separaron. La pareja continuó hacia su casa, y él se adentró en el bosque. Ella no había dicho nada acerca del encuentro en la lavandería. Era una buena señal. Lo podría haber mencionado, habría sido del todo natural, vivían en la misma residencia. Se alegró de ese silencio cómplice. A sus ojos, había dejado al marido fuera.

A medida que avanzaba en el interior del bosque, crecía el silencio. Lo disfrutaba al tiempo que le resultaba amedrentador, como si los pinos y los abetos le susurraran. Estás solo. Muy solo. Completamente solo.

En una ocasión, cuando era joven de verdad, había leído *Pan*, de Knut Hamsun, en el que el protagonista no es feliz hasta que se encuentra en lo más profundo de un bosque, donde ningún ser humano puede dar con él. Christo no quería vivir en el bosque, sino que hubiera gente a su alrededor y, en particular, una persona, Rania, que andaba con pasos ligeros, que ya estaba casada con otro hombre y que tenía una hija con él.

¿Qué iba a hacer? ¿Qué debería hacer?

Sin ser consciente, comenzó a andar más y más rápido, como para distanciarse de Rania y de sí mismo. La cabeza no le obedecía, y seguía dándole vueltas y vueltas a lo poco que había sucedido entre los dos, apenas era nada, solo un poco de amabilidad, no había razón para precipitarse, hacer castillos de arena. De repente, no sabía dónde estaba. ¿Dónde había terminado? ¿En qué dirección debía seguir? No tenía ni idea. Su vida y su realidad se habían fusionado.

Me he perdido, murmuró, y resolvió continuar todo recto; no pasó mucho tiempo hasta que, para su sorpresa, la residencia apareciera a unos cien metros de distancia.

Había ido en círculos. Se sintió tentado de interpretarlo simbólicamente, pero decidió achacárselo a su mal sentido de la orientación. Era capaz de perderse en su dormitorio, incluso en su cuerpo. Quería rascarse la oreja y acababa rascándose el culo. De vuelta en su cuarto, vio a Rania y a su hija por la ventana. La niña estaba jugando. Rania le hacía fotos. La vida seguía su curso. Respiró aliviado.

Pasó un tiempo. Durante el día trataba de escribir el trabajo. No le resultaba fácil. Su sueco no era lo bastante bueno. La directora tenía mucha paciencia. Anota lo que quieres decir de la manera más sencilla posible. Después veremos qué podemos hacer. Pero ¿qué era lo que quería decir?

Mientras tanto, se vio obligado a pedir ayuda médica para el dolor de cabeza constante. Resultó que necesitaba gafas. Con el préstamo de estudiante no le llegaba. Debía encontrar un trabajo.

Estaba cansado y no podía dormir. Tenía a Rania en la cabeza tanto por la noche, cuando intentaba conciliar el sueño, como por la mañana, cuando intentaba despertarse. Había una persona con la que podía hablar del tema. Su amigo Thanasis, a quien también le había encomendado la honorable tarea de cortarle el pelo sin que él fuera ningún maestro peluquero, pero salía gratis.

El corte de pelo se desarrollaba de la siguiente manera. Christo se sentaba en un taburete dentro de la ducha sosteniendo un espejo. Thanasis se colocaba detrás tijeras en mano, iba levantando el pelo con el dedo índice y el corazón y le preguntaba ¿quitamos esto de aquí, querido amigo? Por supuesto, respondía Christo. Y así repasaban toda la cabeza, incluso por la parte de atrás con ayuda de un espejo más pequeño que sujetaba Thanasis. El resultado no era peor que si hubiera ido a una peluquería sueca, donde te esquilaban como a una oveja.

A Christo le tocaba barrer los mechones del suelo y, acto seguido, los dos hombres se bebían una cerveza rubia que él llevaba. Ese era el pago.

Así fue también ese día. Thanasis no tenía los ojos de adorno.

—¿Cómo estás? —preguntó vacilante, puesto que le preocupaba la respuesta.

—Creo que no puedo más —contestó Christo, y suspiró profundamente.

Se habían terminado la cerveza. Se quedaron sentados en silencio un buen rato. Así es la amistad. Escuchas a tu amigo aunque no hable. Al cabo de unos instantes, Thanasis cogió la cartera y sacó una fotografía amarillenta de una mujer mayor vestida de negro de pies a cabeza. Falda negra hasta los tobillos, blusa negra, chaleco negro. Tenía las dos manos enflaquecidas apoyadas en un bastón y miraba directamente a la lente de la cámara, como dispuesta a cualquier cosa.

–¿Quién es?

Era la abuela materna de Thanasis, y la foto la había tomado él mismo cuando fue a visitarla a su pueblo, donde vivía sola, para despedirse de ella, besarle la mano y recibir su bendición para el viaje a Suecia.

–¿Sabes lo que me dijo? Escúchame bien. Es importante. Me dijo: aquí estaré también cuando vuelvas. ¿Te das cuenta? Esa es la clase de gente de la que descendemos, amigo mío. No nos rendimos.

El padre de Christo siempre decía lo mismo. Seguramente todos los griegos lo dicen.

No nos rendimos.

–No me refería a eso –contestó–. Lo que quiero decir es que me estoy enamorando irremediable y desesperadamente de tu vecina Rania.

Thanasis dio un respingo.

–Pero si está casada. Tiene marido y una hija.

–Lo sé.

Entonces le habló de su encuentro en la lavandería, de su encuentro en el bosque, de todas las tardes que la veía fotografiando a su hija.

–No me la puedo quitar de la cabeza.

Thanasis fue tajante.

–No te queda más remedio.

–Lo sé.

–No eres ningún ladrón y, aunque lo fueras, la felicidad no se puede robar.

–Es verdad. No soy ningún ladrón.

Con esas palabras, se despidieron para volver a sus estudios.

–Una cosa. ¿Cuál es su puerta? Él me dijo que sois vecinos.

–La puerta del final del pasillo. ¡No vayas a hacer ninguna tontería!

Christo le prometió que no haría ninguna tontería y cumplió su promesa, pero no pudo evitar acercarse hasta su puerta. Un cartelito de color alegre anunciaba que allí vivían Matias, Rania y Johanna B. La tríada sagrada. Padre, madre, hija. Oyó una risa de mujer que provenía del interior del apartamento. Debe de ser ella, debe de ser Rania la que se ríe, pensó, y lo invadió la vergüenza de estar escuchando a escondidas. Se prometió solemnemente que la dejaría en paz, que la olvidaría, que nunca más pensaría en aquellos ojos verde claro, en aquel cuello estilizado y en su caminar liviano.

Thanasis tenía razón. La felicidad ni se puede ni se debe robar.

Pasó una semana. Pasaron dos semanas. Christo debería dejar en paz a Rania, pero eso no significaba que no pudiera jugar al ajedrez con el marido. ¡Dios santo! Todo tiene un límite. A él gustaba el ajedrez, al marido le gustaba el ajedrez, de modo que jugamos al ajedrez y ella queda al margen.

Así iba argumentando, a veces en su contra y a veces a su favor. Al final había logrado engañarse a sí mismo hasta tal punto que, cuando llamó a la puerta con el corazón acelerado, se sorprendió de que fuera Rania quien le abriera. Ella, en cambio, no mostró ningún asombro, como si lo hubiera estado esperando. Matias se alegró al verlo y le estrechó la mano de la misma forma medio sádica que la vez anterior. Era posible que Rania también se hubiera alegrado; enseguida se puso a preparar café. La hija, en cambio, no se alegró, sino que se aferró a su padre mientras lanzaba miradas de preocupación a Christo, como si viera algo que nadie más percibía. No le respondió cuando él le preguntó cómo se llamaba o qué edad tenía.

–Nos lo contará cuando quiera –dijo Rania.

Se sorprendió un poco, pero no dijo nada. Aún no entendía lo que ocurría en su nuevo país, en el que la emancipación de la mujer iba de la mano de una pedagogía cuyo objetivo era que los niños se volvieran independientes y autónomos de los padres y del resto del mundo adulto. Él simpatizaba con esos movimientos. Todos necesitábamos un poquito más de libertad. Pero ¿cuánta más?

Matias no se tomaba el ajedrez a la ligera. La cuestión radicaba en si era posible tomarse el ajedrez a la ligera.

–Hay que cumplir las reglas. Pieza que se toca, pieza que hay que mover –dijo cuando Christo hizo ademán de deshacer una jugada.

La vida es más sencilla que el ajedrez. Nos tocamos, nos cogemos, nos acostamos unos con otros sin necesidad de mover nada en absoluto. Christo llevaba sin jugar al ajedrez desde que se fue de Grecia. Pero el compañero de clase que le había enseñado también le recomendó un muy buen hábito: sentarse sobre las manos. De ese modo, evitabas jugadas prematuras e irreflexivas.

Lo del reloj era peor. Nunca había jugado así antes. Continuamente se le olvidaba pulsarlo. Matias se lo advertía con severidad.

–¡El reloj!

Disponían de veinte minutos cada uno. A Christo el tiempo se le pasaba volando sin darse cuenta. Por más que intentaba concentrarse en el juego, era consciente de la presencia de Rania en la habitación, oía sus pasos, levantaba la vista del tablero para mirarla, allí inclinada sobre su cuaderno de dibujo. Llevaba un turbante blanco que le recogía el pelo, una camiseta sin mangas y unos pantalones vaqueros cortos. Daba igual. Podría ir vestida con un saco y llevar ceniza en el pelo. Nada ocultaría o ni tan siquiera mitigaría el deseo que la rodeaba y del que ella no parecía darse cuenta. ¿De verdad no lo notaba? Tal vez sí. En todo caso, Matias no daba señales de que le importara. No cometió ningún error y ganó muy pronto la primera partida, y Christo estaba más concentrado en qué sucedería si se agachaba y le besaba los labios levemente separados que en si estaba a punto de perder la torre.

No obstante, Matias fue un buen ganador. Le dijo a Rania que Christo había jugado bien, aunque algo lento. Ella no parecía muy interesada y se limitó a preguntarles si querían otra taza de café. A Matias no le apetecía, mientras que Christo respondió que le encantaría repetir.

–Qué bien hablas sueco –dijo Rania, y él se lo tomó como si ella hubiera dicho que quería besarlo. Un hombre enamorado es, por norma y sin razón, optimista.

Después ella se dirigió a Matias, le alborotó el pelo y le volvió a preguntar. Esta vez él le contestó que sí.

El mágico equilibrio que se da en una pareja, el saber cuándo un no es un sí en reposo, quizá no sea muy excitante, pero sí muy valioso. Purifica el aire, rebaja la presión, incentiva la paz. Es el viento favorable de la vida compartida.

Jugaron tres partidas. Christo las perdió todas.

Matias no era un ganador que se regocijara en la derrota del otro.

–Se tarda un poquito en cogerle el punto –se limitó a decir.

Acordaron volver a verse pronto, pero Christo no pudo evitar preguntarse dónde se estaba metiendo. ¿Qué pretendía hacer? Era evidente que Matias y Rania se encontraban bien juntos. Resultaba imposible saber si ella era feliz, pero él desde luego que sí. Su hija se sentó con él y lo miraba como enamorada. Tal vez lo estuviera. Rania, en cambio, era como un gato. Sin prestar una atención excesiva, Christo vio lo cómodos que estaban el uno con el otro. Le parecía fácil imaginarla acostándose a su lado por las noches, y despertándose a su lado por las mañanas, con la intimidad despreocupada de una vida conjunta que había comenzado hacía mucho.

¿Por qué iba él a entrometerse?

Los observó casi a escondidas. Vio su casa y a su hija, la cama de matrimonio en el dormitorio, cuya puerta estaba abierta, y pensó en su madre.

Jamás he tocado a ningún hombre que no fuera tu padre, solía decir. Él no la creía, pero nunca se lo confesó.

Aquel que destruye una familia carga con el delito mientras vive, decía ella. Eso tampoco se lo creía. Se rompen familias todos los días. La gente se separa. No son pelícanos. Pero no le replicaba. Una vez le preguntó:

Si te enamoraras de otro, ¿qué harías?

Me tragaría el corazón.

¿Que qué tenía que ver Rania con su madre? Nada. Vivían en mundos distintos. El deber y la fidelidad en uno, la libertad y el deseo en el otro. Él soñaba con un mundo en el que todo eso estuviera vigente al mismo tiempo. Personas libres e independientes que reconocen sus deberes y cuidan su amor.

¿Qué derecho tenía él a meterse en sus vidas? Si realmente la amara, dejaría que viviera en paz esa vida que ella misma se había procurado. Era lo que debería hacer. El amor no busca lo suyo.

Cuando se levantó para marcharse, ya había tomado una decisión.

Matias se despidió, cogió en brazos a su hija, que se había quedado dormida, y la llevó a su cuarto. Rania acompañó a Christo hasta la puerta. No sabía qué decir y eligió lo más convencional.

−¡Gracias por todo!

Ella le abrió la puerta. El pasillo estaba vacío y oscuro.

−El sábado doy una fiestecilla con varios amigos. Vente, si quieres y puedes.

No esperó a que respondiera, sino que extendió la mano y le pasó el dorso por la mejilla con una suavidad inefable. No era una caricia, era la fracción de una caricia. Un gesto ligero como el aire que, sin embargo, lo colmó de vida y de deseo y de dudosas expectativas. Después ella entró y cerró la puerta con cuidado.

Christo pasó toda la noche en vela. Era de manos delicadas, pensó. Igual que su madre. No hacía ruido. No le gustaba que la gente guardara silencio, en cambio, el silencio sí le gustaba mucho.

¿Qué significaba esa caricia tan ligera como una pluma?

¿Que quería consolarlo de todas sus derrotas o que solo quería tocarlo, sentir la barba de un día antes de dar el siguiente paso?

Iba de un lado para otro por sus doce metros cuadrados. La Biblia comienza con Eva y Adán. Solo ellos dos. No tienen hijos. Ni tan siquiera saben que pueden tenerlos. No tienen padres ancianos, ni vecinos. Viven en el paraíso. Solos. ¿Cómo es posible que consideraran esa unión impuesta como el colmo de la felicidad? ¿Cómo es posible que elevaran a la condición de paraíso perdido de la humanidad una existencia igual a la de una planta cualquiera? Lo que el relato del paraíso transmitía en realidad era que el hombre no debía buscar el amor.

Las cosas se habrían desarrollado de otra forma si llamaran al paraíso lo que de verdad era: una cárcel sin ventanas, la auténtica maldición de Dios, la pesadilla del ser humano.

Le ardía la mejilla después de aquel roce fugaz.

—¡Rania, Rania! —susurró dos veces y, por si acaso, otras dos veces más. No dijo en voz alta lo que pensaba:

«Sea como sea, debo vivir sin ti.»

Hacia el alba, cuando el cielo se teñía de rojo por el este, logró calmarse al fin y se sumió en un sopor sin sueños.

Siempre le habían disgustado las fiestas, no podía con ellas. Le parecía que se perdía a sí mismo, como si hubiera firmado un contrato vinculante con un número desconocido de personas para, entre las nueve y la una del sábado por la noche, ser sociable y feliz, espiritual e inocente, coqueto y despreocupado, beber más de lo que podía tolerar, bailar con entusiasmo pero controlado, en resumidas cuentas, fingir ser quien no era durante cuatro horas. Por si fuera poco, con el marido y los amigos de Rania. Seguramente se emborracharía, no entendería sus bromas y la música le resultaría casi insoportable. ¿Cómo iba a disfrutar del pop europeo o americano cuando se había criado con Theodorakis y Hatzidakis desde niño? Cuando había escuchado las canciones de poetas como Seferis, Ritsos, Elytis, Gatsos, Eleftheriou.

Tendría que verla bailando desenfrenadamente con unos y otros, mientras que él carecía de aptitud para menear el trasero. La tocarían, pegarían sus caderas a las de ella, pondrían las manos sobre sus hombros desnudos, la acariciarían a escondidas, quizá le susurraran proposiciones atrevidas o cosas peores, quizá ella hubiera estado con alguno o algunos de ellos y, cada vez que desapareciera de su vista, él sentiría vértigo.

Estaba claro que no debía ir. Además, tenía que escribir el trabajo.

Al día siguiente, lunes, fue a pie desde Huvudsta hasta la universidad para reunirse con la directora Maria-Pia, pero no en su despacho sino en un banco del parque. El sol resplandecía y la directora estaba aprovechando para broncearse las piernas.

Por aquella época había en el contexto académico dos argumentos fatales: «No entiendo exactamente a qué te refieres». Lo decían con gesto afligido. Ese era uno. El otro era: «Creo que estás mezclando cosas diferentes». Este lo decían con una sonrisa maliciosa. Esos dos argumentos se consideraban el colmo de la perspicacia y podían tumbar a cualquiera. Así que los usó contra el pobre Aristóteles.

—No entiendo exactamente a qué se refiere —comenzó a decir, pero la directora, la elegante Maria-Pia, lo interrumpió.

—Eso no tiene por qué ser culpa de Aristóteles —le contestó, y Christo se quedó cortado. Se molestó, lisa y llanamente.

—Además, mezcla cosas diferentes —prosiguió. La directora se rio de buena gana.

—Dios mío, te estás volviendo más sueco que los suecos.

Él se molestó aún más y ella se dio cuenta.

—Venga, no te enfades. Si es cierto que no entiendes bien lo que quiere decir, desarróllame en el trabajo qué es lo que no entiendes. Si es cierto que está mezclando cosas, escribe qué cosas son las que está mezclando y por qué no se pueden mezclar, y entonces habrás hecho un buen trabajo. Es todo lo que te pido.

Fue una buena reunión, y le dio algo en lo que pensar durante todo el camino de vuelta a casa. Se sentó al escritorio, trabajó durante varias horas, se comió unas sardinas con salsa de tomate para cenar y se fue a la cama muy temprano. No había pensado mucho en Rania. Aquello era un alivio. Pero no un consuelo.

La mañana siguiente, al abrir los ojos, lo primero que le vino a la cabeza fue Rania. Ella sentada dibujando en pantalón corto. En cómo le caía el pelo sobre la frente, en cómo subía y bajaba el pecho con la respiración. Se le endureció el sexo y se levantó de un salto de la cama y se puso a hacer flexiones como en la mili.

La luz del sol se filtraba en la habitación por una abertura en el estor y le rozaba el cuerpo con la misma suavidad con la que ella le acarició la mejilla hacía dos días. Se miró el sexo, meneó la cabeza con gesto compasivo y dijo pobre, ¡te espera otro día de abstinencia!

Después se rio de su miseria y se puso de buen humor. Al mismo tiempo, se preguntaba por qué se reía. Otros en su lugar estarían llorando. Tal vez fuera la luz, tal vez fueran las aves que gorjeaban. Tal vez fuera la constatación de que hay pocas desdichas de las que no podamos reírnos.

Se dirigió a la cocina comunitaria, se preparó una buena taza de café y volvió a su cuarto, abrió la Olympia, la máquina de escribir que acababa de comprar, y tecleó la primera frase del trabajo:

La tragedia del ser humano es que no le es dado buscar el amor.

Y ahí se estancó. Tenía montones de pensamientos rondándole la cabeza, pero no conseguía transformar ninguno en una frase inteligible. Estuvo así tres horas y escribió dos páginas que tuvo que tirar a la papelera. No eran buenas. Ni siquiera eran malas. Todavía peor, eran anodinas.

Lo invitó a comer Thanasis, que, además de ser un peluquero insuperable, también era un cocinero excelente y había preparado su famoso guiso de judías verdes, zanahorias, cebolla, ajo, patatas y salsa de tomate. En aquel mejunje se estaban cocinando lentamente dos sabrosas chuletas. Tenía un sabor delicioso, tenía sabor a hogar y olía a orégano y tomillo.

Christo había resuelto no hablar de Rania, pero mientras disfrutaba allí sentado de la comida de su amigo le pareció mezquino no abrirle el corazón. Tenemos amigos para confiarles nuestros secretos, no para ocultárselos. Así que se lo contó todo, incluso la caricia ligera como una pluma y la invitación a la fiesta.

Thanasis lo escuchaba en silencio mientras masticaba un palillo de dientes, porque había dejado de fumar hacía poco. A pesar de ello, le dio con evidente satisfacción un par de caladas a la pipa de Christo y expulsó el humo por la boca y la nariz después de retenerlo en los pulmones un buen rato, como hacen los viejos en Grecia. No fuman. Se comen el humo.

–No sé qué hacer. La deseo, más de lo que nunca he deseado a ninguna mujer.

Thanasis negó con la cabeza.

—Creo que no deberías ir. Matias es un amigo.

—¿Y eso qué quiere decir?

—Quiere decir que no vamos detrás de las mujeres o las novias de los amigos.

Eso era verdad, sin duda.

—Tienes razón –dijo.

—Pues piénsalo bien. ¿Cómo ibas a volver a mirarlo a los ojos? ¿Cómo ibas a ser capaz de estrecharle la mano? Te abrió la puerta de su casa. No te vas a meter en su cama como un escorpión. Ni toda la lujuria del mundo lo justificaría.

—La gente se separa.

—¿Estás seguro de que es eso lo que quieres? ¿Que se separe? ¿Que deje a su marido, a su hija, su vida para compartir tu miseria? Si te importara de verdad, la dejarías en paz.

A menudo tenían discusiones encendidas. Thanasis estudiaba en Empresariales y creía de todo corazón en el libre mercado y el capital, al tiempo que en las cuestiones morales era un verdadero pequeñoburgués. Christo no creía ni en el capital ni el derecho de propiedad de los hombres, como el marxista convencido que era.

—La luz proviene del este, querido amigo –solía decir, lo cual no significaba que las palabras de su amigo no le afectaran. Era como volver a escuchar a su madre.

¿Iba yo a abrirme de piernas para otro hombre que no fuera tu padre? Preferiría que me tragara la Tierra, decía.

¡El amor es ciego, mamá!

Ciego no es. Ve, y ve muy bien, solo que a veces bizquea.

Thanasis no era tonto. Vio que Christo dudaba.

—Cuando no tenemos razón es cuando encontramos los mejores argumentos. De todos modos, yo te recomiendo que te lo pienses bien y no te precipites. Pero ahora tengo que volver con Schumpeter.

Se despidieron y Christo regresó a su cuarto y a otra tarde más de desconsuelo. Había irrumpido la primavera. Le dolía el corazón, le dolía el cuerpo. La primavera griega es un poco triste. Lo primero que uno piensa es que no tardará en terminar. La sueca, en cambio, alberga tanta fuerza y tanta fe en sí misma como los primeros cristianos. Conquistará los días y las noches con aromas y rumores, con el fluir del agua y la explosión de los arbustos. Estar afligido en medio de aquel esplendor no era natural, era una blasfemia.

Recordó unas líneas de Seferis que le encantaban.

> Con qué coraje, con qué aliento,
> con qué deseos y pasión
> tomamos nuestra vida: ¡qué error!
> Y la vida tuvimos que cambiar.[1]

Medio tumbado en aquella cama tan estrecha, anheló encontrarse en otro lugar. Estaba a punto de irrumpir en la vida de otras personas y eso era un error. ¿Podría cambiar la vida?

Los pensamientos se le agolpaban uno tras otro como una caravana de orugas. Un poco asquerosos, lentos, pero resueltos a llegar donde se habían propuesto. Iba pasando el tiempo. Primero llegó la tarde, después la noche, luego las horas de las pesadillas, finalmente el alba. Estaba agotado, sudoroso y olía a cabra vieja.

Tenía que olvidarse de Rania.

Al mismo tiempo, pensaba en ella durmiendo, con la boca entreabierta junto a su marido, en cómo se abrazaban al amanecer, antes de que la niña se hubiera despertado; y notaba que le ardía todo el cuerpo.

¿Cómo se describe la falta de amor físico? El no sentir otro cuerpo junto al tuyo, el estar siempre solo en la cama como si fuera un ataúd.

1. Fragmento del poema «Negación», de Yorgos Seferis, *Poesía completa*, Alianza, 1989, trad. Pedro Bádenas de la Peña.

Las muchachas de la universidad pasaban por delante de él, a veces a toda prisa, a veces lentas y soñadoras, como rumbo a ninguna parte. ¿Por qué no lo miraba nadie? ¿Por qué no veían su deseo? ¿O sí que lo veían y justo por eso lo evitaban?

Hacía casi un año que no estaba con nadie. Se levantaba con aquel anhelo en el cuerpo por las mañanas y se dormía con él por las noches. El mismo sueño volvía noche tras noche. Que nadaba con mucha facilidad y deleite, cuando en la realidad era lo contrario. Desde la infancia le aterrorizaba el agua y se hundía a las profundidades.

En los sueños, en cambio, tenía el control absoluto de su cuerpo y del agua. Una joven nadaba a su lado, no utilizaba traje de baño, sino un vestido de colores igual que el que su madre se ponía cuando iba a comprar y llevaba su cuerpo por bandera. El vestido solo era un pretexto para exhibirse. Lo mismo ocurría con la mujer del sueño. El vestido se le pegaba al cuerpo. Se le endurecían los pezones, la larga melena rubia se extendía alrededor de la cabeza. En cuanto él se acercaba y trataba de tocarla, ella desaparecía y él se despertaba con los ojos llenos de lágrimas.

«Ni en sueños puedo estar con una mujer», pensó, y recordó todas las caricias vacilantes de la adolescencia que no solo le trajeron placer, sino que también constituían la confirmación de que él era real. Alguien podía tocarlo. Era la prueba de que existía. La única prueba. El resto eran delirios y las ideas de siempre.

Pese al respeto que le tenía al gran Descartes, no estaba de acuerdo con su conocida máxima: *cogito, ergo sum*. Pienso, luego existo.

Eso no demostraba que el ser humano existe, demostraba que, si existe, tiene cerebro.

La máxima de Christo era otra.

Me tocan. Luego existo.

Durante ese tiempo sin amor desapareció de sí mismo, se volvió invisible, era como si no existiera. Evitaba sentarse enfrente o al lado de mujeres jóvenes en el autobús o en el metro. Parecían, al contrario que él, satisfechas, cómodas consigo mismas, sin un deseo prohibido en la mirada, mientras que su cuerpo lo traicionaba y él luchaba por ocultar su excitación y se presionaba el sexo como si quisiera pulverizarlo. La falta de amor lo hinchaba por dentro, no cabía en su propio cuerpo, comenzó a desatender las rutinas diarias: afeitarse, lavarse el pelo, cepillarse los dientes.

¿Por qué cuidar un cuerpo que nadie deseaba?

Una mañana, en la cocina comunitaria del pasillo, se encontró con Rolf, que se estaba especializando en tratamiento de aguas y alcantarillado en el Real Instituto de Tecnología. Christo se dirigió a él con una euforia enfermiza después de la noche de insomnio y le pidió consejo. ¿Cuál era la mejor manera de desechar un corazón?

Rolf provenía de Jämtland y se tomó la pregunta al pie de la letra.

–Los corazones no se pueden tirar en ninguna parte. Hay que enterrarlos, de lo contrario puedes atascar el desagüe.

Christo se echó a reír.

–Bravo, Rolf. Acabas de salvarme.

Rolf meneó la cabeza y lo miró amable y extrañado.

Christo regresó a su cuarto y volvió a abrir a Aristóteles, decidido a enterrar su corazón entre las páginas del libro.

No logró su propósito. Después de cada párrafo, hacía una pausa y pensaba en el frescor de la caricia de Rania en la mejilla, u oía su voz tranquila, siempre un tanto ambigua, o veía su caminar ligero y sus preciosos brazos, o todo a la vez.

¿Qué le importaba a él la catarsis mediante la compasión y el miedo? Y ¿qué significa catarsis? ¿Era lo mismo que la absolución del cristianismo? O que los hombres y mujeres protagonistas de la tragedia se reconciliaban con su destino y el público sentía un gran alivio, como cuando uno se sumerge en un baño de agua caliente después de un largo día en el campo: al principio quema un poquito, pero después te acostumbras rápido y cuando sales eres un hombre nuevo, inocente y puro.

Aquello no era del todo cierto. Había visto tragedias y había sentido pena y compasión, pero nada de purificación. Como en Antígona, por ejemplo. Todos eran dignos de lástima. Ella, que muere sin haber hecho el amor con un hombre; también su prometido, que no fue capaz de superar su muerte y se quitó la vida; era digno de lástima Creonte, que quería ser un rey justo, pero se vio obligado a convertirse en su verdugo.

Yo no nací para odiar, sino para amar, dice Antígona antes de que la entierren viva.

¿Dónde estaba la catarsis? ¿Dónde estaba el consuelo?

No en la tragedia, sino en la quinta planta de la residencia de estudiantes donde, a esa hora, Rania estaría despertándose desnuda junto a su marido.

Así discurrían sus pensamientos. Como es lógico, no escribió nada.

Tragedia significa canto del macho cabrío. Eso encajaba muy bien con él. Era un macho cabrío rebosante de deseo que no podía cantar.

No se rindió y trató de volver a concentrarse en sus estudios, daba paseos largos hasta que caía rendido de cansancio en la cama. No servía de nada. Una sed insaciable le embargaba cuerpo y alma. Cuando llegó el sábado, hizo todo lo que había ido dejando de lado. Se afeitó con esmero, se lavó el pelo y se dio una buena ducha. De las dos camisas que tenía, eligió la blanca y unos vaqueros, y llamó a su puerta con el corazón bombeándole en el pecho.

Cuando ella abrió, no dio crédito a lo que veía. Esperaba que el apartamento estuviera repleto de amigos, que hubiera música y baile desenfrenado. Lo había invitado a una fiesta, pero allí estaba ella, sola, vestida con un mono de trabajo embadurnado de pintura de distintos colores y pincel en mano, como si fuera una rosa.

Habían aplazado la fiesta. Matias se había ido a casa de sus padres con la niña. Pasarían allí la noche.

Se la había imaginado con una falda larga con una raja en lugar de los sempiternos vaqueros, y que olería a Je reviens, no a pintura.

–¿Estás decepcionado?

Le sonrió vacilante, insegura.

–No, para nada. Más bien lo contrario. No soy muy de fiestas.

–En realidad, yo tampoco.

No era cierto, pero era lo que sentía en ese momento.

–¿No vas a pasar?

Dudó.

–Parece que estás ocupada.

–No... Bueno, sí, pero igual puedes echarme una mano.

El salón se le antojó diferente sin el marido y la hija. Se veía más aburrido, un poco desolado. Ella también parecía diferente, angustiada y nerviosa. Tenía la voz más afilada, el dialecto más marcado. La sensación de que, ahora que me he metido en el juego, voy a jugar.

–¿Quieres tomar algo?

Él asintió. Rania se dirigió a la cocina y volvió con dos copas de vino blanco. Rebajó el suyo con agua. Eso le permitió hacer un comentario, que los antiguos griegos siempre mezclaban el vino, solo los bárbaros lo bebían puro.

Así se relajó un poco el ambiente.

Se veían esparcidos por el suelo dibujos y fotografías de hombres y mujeres desnudos. También algunas imágenes de Matias y su hija.

–Qué bonitos –dijo él.

–Es mi tesina. El tema es la desnudez. ¿Qué opinas además de que son bonitos?

Se lo pensó un poco antes de responder.

–Espero que no te lo tomes mal, pero a mí me parece que ninguna de esas personas está desnuda. Solo son personas sin ropa, salvo tu hija. Ella sí que está desnuda.

Rania se levantó del taburete y se acercó a él, tanto que notó su respiración.

–Ah, ¡gracias! Nadie podría haberlo dicho mejor. Esa es exactamente la sensación que tengo yo. Son modelos profesionales. Para ellos, la desnudez es solo una indumentaria más. Lo que quiero retratar es otra cosa, personas que se entregan vacilantes a la mirada ajena. Quiero descubrir la vergüenza, el miedo y la excitación. Por ejemplo, mira a mi marido en esta. Es guapo, hasta su polla lo sabe y se levanta como un signo de exclamación al final de una frase.

Christo se rio.

–No te rías. No puedo exponer algo así, es absurdo –dijo volviendo a su taburete y apoyando la cabeza en la palma de las manos.

Pasaron unos minutos. Él no tenía nada que decir y se limitó a darle otro sorbo al vino con la esperanza de que le viniera alguna idea, pero la única que se le ocurrió fue la peor de todas. Besarla. Así que no hizo nada, y se quedó sentado en la silla, callado y excitado. Después ella levantó la cabeza, lo miró y le preguntó en voz muy baja:

–¿No podrías hacerme de modelo?

¿Había oído bien? ¿Quería decir que tendría que sentarse desnudo delante de ella como si nada? ¿Es que no veía lo mucho que la deseaba?

–Matias solo se quita la ropa, no se desnuda. Llevamos casados siete años. No siente mi mirada, no le preocupa. Me ofrece su cuerpo como el que ofrece una manzana pelada. Y ya está. Y a mí me pasa lo mismo.

–Por favor...

Lo miraba suplicante, pero también con una chispa en los ojos.

Está buscando algo. Igual que yo. Está escribiendo su trabajo final con imágenes. Aquel pensamiento lo tranquilizó al tiempo que la idea de posar desnudo ante ella lo excitaba. Pero no quería acceder sin que antes le diera una respuesta a la pregunta que le quemaba los labios.

–¿Por qué me acariciaste la mejilla el otro día? ¿Fue porque parecía el perro sin amo que soy? ¿Fue solo compasión?

Rania no dudó.

–En absoluto. Lo hice porque me gustabas, de repente se me ocurrió, sin más propósito ni segundas intenciones. Estabas tan mono… Mi marido te acababa de castrar jugando al ajedrez, te vi indefenso, no como un perro, pero sí quizá como un sapo. ¿Eres capaz de entenderlo o es que todo lo que tú haces tiene un significado y un objetivo?

Parecía un poco enfadada.

–Tocas a un hombre y ya te están pidiendo el certificado de autenticidad –añadió.

Sin decir nada y para demostrar su buena voluntad, él comenzó a quitarse los calcetines, puesto que había leído en alguna parte que no había una visión más ridícula que la de un amante desnudo con los calcetines puestos. Ella no dejaba de tomar fotografías. Después se quitó la camisa, luego los vaqueros, y finalmente se quedó en calzoncillos.

–¿Esto también? –preguntó con voz ronca.

Ella asintió.

Se los bajó. Tenía una erección.

–Dios mío, ¿cómo es posible que se mantenga así de tiesa? –dijo con una risita, y continuó sacando fotos con más entusiasmo todavía.

Christo se marchó de Grecia cuando tenía veintitrés años. Se había enamorado un par de veces y alguna que otra chica también se había enamorado de él. Todos los encuentros eran secretos, él siempre estaba asustado y nunca se desnudó. Lo mismo ocurría con las chicas. Nunca las había visto desnudas y ellas nunca lo vieron desnudo a él. Se miraban y se tocaban el cuerpo por partes. Se buscaban en la oscuridad con manos trémulas de deseo, y también de miedo a que los sorprendieran. Recordaba esas relaciones con cariño, pero también con asombro, pues, sin volverse perversas, fueron capaces de resistir una falta de libertad semejante. ¿Cómo iba a crecer ese árbol tan delicado sin agua ni sol? Se reunían por amor y se separaban por miedo.

Así era la vida al comienzo de los sesenta, cuando abandonó Atenas, los suburbios con multitud de plazas y con el extenso cementerio, y dejó en casa de sus padres una cama vacía, una silla inútil y una pena amarga.

Aquellos pensamientos le bullían por dentro mientras trataba de mantener la postura. Le tenía envidia a su sexo. Que quería levantarse, pues se levantaba. Que no quería levantarse, pues no se levantaba. No pedía permiso.

También Rania se lo miraba.

–Ay, ¿por qué no tendré yo una de esas? –dijo como lamentándose, y le arrancó una carcajada. Ya empezaba a relajarse la tensión entre los dos. Se quedaron absortos en sus pensamientos y Christo se puso a pensar en los caracoles, que llevan la casa a cuestas y se esconden en ella al menor contratiempo. Él no quería esconderse. Le gustaba cómo lo miraba, sin exterminarlo, sin negarlo. Al contrario. Lo convertía en un ser más real de lo que era. Lo convertía en arte. También le gustaba verla trabajar. Trazar una línea y borrarla, sonreír satisfecha o hacer una mueca de descontento. Él acataba obedientemente sus instrucciones. Gira la cabeza, gira el cuerpo, mira aquí, no mires aquí. Trabajaba muy concentrada y le había empezado a sudar la frente. De vez en cuando tomaba un trago de vino rebajado con agua y él se planteaba la posibilidad de abalanzarse sobre ella, pero las cadenas invisibles de su mirada lo inmovilizaban.

Nunca había vivido nada semejante. ¿Era así como se sentían las mujeres, expuestas como estaban a su mirada? ¿Cómo lo soportaban? ¿O acaso no lo soportaban?

Transcurrió algo más de una hora sin que dijeran nada. Su excitación primera se había enfriado visiblemente. Se le había encogido el sexo, tenía los hombros caídos y estaba sentado con la cabeza inclinada hacia delante. Se sentía como si quisiera llorar o desaparecer. El cansancio se apoderó de sus extremidades, se hundió en sí mismo como una piedra en un cubo de aceite de oliva.

–Mírame –le dijo, y él la miró. Tenía la cara medio oculta detrás de la cámara, pero su cuerpo estaba allí, vivo, cálido. Un hilo de sudor le corría entre los pechos y él no pudo resistir. Allí estaba, toda ella. Autosuficiente. Envidiaba esa autosuficiencia, ese reposo del cuerpo en sí mismo. No necesitaba a nadie. No deseaba a nadie. Hizo ademán de acercarse, pero ella se apartó bruscamente sin decir nada, y tampoco hacía falta que lo dijera.

Con la poca voluntad que le quedaba en el cerebro, se levantó y se vistió.

Ella no protestó.

–Tienes razón. Los dos estamos cansados –se limitó a decir, mientras le alborotaba el pelo con dedos fuertes, rápidos.

–A Matias le deben encantar tus manos –dijo él.

–A él no. Pero su perro estaba loco por mí.

Se rieron un poco, la despedida no fue tan triste.

Lo acompañó hasta la puerta y antes de que ella la cerrara, él ya se había arrepentido de marcharse, pero era demasiado tarde.

No cogió el ascensor para ir al segundo, donde se encontraba su habitación, sino que optó por bajar las escaleras contando los peldaños solo para tener algo en lo que pensar. Seguramente Orfeo hiciera lo mismo cuando descendió al inframundo para rescatar a Eurídice. Cada paso lo acercaba a ella. En el caso de Christo era al contrario. Cada paso lo alejaba aún más de Rania.

¿Qué estará haciendo ahora?, pensó. ¿Estaría dándose una ducha o bebiendo más vino? ¿Estaría pensando en él? ¿Sería solamente un modelo desnudo más? ¿Una sátira mediterránea desprovista de toda virilidad? ¿U otro trabajador extranjero desprovisto de su dignidad?

Una cosa era cierta. Iba a resultarle difícil ser lo que había sido. Su nueva vida exigía algo más. Debería convertirse en otro hombre y en otra persona. Debía abandonar aquella sociedad sexualizada de la que venía y donde había crecido, e incorporarse a una sociedad de consideraciones e intercambios más o menos racionales. No creía que una fuera mejor que la otra. Las dos empequeñecían al ser humano.

Como para reforzar lo sombrío de su estado de ánimo, las luces de la escalera se apagaron de repente, tal y como estaban programadas. Pero la señal de la salida de emergencia seguía encendida. Esa era la diferencia entre Grecia y Suecia. La oscuridad era la misma en los dos países. Pero en Grecia no tenían salidas de emergencia iluminadas.

Acababan de dar las doce de la noche cuando por fin llegó a su pasillo. Vio encendidas las luces de la cocina comunitaria y se dirigió allí. Se encontró a Rolf sentado comiéndose una tostada de pan de centeno. Sus bonitos ojos tristones se animaron enseguida.

—Se te ve totalmente hecho polvo. ¿Quieres una tostada?

La primera vez que Christo probó el arenque casi vomita. La segunda vez vomitó. La tercera vez se lo comió como hay que comérselo, con queso curado, una buena tostada de pan de centeno y, por supuesto, con un chupito de aguardiente repugnante, y se redimió y se convirtió en un fanático del arenque.

—Qué pan más rico —dijo con la boca llena. Lo cierto es que estaba muerto de hambre.

—Es de mi región —contestó Rolf.

Lo dijo con un tono de orgullo.

Se quedaron sentados en silencio un ratito, masticando despacio. Los dos hacían ruido. No había forma de comer aquel pan crujiente sin que se oyera. A lo mejor tampoco es esa la idea.

—La noche de los corazones solitarios —dijo Christo.

Rolf se puso de pie.

—Bueno, al menos ahora somos dos —respondió, como si contestara a una pregunta que él mismo se hubiera hecho.

Se fue a su habitación y volvió con una botellita de aguardiente. No había que dejar nunca las bebidas alcohólicas en el frigorífico comunitario.

—Y ahora vamos a echar un trago. Nunca bebo solo.

—Es una mala costumbre —dijo Christo.

El alcohol surtió efecto rápido. Sintió un borboteo de alegría en el corazón y cierta ternura por aquel tipo serio y solitario que tenía sentado enfrente.

—¡Joder, Rolf! Yo estoy solo un sábado por la noche porque soy extranjero. Pero ¿a ti qué te pasa?

No esperaba una respuesta inmediata. Tampoco la obtuvo, y le pareció que se estaba entrometiendo.

—Perdona —se disculpó—. No es asunto mío.

Rolf hizo un gesto como quitándole importancia, como pidiéndole que no dijera tonterías.

—Mi novia, que está en Lule, ha roto conmigo. Hoy mismo. Me ha llamado para decirme que ha conocido a otro. Que ya no siente mariposas en el estómago cuando piensa en mí.

Hablaba con la voz calmada de siempre, aunque un poquito más rápido. Tenía un cerebro diésel. Aceleraba despacio y con seguridad.

—¿Y tú qué le has dicho?

—Que se bebiera un vaso de agua con gas. No sentirás el cosquilleo de las mariposas, pero sí el de los pedos. Me he cabreado un montón. No debería haberme cabreado tanto, pero ya está.

No parecía nada cabreado.

—Y ahora, ¿qué?

–Pues ahora nos vamos a tomar otro chupito. Y luego me tengo que ir a la cama de todas formas. Mañana será otro día.

Christo recordó de repente una cosa que afirmó Teócrito doscientos cincuenta años antes de Jesucristo.

Si tienes paciencia hoy, mañana todo irá mejor. Eso mismo le dijo a Rolf, y se despidieron tan solos, tan tristes como antes, aunque con menos frío en el corazón.

Naturalmente, era incapaz de dormir. Además, quería fumar. Abrió la venta de par en par y encendió la pipa. Se acordó de un amigo que solía decir que podría dejar de fumar, pero no privarse del placer de encender una cerilla o un mechero: esas llamas pequeñitas eran suyas, sus faros particulares que iluminaban los misterios de la vida y el amor.

El cielo se extendía despejado e infinito. Le guiñaban las estrellas. ¡Qué insignificantes eran sus preocupaciones! Qué vanas sus esperanzas. Del apartamento contiguo provenían unos gemidos discretos que le arrancaron una sonrisa. Dos personas que se unían bajo aquel cielo inmenso. Se tocaban. Existían.

Ese era su problema.

¿Por qué no se había quedado con ella en su apartamento? Porque se sintió ofendido y humillado. Porque se sintió como cuando estaba recién llegado a Suecia. A merced de la mirada de los demás, como si fuera un animal extraño. Había veces en las que quería gritar con todas sus fuerzas. No me miréis así, hombre. Soy una persona, un bípedo implume, como decía Platón.

La mirada azul claro de Rania se deslizó por él como si fuera agua. Lo mejor sería que la olvidara. La sola idea le provocaba dolor. Por lo demás, no era el único que sufría en la vida. Había mucha gente que sufría, y por cosas peores que la indiferencia o porque los miraran con curiosidad. Madres que pierden a sus hijos, personas que pierden la salud, a las que hacen prisioneras y torturan con látigos y hierros candentes. Debería más bien enfadarse consigo mismo por su lamentable falta de perspectiva, y se leyó la cartilla.

¿Cuándo piensas volverte sensato y razonable, tesoro?, se preguntó igual que solía preguntarle su abuelo materno.

Cuando las grajillas sean blancas, respondía exasperado.

Sin amor y decepcionado consigo mismo, se sentó delante de la ventana a esperar la luz del día.

Jean Jacques y Emelie se convirtieron en sus empleadores. Llevaban un bar francés modesto en la calle Oxtorgsgatan, en pleno centro de Estocolmo, pero no muy transitada. La gente no pasa por allí. Hay que ir expresamente. Christo fue porque buscaban personal. Su bar se había puesto de moda en muy poco tiempo y necesitaban otro par de manos. Solicitó el puesto pensando en las gafas y en el verano, cuando no cobraba el préstamo de estudiante. Hacía unos años que habían implantado aquella reforma extraordinaria que transformaría Suecia. Durante el verano, la mayoría de los estudiantes volvían a casa de sus padres y alquilaban su habitación a través de una agencia que había puesto en marcha un joven estudiante indio.

Christo no podía hacer eso. No se podía permitir viajar a Grecia. Lo único que podía hacer era quedarse allí y encontrar un trabajo.

Lo contrataron enseguida, sobre todo porque Jean Jacques no era capaz de trabajar con nadie que no hablara francés. Hablaba un sueco muy rudimentario y, además, incomprensible, ya que siempre acentuaba la última sílaba. A Christo, por ejemplo, lo llamaba Christó, que en griego es el nombre de Jesucristo. Pero ya Dostoyevski se queja en su novela *El jugador* de esta costumbre francesa. Por lo demás, era fácil que te cayera bien Jean Jacques. Era elocuente, caballeroso, incluso frívolo a veces, pero siempre con buenos modales. Por otro lado, Christo había aprendido francés con su profesora del instituto, la señora Orlova, una griega de Odesa cuya belleza encendió en su día todos los corazones.

Emelie era de Hökarängen y fue sobre todo ella la que escogió a Christo, puesto que su madre era inmigrante griega.

–No es que conozca a los griegos, pero sí que conozco a mi madre –le dijo con una risa tímida, que, como pronto comprobaría, era su forma de terminar la mayoría de las frases. «Nos hacen falta más platos, Christo, ji, ji, ji» o «¿El baño está limpio, Christo? Ji, ji, ji». Le cayó bien de inmediato, con la misma naturalidad con la que te gusta una mañana hermosa.

Su turno empezaba a las cuatro de la tarde, el bar cerraba a las once y él terminaba una hora después. Jean Jacques compraba la mercancía y preparaba la comida, Emelie la servía y Christo hacía el resto. Recogía los platos, los fregaba, limpiaba, sacaba la basura. Cuando terminaba con esas tareas, se cambiaba de delantal y ayudaba a Emelie. Tomaba los pedidos, entretenía a los clientes durante un rato, lo cual le resultaba bastante agradable, ya que el bar se había convertido en un sitio fijo para muchas estudiantes que aprendían francés en la universidad.

La mayoría eran muy atractivas, se movían con elegancia y soltura. Jean Jacques salía a veces de la cocina, hablaba con ellas, les besaba la mano y les lanzaba miradas elocuentes. Lo adoraban y él se sentía como pez en el agua. Era como una pantomima y a Emelie no parecía preocuparle. Su amor quedaba por encima de todo, como el copete de Strindberg.

Estaban orientados el uno al otro, como ventanas abiertas en un callejón de Nápoles. Ella era incapaz de pasar a su lado sin darle una palmadita en el culo. Él, en cambio, era más comedido, hundía la nariz en su pelo y aspiraba el aroma profundamente. Hacía lo mismo con la carne y el pescado, con las verduras, los dulces, el pan. Con los ojos entornados y los labios fruncidos, determinaba la calidad de la materia prima o de los platos, decidido a no permitir que pasara nada que su nariz no apreciara al cien por cien.

Christo se lo describió a Thanasis, quien después de pensarlo, dijo muy serio:

–El dios de los franceses debe de ser cocinero.

Era un domingo de mayo, Christo había solicitado el puesto, lo había conseguido y había comenzado a trabajar esa misma noche. Por aquel entonces las cosas podían funcionar así. Aquella noche resultaría ser especial. Emelie, que además de guapa era dulce, sonreía con todo el cuerpo y Jean Jacques tenía en el rostro la misma expresión que un gato que acabara de engullir un pez de colores.

Estaba claro que habían hecho el amor esa tarde.

Christo sintió un poco de envidia. Había posado desnudo delante de Rania, y se había marchado de allí más desnudo todavía. Lo lamentaba amargamente. Quizá fuera demasiado tarde. En cualquier caso, la ventaja era que no tenía remordimientos, no había pasado nada entre los dos, nada que no hubiera pasado con otros modelos. Con todo, eso no era exactamente así. Ella había visto su deseo, el aire se adensó entre ellos. ¿Cómo se puede decir entonces que no sucedió nada? Algo había sucedido. La puerta al jardín del deseo estaba entreabierta, pero no para dejarlo pasar, y él se había conformado con eso, sin protestas, sin súplicas. Podía sentirse satisfecho de sí mismo, pero no. La echaba de menos.

O tal vez todo fuera un malentendido por su parte. Rania solo quería hacer su trabajo. Esa sexualidad resplandeciente no era más que una forma de mantener al modelo de buen humor. No era imposible.

O sea, que se sentía muy triste allí cargando el lavavajillas. En la cocina hacía calor. Había poco espacio. A cada paso que daba tenía que hacer una maniobra. En cuanto volvía la mirada se encontraba con Jean Jacques o con Emelie.

Eran las nueve y el comedor estaba completo. No había más de diez mesas y parecía que todo el mundo se conocía. Todos eran francófilos. Palabras y frases en francés salpicaban sus conversaciones. Jean Jacques estaba radiante de felicidad, viviendo su sueño. Entonces sacó una botella de champán de su reserva privada y salió al comedor para intercambiar unas palabras con los clientes. Era algo que solía hacer. Aquella noche fue diferente. Se colocó en el centro del comedor sin decir nada. Todas las conversaciones cesaron de inmediato. Las miradas de los comensales se volvieron expectantes hacia él.

–Esta noche pensaba pediros un favor. Emelie y yo cumplimos tres años juntos. Por eso, nos gustaría que os tomarais una copa de champán con nosotros. ¿Qué os parece?

Recibió un cálido aplauso por respuesta. Emelie se encontraba al lado de Christo.

–¡Tres años! ¿Te lo puedes creer? –le dijo, y él fingió que no podía imaginar tal cosa. Ella se puso contenta y lo abrazó, olía muy bien. Después salieron al comedor con copas de champán y se reanudaron los aplausos seguidos de palmaditas en la espalda, enhorabuenas y elogios por tan maravillosa sorpresa.

Christo también bebió champán, aunque añoraba la retsina. Es lo que pasa cuando eres un simple campesino, como lo llamaba Thanasis. Pero incluso ellos tienen un alma, y su alma echaba tanto de menos a Rania que le costaba respirar.

¿Volvería a verla?

Los últimos clientes se marcharon a casa. Christo retiró todo y barrió el comedor. Emelie y Jean Jacques recogieron animosos la cocina. Al final, todo quedó listo. Jean Jacques sacó otra botella de champán.

–Ven, Christó, vamos a tomarnos una última copa.

Nada en el mundo conseguiría que pusiera el acento en la sílaba correcta del nombre Christo.

Era una noche delicada, serena, con una luz suave en medio de la oscuridad.

–Nos alegra que estés aquí con nosotros –prosiguió alzando la copa.

–¡Sí, desde luego! –dijo Emelie–. Tienes un talento natural para esto.

En eso tenía razón. Muchos griegos se han visto obligados a desarrollar un talento natural para ser camareros. Cuando Christo se marchó de Grecia, el trabajo de camarero era uno de los pocos a los que podían aspirar los hombres y mujeres jóvenes, salvo que contaran con contactos en las altas esferas, y él no los tenía. También podían trabajar de conserjes combinándolo, como era frecuente en aquella época, con un encargo para la policía secreta.

Dios, cómo nos espiaban, pensó. Quería volver a su habitación, a sus apuntes sobre la purificación del alma, pero también quería sentarse con ellos, verlos hablar en confianza, como si estuvieran intercambiando secretos. Se miraban a los ojos, se reían sin razón aparente, apoyaban en la mesa las manos entrelazadas, los dedos de ella eran finos y los de él ligeramente más gruesos y oscuros.

Emelie se transformaba en otra persona cuando hablaba francés. Dudaba mucho, le surcaba la boca una expresión amarga, la sonrisa le desaparecía de los ojos. Buscaba las palabras un poco como los niños cuando hacen un rompecabezas, con algo de impaciencia, elevando la voz, que se le volvía más estridente, casi gruñona.

Esto llevó a Christo a preguntarse si él también sufría el mismo tipo de transformaciones cuando hablaba sueco. ¿Se volvería más gruñón, más combativo, menos refinado? ¿Cuánto de su verdadero yo quedaría cuando cambiaba de idioma? A veces decía la misma frase en sueco y en griego. No delante de otros, sino en su casa, a menudo frente al espejo en la ducha. *God morgon*, le decía a su imagen, y después *kalimera* en griego. Había una diferencia considerable. En griego, la voz se le tornaba más grave, le nacía de lo más hondo, no forzada, y libre como un arroyo, mientras que en sueco se le volvía chillona, lastimosa y perdía su musicalidad, como la de una corneja.

No basta con aprender una lengua. También hay que cambiarse las tripas. Lo colmaron las dudas acerca del futuro. El viaje desde Grecia distaba mucho de haber finalizado. El país y la lengua seguían viviendo en su cerebro y en su corazón, en sus gestos y en su humor, en su deseo y en todas sus elecciones.

¿Cuántas de estas cosas tenía que reemplazar y desechar como se desechan las uñas después de cortarlas?

De repente sintió cierta simpatía por Jean Jacques, que ni tan siquiera trataba de hablar sueco. Pero más simpatía aún despertaba en él la valerosa Emelie, que se había lanzado de cabeza al abrazo de un extranjero que, con toda probabilidad, nunca dejaría de serlo.

Se conocieron de pura casualidad en Francia, en la modesta ciudad costera de Honfleur, en Normandía. Emelie tenía dieciocho años, acababa de terminar el instituto y su madre, obsesionada con la formación y con elevadas ambiciones sociales, le había regalado el viaje. Era muy importante que aprendiera francés. Todas las personas civilizadas hablan francés, decía la madre. Y que su única hija lo hablara y no fuera una ignorante era más importante todavía.

De modo que Emelie se fue a Francia en tren. Le llevó su tiempo, pero finalmente llegó a Normandía y Honfleur. Cerca del centro encontró una habitación en la pensión La hora azul. No pudo resistirse al nombre. La propietaria, una mujer mayor a la que no le quedaban dedos en los que ponerse más anillos, elogió su francés y le dio una bonita habitación en la tercera planta. Desde la ventana veía el mar.

Disfrutó de las vistas durante un rato, después se dio una ducha rápida, se metió en la falda más corta que tenía y salió a la ciudad, feliz por ser joven, por ser libre, por estar sola. Dirigió sus pasos o, más bien, sus pasos la dirigieron hacia el puerto pesquero y hacia las estrechas callejuelas que ascendían trepando por las colinas. La mayoría de las tiendas vendían especialidades normandas. Solo conocía el Calvados y le compró una botella a su padre.

En el exterior de un sencillo edificio no muy alto, había un joven sentado tocando la guitarra. La gente pasaba por delante de él. Algunos le daban una moneda, otros no le daban nada. Emelie le dio una moneda. «Merci, Madame», le dijo él con un marcado acento americano, y un escalofrío le recorrió todo el cuerpo a Emelie. Era la primera vez que la llamaban *madame*.

Escuchó la melodía que estaba tocando y la reconoció. O sea, era imposible confundirla. Se trataba de una pieza de Erik Satie, que ella misma había machacado en la escuela francesa de Estocolmo. Era «Después de la lluvia», que nunca le había interesado, pero que ahora, esa tarde, en aquella ciudad desconocida y en aquella soledad tan placentera, la cautivó.

Era como oír que se le rompía el corazón, dijo.

Quedó fascinada por la sencillez y la intimidad del compositor francés. Además, resultó que el edificio era el lugar de nacimiento de Erik Satie. Allí creció y desde allí oía su propia música mientras que bajo su ventana, en la calle, la vida transcurría, el mar cambiaba las aguas tranquilas por el oleaje de la tormenta y caía la lluvia.

No quería marcharse de allí y se sentó en una cafetería del puerto. Por todas partes había gente vendiendo pescado, venía del mar un olor intenso, el sol empezaba a ponerse. Era feliz. El cuerpo le burbujeaba con los dieciocho años que había cumplido, le hacían cosquillas, la impulsaban a sonreír a todo el que pasaba por su lado, quería más, mucho más. Tamborileó con los dedos en la mesa de la cafetería y tarareó «Después de la lluvia» mientras esperaba al camarero.

Era Jean Jacques.

–En cuanto lo vi, lo supe.

–¿Cómo? ¿Cómo lo supiste y qué es lo que supiste? –preguntó Christo, que había pasado por lo mismo cuando conoció a Rania.

Emelie se mordió el labio un poquito, se ruborizó y respondió muy seria:

—¿Cómo sabemos que mañana también saldrá el sol?

No se esperaba una respuesta así y no se le ocurrió nada que decir. Emelie trató de explicarse algo mejor.

—No sé muy bien qué es... No es el olor, como muchos dicen... No es el aspecto. Es todo eso y otra cosa, algo más... Algo así como un milagro.

Tenía las mejillas encendidas e incluso se había olvidado de terminar con la risita de siempre.

Jean Jacques, nieto de Voltaire, no había participado en la conversación, pero ahora le parecía que debía intervenir.

—Es lo que solemos llamar lujuria —dijo.

Se quedaron callados. Emelie se lo tomó muy a pecho. Christo también. Menospreciar la fuerza del amor era del cinismo más extremo.

—El amor mueve montañas —terció.

—Es más fácil hacerlo con dinamita —replicó cortante el defensor francés del racionalismo.

Emelie fue al servicio, lo que anunció explícitamente, según la costumbre sueca.

Christo aprovechó la ocasión.

—Partimos de que el amor no es un milagro. Entonces, ¿qué es? ¿Por qué Emelie es el tuyo?

Jean Jacques se revolvió en el asiento.

—Trabajaba de camarero en Honfleur porque quería visitar el gran cementerio americano de la guerra. Tienes que ir en algún momento. En ningún sitio se comprende mejor que allí el sinsentido que es la guerra. Sea como fuere, en el trabajo veía cientos de caras cada día. Dulces, bonitas, interesantes, sexis, emocionantes. Y entonces llegó Emelie y no se parecía a nadie. Lo primero que pensé es que quería pasarme el resto de mi vida viendo aquel rostro. Era cándida, no puedo encontrar una palabra más apropiada. No arrastraba la pena que el resto llevamos. No se ocultaba, pero tampoco era coqueta. Ella era ella y nada más. Autosuficiente como un manantial en el bosque. Era joven de una manera en la que ni tú ni yo lo hemos sido. Nacemos con arrugas en el alma. Pero ella no.

Naturalmente, Jean Jacques estaba hablando francés, con lo que le preguntó con desazón.

–¿Entiendes lo que trato de decirte?

Christo lo entendía todo sin estar seguro de si Jean Jacques tenía razón. No creía que Emelie fuera tan inocente, nadie lo es. Ella también llevaba su lastre, pero no se notaba porque no quería que se notara. Lo primero que una chica aprende en Grecia es a pasar desapercibida, mientras que lo primero que aprende un chico es a que lo vean. Ella no había crecido en Grecia, pero su madre era griega. Nadie se libra de una madre griega, eso lo sabía él.

–Lo entiendo –contestó secamente.

El misterio del amor continuaba siendo un misterio. Emelie regresó con paso ligero y vacilante. Era evidente que había estado llorando.

Hora de marcharse.

El autobús nocturno se convirtió en un capítulo aparte en la vida de Christo desde que comenzó a trabajar con Jean Jacques y Emelie. Salía de la plaza de Norra Bantorget. Pronto pudo constatar que los pasajeros eran casi siempre los mismos. Trabajadores por turnos, limpiadores, la dueña de un club nocturno, dos enfermeras. Todos inmigrantes. Por supuesto, en ocasiones iban personas a las que simplemente se les había hecho tarde en el bar o la discoteca, pero no era lo normal. La gente así por lo general cogía un taxi para volver a casa.

Los habituales se conocieron rápido. Intercambiaban unas palabras y luego cada uno tomaba su asiento de siempre, que el resto tenía en cuenta y respetaba. Las mujeres delante del todo, los hombres más atrás. También cada uno tenía sus costumbres.

Las dos enfermeras finlandesas eran de mediana edad, siempre se sentaban juntas y charlaban discretamente hasta que se bajaban en el hospital Karolinska; la dueña del club se sentaba sola, cruzaba sus preciosas piernas hacia el pasillo, de modo que quedara claro que no deseaba compañía y lo remarcaba colocando un bolso gigantesco en el asiento contiguo. En él se leía Cecil. Se trataba de un conocido club nocturno. No hablaba con nadie nunca, pero para todos tenía un gesto amable. Como se dice en griego, nadie sabía de dónde había sacado el gorro. Se bajaba en Solna y siempre había un hombre esperándola.

La pareja de limpiadores griegos se sentaba junta como dos cuervos. Cansados, alicaídos, sombríos. Con un esfuerzo que les costaba muchísimo trabajo, saludaban a Christo con las palabras «Hola, compatriota». Hablaba con ellos al principio, y se enteró de que entre los dos tenían que limpiar veinte oficinas cada tarde. Cómo podéis, les preguntó. No podemos, le respondieron.

Otro habitual era Geronimo. Trabajaba de conserje en el Club de los Artistas y sus ojos habían visto de todo, aunque nunca decía nada más que unas pocas palabras: los artistas son peores que las putas. Pero una cosa estaba clara: nadie quería enemistarse con él. No era corpulento, pero sabías que en una pelea tú serías el primero en recibir un golpe. En su mirada se veía una resolución capaz de espantar a un toro furioso. Se sentaba solo al final del autobús, se quitaba los zapatos y se tumbaba cogiendo toda la fila de asientos. El olor a pies no era ninguna broma, pero nadie se atrevía a protestar.

El guapo también era un habitual. Considerado en su dimensión física, era un éxito total. Alto, esbelto como un bailarín e igual de musculoso, grandes ojos marrones que lo prometían todo, un paquete que se distinguía perfectamente bajo el pantalón, una voz grave y cálida. Dios le da todos los dones a un hombre y a los demás ni la propina. Él lo sabía y caminaba con la espalda erguida como un ciprés, nunca miraba nada ni a nadie. Se daba paseos y dejaba que lo observaran. Solo sabían de él que dirigía el bar del Riche. Casi nunca hablaba con nadie y nadie hablaba con él. Aun así, estaba bien tenerlo a bordo, puesto que era el único que parecía satisfecho consigo mismo y con la vida que llevaba. Dicho de otro modo, era la promesa de una vida mejor.

Por último, había tres hermanos. Sicilianos, pizzeros, muy trabajadores, solo hablaban entre sí, pero los tres a la vez. Se sentaban aparte. Era como ver una película de Visconti o Rossellini. En una ocasión, uno se atrevió a susurrarle a la dueña del club al pasar por su lado, seguramente no le recitara el Padre nuestro y ella no respondió. Se limitó a volverse y a mirar a Geronimo, que no tuvo más que enarcar las cejas, y el siciliano se sentó inmediatamente con sus dos hermanos, pálido como una lámina de latón.

El conductor del autobús era el único sueco a bordo. Se había pasado treinta años trabajando en el turno de noche en la mina de Grängesberg y ese horario se había convertido en una costumbre. Cuando cumplió los cincuenta, los pulmones no le aguantaban más. Se mudó a Estocolmo y buscó trabajo como conductor nocturno. Estaba mejor pagado y de todas maneras seguía sin poder dormir.

Solo cuando está oscuro veo con claridad, le dijo a Christo, que también tenía problemas con el sueño. Se dormía fácilmente, pero se despertaba un par de horas después y le resultaba imposible volver a conciliar el sueño. Pensaba en sus padres, en sus amigos de Atenas, en los amoríos de su verdadera juventud. Echaba de menos su barrio, la plaza de Gardenia y las moreras. Pensaba en Rania.

Tal vez por eso escribiera acerca de la catarsis. Quería purificarse de sí mismo. En la penumbra de su habitación trató de ver con más claridad, como el conductor sueco. Pero solo veía todo lo que había perdido y su alma se iba vaciando cada vez más. Si continuaba así, se convertiría en un espectro. La vida en un país extranjero nos vuelve un poco espectrales.

Por eso también necesitaba tanto a Rania. Cuándo se levantaron aquellos muros a su alrededor, se preguntó. ¿Y quién los levantó?

Había muchos indicios de que el arquitecto de su soledad era él mismo.

Había muchos indicios de que todo era culpa suya. El haber emigrado, el haberse enamorado de una mujer casada.

Con razón no podía volver a dormirse.

Eran más de las dos cuando entró en su cuarto. Miró a su alrededor. ¿Qué pasaría si me muriera en la cama? Nada. No antes de que el olor a cadáver se hiciera notar, pensó y se dio una ducha por si acaso. Se quedó un buen rato bajo el chorro de agua caliente. Aquello era un lujo que nunca había tenido en Grecia. En casa se aseaban una vez a la semana en un barreño en el suelo del baño.

Así que se daba duchas larguísimas, por todos.

Al día siguiente fue a la universidad para reunirse con la directora de su trabajo; no tenía tiempo de hablar con él. Daba igual. En realidad, solo quería ver a alguien, a quien fuera, intercambiar unas palabras. Thanasis se pasaba los días enteros en la Facultad de Empresariales.

Dio un paseo errático hasta la biblioteca, leyó distraídamente todos los carteles de seminarios y encuentros, pero nada captó su atención. No porque no tuvieran interés, sino porque a él no le interesaban.

De camino a casa vio a Rania entrando en el supermercado. Se apresuró hacia allí y se paró delante de una joven que no era Rania.

–Perdona –le dijo–. Pensaba que eras otra persona.

Ella le sonrió comprensiva.

–No pasa nada. Muchas veces soy otra persona.

No estuvo lo bastante rápido para que se le ocurriera algo que decir. En Grecia seguro que sí se le habría ocurrido.

Sin mi lengua solo soy un hombre a medias.

La cuestión era cómo volvería a ser un hombre completo.

Debajo de su ventana unos niños jugaban con sus padres y entre sí. Hacía una tarde apacible y se notaba el calor del sol. Entonces vio a Rania y a su hija entre ellos. La niña iba haciendo volteretas laterales y ella estaba dibujando. Se sentó de modo que no lo vieran desde el exterior y se quedó observándola un buen rato. Como un espía o como un delincuente que está planeando un crimen. ¿Qué tenía ella que no tuvieran las demás? ¿Por qué lo hacía tan desesperadamente feliz el simple hecho de verla? ¿Sería ella la respuesta a su pregunta de cómo volvería a ser un hombre completo?

El sol se iba poniendo despacio, crecían las sombras. Una de ellas era Matias, y la niña se lanzó a sus brazos. Rania siguió dibujando.

Christo corrió las cortinas lentamente, con la misma lentitud con la que vivía, para no ver a la tríada sagrada allí fuera.

Cuando tomó la decisión de olvidar a Rania no creía que le fuera a resultar tan complicado. Una cosa es olvidarse de alguien y otra querer olvidar a alguien. Lo primero sucede a veces por sí solo. Lo segundo requiere de decisiones reiteradas que en un principio son fáciles de tomar, ya que estás herido, enfurruñado, amargado, decepcionado. Todo eso pasa, y muy rápido. Entonces comienzas a preguntarte qué sentido tiene tratar de olvidar a alguien a quien te gusta recordar.

El olvido autoimpuesto precisa de un sistema.

Este es el suyo.

Evitó todos los espejos, puesto que la nostalgia le afloraba al rostro. Los ojos cansados, las primeras arrugas, el vello que le crecía donde él no quería que saliera, por ejemplo, en las fosas nasales y las orejas. La conclusión era bien triste. ¿Quién iba a querer a la persona en la que se había convertido? Así que nada de espejos.

A cambio daba a diario paseos largos, muy largos, hasta que acababa completamente agotado. Adelgazó y apenas pesaba 54 kilos. No solo se le notaban las costillas, sino incluso las entrañas. En China tienen un dicho: no existe problema del que no te puedas apartar o que no puedas dejar atrás. Resultó ser cierto. Cuando a última hora de la tarde regresaba a su celda, seguía pensando en Rania, pero se encontraba demasiado cansado para sufrir. Emelie y Jean Jacques estaban un poco preocupados, pero no les había contado nada porque no quería perturbar su felicidad con problemas, se limitó a decirles que no tenían de qué preocuparse y que tenía que estudiar mucho.

Jean Jacques se lo tragó, pero no Emelie, que lo miraba pensativa y quería protegerlo, a pesar de ser más joven que él. Una vez incluso llegó a decírselo. Eres como un caracol sin la concha. Llegó a la conclusión de que debía procurarse una concha. Primero le pidió a Thanasis que lo rapara. Después se dejó crecer la barba y se compró unas gafas de sol, pero Emelie seguía mirándolo pensativa, aunque él hubiera encontrado cierto consuelo en esas transformaciones. En Grecia dicen que el hábito no hace al monje, pero no es cierto. A veces es exactamente así. Que el hábito sí que hace al monje.

Thanasis también estaba pendiente de él. Rania te está volviendo loco sin que haya pasado nada entre vosotros. ¡Piensa en lo que ocurriría si estuvierais juntos!, le dijo, y consiguió que se riera de su miseria. Bebían café o cerveza, a veces comían juntos, discutían sobre Marx, pero estaban de acuerdo acerca de Platón; recordaban a sus madres y a sus amores pasados.

—En el fondo te envidio —dijo Thanasis—. Yo nunca me he enamorado. Siempre les encontraba algún defecto. Una se reía como un caballo, otra lloraba por nada, y la otra gritaba tan fuerte cuando nos acostábamos que me daba dolor de cabeza. No sé si llegaré a enamorarme de verdad alguna vez.

Dijo todo eso con un atisbo de tristeza en la voz, pero la vida es como es. Un poco de tristeza no ha matado nunca a nadie. Se lo pasaban bien juntos. Mantenían viva su grequicidad sin menospreciar la identidad nueva, aunque Thanasis no tuviera ninguna intención de permanecer allí al terminar los estudios pese a que le encantaba Suecia.

–Grecia nos necesita –dijo.

Christo seguía anclado en la amargura.

–Es Grecia la que me ha enviado tan lejos. No le sirvo para nada. Mejor ser un extraño aquí que en mi propio país.

Así hablaban entre ellos y se ayudaban cuanto podían. Se animaban mutuamente a estudiar, a disfrutarlo, a sacarle el máximo provecho a la prórroga que Suecia les habían concedido.

–A veces me despierto por las noches porque me río en sueños –dijo Thanasis–. Me parece imposible que sea cierto. Que esté en mi cama tan cómoda, que sea libre, que pueda permitirme la comida y los libros y que lo estén pagando otros. Me ofrecieron una beca del British Council, pero esperaban que espiara para ellos. Con una Fullbright me pasó lo mismo. Compran a los agentes. La buena de Suecia no pide nada. Vaya, que comencemos a devolver una parte cuando tengamos un trabajo y ganemos lo bastante. ¡Es increíble!

Y sí, era increíble. Por lo demás, la vida continuaba como siempre.

Avanzó la primavera, las noches se volvieron apacibles. Pasó el tiempo. Aristóteles tenía toda la razón. Nada es más valioso que un amigo de verdad.

El otro gran consuelo de Christo durante aquella primavera fue el trabajo. Le gustaba colocar todo en su lugar cada noche. Le gustaba limpiar, fregar, sacar la basura. Era como si estuviera volviendo a poner el mundo en su sitio. También hablaba consigo mismo o con los objetos. Si, por ejemplo, se encontraba un cuchillo debajo de la mesa, le soltaba una severa reprimenda. ¿Qué haces aquí, granujilla?, le decía, y lo colocaba en el lavavajillas. Su peor enemigo era el polvo. Era un misterio, ¿de dónde salía tanto polvo? Le hablaba con cariño, hasta le cantaba.

Oh, polvo, mi querido polvo.

¿Dónde has estado todo este tiempo?

No era de extrañar que Emelie se preocupara por él. Se había convertido en la hermana que nunca tuvo, pero que llevaba toda la vida añorando tener. Casi siempre estaba feliz, jamás cansada. Solo con verla le daban ganas de vivir, de ponerse a escribir el trabajo, de lograr algo.

También había descubierto Estocolmo, que descansaba a la luz del cielo y de las muchas aguas que la rodeaban. De camino al bar, siempre daba un largo paseo desde la plaza Norra Bantorget a la plaza de Sergel y seguía a través del parque Kungsträdgården hasta la plaza de Norrmalmstorg, pasando por la Gran Sinagoga y el hotel Berns.

A veces, cuando disponía de tiempo, recorría todo el camino hasta el parque de atracciones de Gröna Lund, se sentaba en una cafetería y contemplaba a la gente. Nada más. Solo eso. Contemplar a la gente. Su madre era igual. Quería salir, no mucho más, solo sentarse en un banco y mirar a la gente que iba y venía. La tranquilizaba.

A él le ocurría lo mismo. Necesitaba ver personas para recordar y para olvidar. Estaba pasando página con Rania y eso le reportaba cierto alivio, pero también nostalgia y tristeza.

¿Por qué no se permitía la alegría de recordarla, de pensar en ella? Nunca sería suya. ¿Y qué? ¿Qué más daba? Al fin y al cabo, era mejor tener el corazón lleno de amor que de lamentos y amargura. Quizá lo asustara la idea de un gran amor, del afecto eterno, de la unión exclusiva que enjaulaba todos los sueños como loros.

¿Qué persona sensata no estaría asustada?

El amor no es para siempre y, si alguna vez lo es, a menudo depende de que los amantes mueran jóvenes. El amor hay que atraparlo en el momento. Así llegó a una conclusión completamente opuesta a lo que había aspirado hasta ahora. No trataría de olvidar a Rania en absoluto. La próxima vez que la vida la pusiera en su camino, se arrodillaría ante ella.

Thanasis era un muy buen amigo, pero no el hombre con el que tratar este tipo de cosas. No tenía paciencia para los razonamientos circulares y se reía con ganas cuando Christo ampliaba su argumento.

—Tú has nacido sofista, amigo mío. ¡Has transformado la pregunta en una conclusión!

Después le ofreció uno de sus cigarros griegos.

—Pensaba que habías dejado de fumar —le dijo Christo.

—Eso pensaba yo también —respondió.

—¿Ves? No siempre hacemos lo que deberíamos.

—Mis deberes conmigo mismo son y seguirán siendo hasta cierto punto cuestiones privadas. Cómo me comporto con los demás es una cosa completamente diferente. La moral comienza con los demás. Con eso sí que estarás de acuerdo.

—Por supuesto. Pero ¿por qué crees que Rania se va a alegrar si paso de ella? Matias seguro que se alegra. Pero ella no, y yo tampoco. ¿Eso no cuenta?

—Tienen una niña, Christo. Estuvieron enamorados en algún momento. Quizá se quieran por el hábito, pero se preocupan el uno por el otro. Están bien juntos. Su hija está feliz con ellos. Creo que eso pesa más que vuestro calentón. A ti no te pasará nada si no te acuestas con ella, pero su familia se irá a pique si lo haces. Yo ya sé que tú esto lo sabes. No me pidas que sea partícipe de esa historia.

—Tienes razón —dijo Christo.

Pero también había otras opiniones.

Por ejemplo, la de Emelie.

—Por supuesto que no tienes que olvidarte de ella. ¿Qué tontería es esa? ¿Cuántas mujeres crees que hay en el mundo a las que te pueda costar trabajo olvidar? A la mayoría ya las has olvidado sin siquiera pararte a pensarlo. Y además tiene un nombre muy bonito. Rania. Significa reina en árabe. Yo estuve con un chico de Marruecos antes de conocer a Jean Jacques. Pero no le digas nada. Él cree que lo sabe todo y yo dejo que lo crea. Este chico tenía una hermana. Era la más bella entre las bellas y se llamaba Rania. Por cierto, él era un amante maravilloso. Tierno, ingenioso, infatigable, pero yo no estaba enamorada de él, así que eso daba igual. No sentía ningún júbilo por dentro. ¿Entiendes lo que quiero decir?

—Nunca he sentido el júbilo del que hablas. ¿Placer? Sí. ¿Éxtasis? No.

Emelie lo miró compasiva.

—Pobrecito. Ve a por ella lo antes posible.

No podía seguir el consejo de Emelie. Tenía que hacer el trabajo de la facultad, tenía que trabajar en el bar y Rania estaba casada. Incluso aunque ella fuera su oportunidad de experimentar ese júbilo por dentro, no era capaz de creerse con derecho a seguir el consejo de Emelie. Dejaría que el tiempo decidiera.

—No puedo —dijo.

—Ahora mismo no. Primero tienes que pelar las patatas —le respondió Emelie.

El bar iba cada vez mejor. Cada vez lo estaba descubriendo más gente. La comida era de primera. Jean Jacques era dueño y señor de la cocina, corría entre los cazos enfilando por todas partes con la nariz como el arcángel Miguel con la espada. Emelie estaba contenta y le susurró a Christo:

—¿A que es el mejor?

Estaba contenta. Los tiempos en los que podía contar los clientes con los dedos de una mano pertenecían ya al pasado y al olvido, cuando las facturas sin pagar no la dejaban dormir, cuando le angustiaba que Jean Jacques se cansara y la abandonara a ella y abandonara Suecia. Sabía qué le había pasado al tal Descartes. Un gran filósofo francés había muerto en medio del frío y la soledad. Ahora había llegado el momento de que un gran cocinero francés fuera al encuentro del mismo destino. Se había vuelto quejica y sombrío, y cada vez se acostaban menos.

Y de pronto todo cambió. Emelie era capaz de decir exactamente cuándo. Una tarde de otoño en la que Paola sin apellido y Fredrik con un apellido grandilocuente y conocido en todo el país aparecieron encabezando una partida de diez personas, chicos y chicas alegres, que bebían champán y flirteaban. Eran la corte de Paola y Fredrik. No era guapa. Era excepcionalmente guapa y él era rico, conducía uno de los dos Porches que había en Suecia por aquel entonces. El otro lo conducía su hermano.

A partir de aquella noche cambió todo. El bar se convirtió en una institución. Así que Emelie estaba muy contenta. Pero Jean Jacques no. Quería bautizar el bar, es decir, que quería darle un nombre.

–Con Bar francés basta y sobra –dijo Emelie.

–Pero no tiene nada de poético. Es más seco que un panecillo –le respondió, y ella se molestó.

–¿Y cómo vamos a hacer sonetos con las costillas, Monsieur Zezé?

Lo llamaba Zezé cuando quería sacarlo de quicio.

Christo hacía de mediador.

–No creéis un problema donde no lo hay. Os va estupendamente con las cosas como están y con un nuevo nombre podría ir mejor o peor, no lo sabemos. Los cambios a veces salen caros.

Aquello no sirvió de nada. No era fácil encontrar un nombre que satisficiera a Zezé. Por otra parte, Emelie se reía de todas las propuestas. Era un auténtico tostón, y además aborrecía esa versión de Jean Jacques.

–Dios, vaya dos. El uno va en busca de un nombre y el otro no quiere ir en busca de la mujer que ama –se lamentó Emelie.

Era un buen resumen, y la vida siguió su curso.

Llegó mayo con sus cálidos días de sol. La gente quería sentarse a comer fuera. El bar no tenía terraza. Eso planteaba un problema. Los fines de semana era todavía peor. La gente se marchaba al campo. Los domingos estaba todo completamente muerto. Los restaurantes se veían vacíos, solo iba a comer algún que otro vejete solitario y tristón. Los camareros estaban dormidos con los ojos abiertos, como los búhos. Zezé sufría, y Emelie con él.

Los padres de Emelie aparecieron un domingo de esos, probablemente animados por ella. Christo se enamoró enseguida de su madre, que se llamaba Penelope. Era esbelta, muy morena y albergaba en su interior algo parecido a una tensión, como si algo le temblara por dentro sin cesar, y él lo percibió cuando lo abrazó con fuerza y calurosamente.

–¡Ay, otro griego! –dijo contenta–. Hace muchos años desde la última vez que abracé a un griego.

Aquello fue un buen comienzo. Su marido, Ove, no era el típico celoso. Estaba orgulloso de ella y se notaba. En su mirada brillaba aún el destello del amor. Era casi el doble de alto y tan rubio como ella morena. Parecía fuerte y su clara y abundante cabellera recordaba a Sansón a quien hubiera leído la Biblia. No resultaba difícil ver que se querían, ni por qué, pero, ante todo, querían a Emelie.

–Era dulce como la miel desde que nació –le dijo Penelope a Christo, cuya madre, recordó él, se había espantado la primera vez que lo vio.

Jean Jacques le besó la mano y Penelope parpadeó mirando encantada en todas direcciones. Le caía de maravilla. ¡Su yerno era un francés auténtico! Casi estaba celosa de su hija. A Ove no le preocupaba mucho. Él y el yerno no se llevaban tan bien. Ove pensaba que Jean Jacques era un fanfarrón, mientras que Jean Jacques detestaba a Ove porque engullía la comida.

–Me parece horrible preparar comida para gente así. Es que ni mastica, se lo traga todo como una boa –se quejó a Christo cuando se quedaron solos en la cocina.

No eran conflictos de envergadura, desde luego, pero sí bastante entretenidos. Penelope no tenía prisa alguna a la hora de comer. Le interesaba más hablar, y eso hacía. Christo pudo oír la historia de amor de ella y Ove, algo que Emelie trató de impedir sin éxito.

–Mamá, todo eso ya nos lo sabemos.

–Pero mi querido compatriota no.

Era una historia que con el tiempo se volvería cada vez más común. Extraños que se conocen. Como él y Rania.

Penelope era de la antigua ciudad peloponesia de Pilos, cuyo rey Néstor participó en la guerra de Troya mucho antes de nuestra era y cuyo nombre se ha convertido en sinónimo de sabiduría y sensatez en varias lenguas europeas. Ella lo sabía, y eso le resultó útil. Como mínimo le sirvió para moverse como una reina con la cabeza bien alta y con paso lento.

Ove nació y se crio en Kiruna, a la sombra de la montaña Luossavaara, lo primero que veía al abrir los ojos por la mañana y lo último que veía cuando los cerraba por la noche. En la guerra de Troya no participó nadie de Kiruna, pero la mayoría de sus habitantes habían bajado varios cientos de metros en las entrañas de la Tierra y vivían en otra aventura, en otra guerra día tras día. Nadie es la suma de sus experiencias, pero hay experiencias que no podemos olvidar. Ove se mudó a Estocolmo, pero se dejó el alma en Kiruna y no volvió a encontrarla hasta que conoció a Penelope, que se había dejado el alma en Grecia. Era lo único que tenían en común. Aquella soledad irremediable.

Penelope había recorrido un camino sin atajos. El primer trabajo que tuvo fue de empleada de hogar en Saltsjöbaden. Aunque era honrado, le resultó espantoso. En su rincón del ático había un reloj que daba todas las horas del día. Cuando la señora de la casa se entristecía porque su marido la engañaba, cuando su hijo se despertaba porque había mojado la cama, cuando el director necesitaba un masaje porque le dolía la espalda, y otras zonas también. Aguantó seis meses, sobre todo por el pobre niño.

Después consiguió trabajo de camarera en una cafetería de la calle Folkungagatan de Estocolmo, y hasta tal punto les gustaba a los viejos que tenía las nalgas azules de tanta imposición de manos. No es que las propinas fueran muchas, puesto que la clientela era tan pobre como ella.

A veces, la redención se encuentra muy cerca. Uno de los clientes era peluquero y empezaba a sentirse muy mayor. Tenía la espalda destrozada, también las piernas, al igual que los ojos, y una tarde le preguntó si querría trabajar con él.

«Oh, me encanta cortar el pelo», respondió ella.

Era verdad. Su padre era barbero y a ella le gustaba el modesto negocio en el que cortaba el pelo y afeitaba a oficiales y soldados alemanes durante la ocupación. Estaba muy orgullosa de él y le asombraba la fe de la que hacían gala los alemanes. Quedarse quieto sentado en una silla y ofrecerle la garganta a un hombre que tenía en la mano derecha la navaja de afeitar más afilada del mundo. Confiaban en su ética profesional. Sabían que él les rebanaría el cuello con gusto, pero no mientras los afeitaba. Esas cosas son las que hacen avanzar al mundo.

Dejó la cafetería y aceptó el trabajo del fatigado peluquero, cuyo establecimiento se encontraba en la calle Östgötagatan, cerca de la plaza de Nytorget. Era un local minúsculo, pero contaba con su clientela, que fue aumentando cuando la gente pasó por allí y vio a la joven Penelope manejando las tijeras como un director maneja la batuta. También acudían mamás con sus hijas e hijos, incluso venían hombres jóvenes, que no querían solo un corte de pelo.

El viejo peluquero se había quedado sin trabajo. Fue lo bastante sensato como para comprenderlo, y le cedió el negocio a Penelope a cambio de la modesta compensación del quince por ciento de los ingresos diarios mientras viviera. Penelope le dio de regalo un rosario griego para que contara las horas que faltaban.

Muchos ancianos de los barrios colindantes acudían a ella, puesto que era la más barata pero también la mejor. Un viejo profesor de griego clásico prácticamente se enamoró de ella a la antigua usanza, con muchos piropos y suspiros poco adecuados cuando se acercaba para cortarle los tres pelos que le quedaban.

Una tarde se presentó en la peluquería con un pato hecho de delicadísima porcelana.

Ella se puso contenta y le preguntó por qué un pato.

«Es lo que significa tu nombre», le respondió el erudito.

«Creía que mi nombre significaba esposa fiel.»

«Los patos son muy fieles mientras viven», le dijo el hombre, aturdido por el cálido aroma que desprendía.

–Ve al grano de una vez, mamá –dijo Emelie, que ya había oído aquello más de una vez.

Penelope ni se inmutó. Christo tenía que enterarse de toda la historia.

Hasta ese momento nadie le había hecho ningún regalo en Suecia. Le pareció como un presagio. Colocó el pato en la mesita de noche. Era lo primero que veía por la mañana y lo último que veía al acostarse. La felicidad estaba cerca. Lo presentía. Una tarde de aguanieve y oscuridad, entró él con aquella pelambrera rubia como una corona de rayos de sol alrededor de la cabeza. Su «corazón mío» empezó a saltarle en el pecho igual que un cabritillo. Era Ove. Quería cortarse el pelo. Ella le dijo «no, no se puede cortar un pelo tan bonito, hay que retocarlo con cuidado». Él se sorprendió, pero no contestó nada. Sintió que aquello era el comienzo de algo y quedó en sus manos.

Le transmitió su regocijo con los dedos al masajearle el cuero cabelludo con fuerza y atrevimiento. Él no era atrevido ni experimentado, pero se dejó llevar por la irrealidad del momento, cerró los ojos y pensó en cómo sería hacer el amor con ella. ¿Sería ella la que disiparía la soledad y las tinieblas de su corazón? No era un hombre de palabra, pero cuando terminó, le dijo:

No quiero irme de aquí.

Pasó una eternidad, o eso le pareció, antes de que ella le respondiera.

Pues no te vayas.

Muy a su pesar, a Emelie se le llenaron los ojos de lágrimas. A Christo le recorrió todo el cuerpo un escalofrío. Incluso Zezé se había emocionado, volvió a llenar las copas y dijo:

–*La vie s'en va!*

Fue como una señal secreta. Emelie y Christo comenzaron a cantar el tema que Pia Colombo había convertido en un éxito por toda Europa.

La vie s'en va.

La vida pasa.

La clara voz de soprano de Emelie y la ronca de vendedor ambulante de Christo casaban a la perfección. Sus padres la contemplaban con el pecho rebosante de amor. Christo habría querido decir una cosa, pero acabó diciendo otra.

–¡Madre mía! Ese es el nombre que buscamos. Bar La vie s'en va!

Zezé se levantó de un salto, como si le hubieran dado un pellizco en las nalgas.

–*Bravo, Christó!*

Emelie le plantó un beso a Christo en la mejilla y fue enseguida en busca de otra botella para celebrar el nombre. Le gustaba incluso a Penelope.

–Es un nombre muy bonito –dijo.

–¿Qué significa? –preguntó Ove, pero ella le quitó importancia.

–Qué más da. ¡Es francés!

Bebieron un poquito más, hablaron otro poquito más, Ove se ofreció a hacer el cartel con el nuevo nombre, Penelope apoyó la propuesta, ya que no había nada que Ove no pudiera lograr con las manos.

–¿Por qué? –preguntó Jean Jacques.

Penelope lo miró de arriba abajo.

–Es sueco. Sus manos saben lo que hacen y tiene una llave inglesa en el corazón.

Aunque por distintas razones, todos se echaron a reír.

–¿Y tú qué tienes en el corazón, mi querido compatriota? –le preguntó Penelope, un poco achispada.

Christo podía no responder, desde luego, pero eso solo empeoraría las cosas. Penelope tenía un parecido preocupante con su madre. Habría indirectas y bromas descaradas, y aquello le causaba pavor.

–Tenía una novia en casa y el otro día me escribió para decirme que habíamos terminado.

Tomó prestada la historia que Rolf le había contado en la cocina de la residencia.

–¡Cuánto lo siento! ¿Por qué? ¿Qué te ha escrito?

Penelope quería saber más.

Emelie le lanzó una mirada escéptica. ¿Se habría dado cuenta de que estaba mintiendo? Eso no le impidió continuar. Era la historia de Rolf, así que no importaba.

–Me ha dicho que ya no siente mariposas cuando piensa en mí.

Para su asombro, se hizo un silencio sepulcral.

Parecía que todos entendieran lo importante que era el cosquilleo.

Al cabo de un rato, Ove dijo que mañana sería otro día. Es decir, que había llegado la hora de despedirse. Penelope le dio dos besos a Christo y le susurró al oído:

–Paciencia, muchacho. El amor requiere paciencia.

Él recogió los platos, los colocó en el lavavajillas, limpió la mesa. Jean Jacques preparó la carta del día siguiente. Emelie cuadró la caja.

A Christo le encantaban esas últimas horas del día. Se encargaban de la jornada que había transcurrido. Cada uno a su modo y con su tarea.

Cuando terminaban, también terminaba el día. Emelie y Jean Jacques se acostarían juntos y él se tumbaría en su cama desolada mirando a la pared, con las manos entre las piernas, como cuando era un niño.

Era la una menos cuarto cuando Christo bajó por la calle Tunnelgatan hacia la plaza de Bantorget. Notaba el corazón ingrávido en el pecho. Estaba olvidando a Rania poco a poco y sentía un pesar y un alivio ligeros al mismo tiempo.

Pensó en las noches de Atenas. Lo distintas que eran. A su alrededor la ciudad dormitaba, pero seguía allí. Conocía a aquellas personas, conocía sus costumbres y sus sueños, cuál era su equipo de fútbol, su forma de vivir. Él era uno de ellos.

En Estocolmo era diferente. Vivía entre esas personas sin ser uno de ellos. Era otro. Por la noche, la ciudad le daba la espalda.

El autobús nocturno, que ya se encontraba en la parada, le parecía un oasis en medio del Sahara, a pesar de que no había llegado ninguno de los habituales. Solo estaba el conductor, sentado en un banco debajo de la estatua de Hjalmar Branting. Christo no quería molestarlo, pero el conductor sí quería que lo molestaran.

—Las noches se vuelven cada vez más templadas —dijo, sin esperar respuesta. Sacó un paquete de Prince y encendió un cigarro sin ofrecerle a Christo. En Suecia no era costumbre. Nadie ofrecía tabaco. Lo que hacían era preguntar a un amigo o a algún desconocido si les vendía *un* cigarro. En Grecia sacar un paquete de tabaco sin invitar al resto se consideraba el colmo de los malos modales. Seguramente, se debía a que el tabaco era muy barato en Grecia y muy caro en Suecia, pero también podría deberse a otros motivos.

Christo sacó la pipa. Era la primera que tenía, un modelo sencillo de la marca Dollar con la boquilla de plástico. El tabaco de pipa costaba mucho menos que los cigarros.

70

–¿Fumas picadura? –le preguntó el conductor sorprendido–. No es habitual entre la gente joven.

–Es que los cigarros son demasiado caros –contestó Christo, feliz de haber aprendido la palabra picadura. ¿Qué era lo que decía siempre La coronela? «Cada palabra nueva es ahorrar un poquito más, como meter dinero en el banco.» La echaba de menos. La habían enterrado en el cementerio de Adolf Fredrik, en el sepulcro familiar. Una vez al año iba a ponerle flores en la lápida.

–¿Qué tabaco es?

–Tiedemanns.

–El mismo que fumaba yo de joven.

El conductor cerró los ojos unos instantes, como si tratara de recordar esa época.

Dentro de veinte años estaré diciendo lo mismo, se dijo Christo. Antes de marcharse de Grecia, no había pensado nunca en la vejez. Pero la emigración en sí era un paso hacia el futuro. En Grecia no había hablado nunca de pensiones y seguros, pero en Suecia sí. En Suecia los impuestos, la pensión, las retenciones, la declaración, la vejez y la muerte se volvieron reales.

En su círculo de hombres y mujeres jóvenes solían decir que nadie podía estar seguro de que fuera a cumplir los treinta. ¿Por qué iban a pensar en la jubilación? En cualquier momento podría estallar otra guerra. Entre Grecia y Turquía, o entre Grecia y Bulgaria, o entre Grecia y Yugoslavia, o entre griegos y griegos. Nadie podía estar seguro de que fuera a cumplir los treinta.

Pero la gente llegaba a los sesenta en Alemania y en Suecia, donde las pensiones no solo eran al final de la vida laboral, sino también el comienzo de la vida que llevarían cuando volvieran al hogar. Una vida al sol y en las cafeterías con las amistades de la juventud, días y noches colmados de dulzor como las uvas maduras.

–El tiempo pasa –replicó Christo, por decir algo. El conductor no articuló palabra y se limitó a dar una buena calada, apagó el ascua del cigarro y se guardó la colilla en el paquete para fumársela luego.

Eso no lo hacía nadie en Grecia, pensó Christo, y se irritó consigo mismo. Deja de prestar atención a las diferencias, so memo. Más bien busca las semejanzas. ¡Aterriza de una puñetera vez! ¡Aterriza!

–¿Has dicho algo? –le preguntó el conductor.

He empezado a hablar solo, pensó Christo. No era muy buena señal, así que volvió a mentir.

–Sí, que si tienes familia.

El conductor apartó la mirada.

–Eso es una historia muy larga. Pero te puedo contar la versión abreviada.

–Dime.

–Tenía una familia. Pero ella se llevó a nuestros hijos a España. Había conocido a alguien allí. No pregunté. No lo quería saber. Ahora me llega una postal de los niños todas las Navidades. Una vez al año se me parte el corazón. Ese día me lo cojo libre en el trabajo y me quedo en casa con una botella. El resto del año lo paso conduciendo mi autobús y no pruebo el alcohol.

Sacó la colilla y le costó un poco de trabajo encenderla.

Christo quería decirle algo para reconfortarlo, algo que le arrancara al conductor una risa o, al menos, una sonrisa, pero no se le ocurrió otra cosa más que la perogrullada de que la vida es cruel.

–Lo que es cruel no es la vida. Somos nosotros –le contestó el conductor sin rastro de amargura.

Después se quedaron en silencio, fumando y esperando.

De la plaza Norra Bantorget se oían risas y gritos. Eran los estudiantes y los alumnos que celebraban el final de curso.

Christo pensó en aquellos años tan miserables, cuando quiso entrar en la Universidad de Atenas y no tuvo suerte. Recordaba la tristeza de su padre y las lágrimas de su madre.

Vete, hijo mío. Vete. Tu país no quiere saber nada de ti.

Así era como se sentía. En el instituto había obtenido unas calificaciones excelentes, pero también necesitaba un documento de la policía que certificara que abrigaba los sentimientos patrióticos apropiados, que creía en el único dios verdadero, y en el rey y en la excelencia de las virtudes y capacidades de su país. No le concedieron nunca el certificado, y con razón. No estaba de acuerdo con ninguna de las tonterías que le exigían. En aquella tierra extranjera, en aquella Suecia, pudo estudiar, pudo incluso obtener un préstamo para estudiar. Debería estar agradecido, y así era. Quizá fuera un extraño en Suecia, pero Suecia y los suecos no seguirían siendo extraños para él.

–Debo decir que me alegra estar en Suecia. Que me alegra que hayamos hablado –le dijo.

En el rostro del conductor brotó una sonrisa, despacio como una idea.

–Sí, ha estado bien. Me llamo Janne.

–Y yo Christo.

Era hora de irse. Algunos de los habituales ya habían ocupado sus asientos. Los dos griegos tenían la cabeza apoyada el uno en el otro, en un gesto de confianza. Contaban el uno con el otro. Otros acababan de llegar. Los hermanos de Sicilia se pasaban una lata de Coca-Cola con la elegancia descuidada propia de los futbolistas de verdad. Geronimo llegó dando grandes zancadas. El guapo apareció el penúltimo, con un cigarro en la comisura de los labios y en la mano una gardenia, de vez en cuando se la llevaba a la nariz y aspiraba codiciosamente el dulce aroma que desprendía. Por último, apareció la dueña del club nocturno, Cecil, con los tacones y unas medias de rejilla cubriéndole unas piernas preciosas. Los hombres suspiraron profundamente, nadie dijo nada.

Christo se dejó caer en su asiento. No quería pensar en Rania. No quería pensar en nada. Quería estar solo, ser libre y fuerte, ser dueño de sus anhelos y maestro de sus sentidos. Aquella era su verdadera oportunidad de convertirse en otro, de deletrear su nombre de otra forma. En Atenas, la profesora de Latín del instituto solía decir que una falta de ortografía podía transformar el mundo. Era una variante temprana de la teoría del caos. El recuerdo lo llenó de satisfacción.

Madam Montebello no era griega. Era una italiana purasangre de Milán que se había enamorado de un cantante griego y había permanecido en el país. Aprendió la lengua, estudió griego clásico y latín, de los que ya sabía bastante. Mientras hincaba los codos, el cantante conoció a otra. Madam Montebello se pasó unos días llorando, después lo olvidó. Los alumnos hablaban con ella de amor. Era la única profesora del centro con la que se podía hablar de cosas así.

El enamoramiento no es un escozor, como decía Sócrates. El enamoramiento es como una brisa, a veces favorable, a veces no, afirmaba ella.

Christo sonrió para sus adentros. Lo que Madam Montebello les había contado no era cierto. Si a algo se parece el enamoramiento, es a la persona que lo siente. A veces un escozor, otras una brisa, otras una caricia, otras una mano huraña que te suelta un bofetón. La persona es el amor que siente, ni más ni menos. Era una idea espantosa. El amor debería ennoblecer a la persona, no volverse como ella. Quizá liberarse de uno mismo equivalía a liberarse del amor.

El conductor estaba a punto de cerrar la puerta cuando se acercó una pareja corriendo. Se dieron un beso fugaz y la mujer subió a bordo. Christo sintió una descarga que le recorrió todo el cuerpo. La mujer le daba la espalda y no podía verle la cara, pero el hombre que estaba fuera se despedía mientras la mujer le lanzaba besos con la mano abierta. Lo reconoció. No tanto al hombre como la mirada. Una mirada que nunca llegó a olvidar. Era el hombre que le había ofrecido cien coronas por diez latigazos en las nalgas aquella terrible noche cuando, muerto de hambre, se colocó junto a una farola en el parque tras la Biblioteca Real con la intención de vender su cuerpo a quien lo quisiera. En esa ocasión, el hombre llevaba un gorro de piel negro, no le resultó fácil reconocerlo ahora, pero era imposible olvidar o confundir con la de otro esa mirada guarecida detrás de las gafas de sol con montura de acero.

Era la mirada del exterminio, pero esta vez estaba más satisfecha, aquella muchacha le había dado lo que quería. Christo estaba seguro.

Le habrá calentado las nalgas, pensó, pero tal vez le gustara. ¿Quién sabe? La persona es el amor que siente, sí, y todas son distintas. Se hundió aún más en el asiento para espiar con tranquilidad a la mujer, que iba buscando un sitio libre con la mirada.

Era Rania.

Ahora que había empezado a olvidarla. Cerró los ojos con fuerza, con la vana esperanza de que, si él no la miraba, ella no lo veía. Hizo lo mismo que una liebre cuando cierra los ojos para no ver al águila acercarse, con la esperanza de que el águila no la vea.

Lo había visto y se acercó con paso ligero. Todo el autobús comenzó a moverse con un vaivén. Incluso la dueña del club apartó el libro que estaba leyendo y la miró con una sonrisa benévola, como si estuviera contemplando una edición joven de sí misma. El único que no se inmutó fue El guapo.

Christo la miró asombrado. ¿Qué tenía que ver ella con aquel tipo? ¿Sería su amante?

–¡Hola!

Rania se sentó a su lado, todavía un poco sin resuello, se levantó la larga falda blanca y la sacudió como una sábana para refrescarse un poco. Un aroma delicado y fresco le alcanzó las fosas nasales, tan sensibles que su madre afirmaba que no tenía dos sino tres.

–¿Tienes calor? –le preguntó sorprendido por el tono afilado de su propia voz. ¿Qué era aquello? ¿Celos? Claro que eran celos.

Rania simuló no darse cuenta de nada. También podría ser que de verdad no se hubiera percatado del tono incisivo, pero se asustó. Si estaba celoso sin que hubiera nada entre ellos, ¿qué sucedería si hubiera algo?

Thanasis y él tenían conversaciones recurrentes sobre los celos. Thanasis no los soportaba.

Tienen un efecto corrosivo con cualquier amor y en cualquier persona. Los celos no son un sentimiento, sino un impulso primitivo del cerebro reptiliano, decía. Pero Thanasis no se había enamorado nunca, él mismo lo contaba. Así era fácil ser razonable, noble, generoso, comprensivo. Un punto de indiferencia y los celos no se convertían en ningún problema.

Christo no era capaz de amar con la frialdad necesaria. Sencillamente, no le veía el sentido. Era como contentarse con la posibilidad de encender un fuego sin llegar a encenderlo nunca.

¿Qué quería Rania? Parecía que lo tenía todo. Un marido, una hija, un amante.

El silencio se tornó incómodo. Oía su respiración, notaba el calor que desprendía su cuerpo, pero ella era un lago donde estaba prohibido nadar.

No tenía ni idea de cómo se sentía ni de lo que pensaba. ¿Debería cogerla de la mano? ¿Debería decirle algo?

Ella se le adelantó.

—Hoy te han admirado en toda la facultad.

—¿Y eso?

Le lanzó una mirada completamente inocente.

—Sales en la exposición. Mi mejor amiga quería tu número de teléfono.

—¿Se lo has dado?

Ella impostó una risa.

—Por supuesto que no. ¡Eres mío!

—¿Cómo?

—Que la foto es mía, quiero decir. Eres mi modelo.

—¿Desnudo?

—Como Dios te trajo al mundo.

—Deberías habérmelo dicho.

–Has estado desaparecido. Creía que no querías saber nada de mí.

No aguantaba más. Estaba maquillando la realidad y él le habría soltado un par de verdades de buena gana, pero dijo otra cosa.

–¿Es tu amante?

–¿Quién?

–El calvo con el que has venido.

–Eso no es asunto tuyo.

Lo dijo en serio. La voz, que por lo general era grave y amable, se volvió un tanto afilada. Tenía razón, desde luego. No era asunto suyo. Thanasis le decía también lo mismo cuando hablaban sobre los celos.

El enamoramiento no nos concede ningún derecho.

Pero ¿qué iba a hacer con un enamoramiento que no exige nada, que no cuesta nada? ¿Que excluye la intimidad, la confianza y la cercanía?

Se dio cuenta de que no era el momento adecuado para discutir aquello con Rania. No eran pareja. No había entre ellos ninguna relación, salvo que el aire se volvía más denso cuando estaban juntos, salvo que sus miradas decían cosas distintas a lo que expresaban con palabras. Aunque todo eso también podrían ser ilusiones.

–No... Tienes razón. No es asunto mío.

Le hubiera gustado aclarar por qué lo había preguntado, que había reconocido al hombre de la mirada del exterminio. Era pronto, demasiado pronto. Así que se recostó en el respaldo de su asiento y se cruzó de brazos.

–¿Te vas a hacer el muerto?

No lo dijo con voz afilada, al contrario, era suave, mimosa.

–Es que no sé qué decir.

Ella se acercó.

–Tú también tienes razón. Debería haberte contado lo de la exposición en la facultad. Intenté dar contigo, pero no estabas por ninguna parte. Le pregunté a Thanasis y me dijo que tenías mucho que hacer. Era evidente que estaba mintiendo. Creía que te había perdido...

Se interrumpió bruscamente, como si la idea de perderlo le resultara dolorosa. Christo le cogió las dos manos con cuidado y las sostuvo entre las suyas. Ella le apoyó la cabeza en el hombro. Quería preguntarle un montón de cosas, pero, por el momento, le parecía suficiente con sentirla cerca, más que suficiente.

La mayoría a su alrededor hacía como que estaba durmiendo, pero Christo sabía que se la estaban comiendo con los ojos. La forma en la que había llegado corriendo con el cincuentón jadeante, la forma en la que se había levantado la falda para subirse, la forma en la que le había lanzado besos con la palma de la mano desnuda y los ojos brillantes, ella los había transportado a todos a otras épocas, a otras edades, a otros países. Incluso el conductor metió la marcha atrás en lugar de la primera y estuvo a punto de subirse en la acera.

Christo recordó una canción que le encantaba.

«Cuando la belleza llegó al pueblo.»[1]

Y el pueblo enloqueció.

¿Cómo iban a evitar volverse locos estos viajeros nocturnos, cansados y hambrientos de amor? El guapo no, claro, él carecía de la fantasía necesaria. La verdad, merecía la pena pensarlo. ¿Cuánto de todo eso que llamamos enamoramiento, pasión, amor, no es una especie de energía cósmica que se apodera de nosotros y nos lleva de aquí para allá? ¿Hasta qué punto no es algo así como una corriente del Golfo del amor, que existe independientemente de nosotros, de nuestra voluntad y de nuestros deseos? Unos se encuentran más cerca de la corriente que otros. Y ya está. La distancia hasta la corriente.

Por el momento, Christo estaba muy cerca de la corriente y los demás lo envidiaban. ¿Qué otra cosa cabía esperar? La miraron a hurtadillas cuando le apoyó castamente la cabeza en el

1. «När skönheten kom till byn», de *Dikter [Poemas]*, Nils Ferlin, 1976.

hombro, con los ojos entornados y los labios entreabiertos. Él no se atrevía a moverse.

Entonces oyó un profundo suspiro, más un ronquido, a decir verdad. Rania se había quedado dormida. Eso era una buena señal, una muy buena señal y una especie de felicidad que terminó cuando el autobús se detuvo en su parada y ella se despertó del sueño.

–¿Dónde estamos?

–Donde termina el camino.

–Me he quedado dormida.

–Sí.

–Estaba muy a gusto.

La enorme masa oscura de la residencia de estudiantes no ofrecía un aspecto muy acogedor.

–¿De verdad vamos a meternos en esa oscuridad? –dijo ella, y encogió los hombros como si tuviera frío.

Christo la deseaba. La oscuridad no le daba miedo, sino que le parecía protectora. Quería abrazarla, poseerla allí mismo de pie estremecida de frío. Pensó en la mirada del exterminio del cincuentón sin resuello, en su marido, que quizá la estuviera esperando. Eso lo excitaba. Incluso el aviso de Thanasis: terminará volviéndote loco. Era justo lo que necesitaba. La atrajo hacia sí.

–No te vayas todavía.

Ella lo miró con aquellos ojos azul claro y se escabulló.

–No tengo más remedio.

Él lo entendía, pero deseaba ser capaz de no entenderlo. Agarrarla por la cintura y llevarla a su cueva. No pensar en Matias, que la estaba esperando. No pensar en nada más que en el deseo que le ardía por dentro. Pero no podía ser.

–Lo comprendo –le dijo, y le pareció que aquellas serían las últimas palabras de su vida.

Ella se inclinó como para darle un beso, pero le mordió la oreja suave y rápidamente y salió corriendo.

La noche quedó vacía cuando se marchó. La supuesta noche, mejor dicho, dado que los días eran cada vez más largos. El cielo se iba abriendo despacio como una ventana. En su cuarto reinaban el silencio y la desolación. Menos mal que existía Cavafis. Se echó en la cama, abrió el grueso volumen del alejandrino, hojeó los poemas en busca de un verso que le brindara consuelo.

Llevaba una vida difícil, aunque no se sentía menoscabado. La vida no lo había tratado injustamente. Contaba con su buena cabeza, con Cavafis y Aristóteles y con la espléndida mirada de Rania. ¿Qué había sucedido? ¿Habían ganado confianza o se habían alejado? ¿Habría terminado su historia antes de empezar?

Entonces localizó las líneas que añoraba.

> Una vela es suficiente. Porque su tenue luz
> se adapta mejor, hace más fascinantes
> las Sombras voluptuosas que vienen del amor.[1]

Cubrió la lámpara de la mesita de noche con su camisa azul claro, apoyó la espalda en los almohadones, cerró los ojos y evocó el recuerdo de su aroma y de su voz cuando dijo «No tengo más remedio».

Pensar en la persona amada es uno de los placeres más sutiles del amor. Aristóteles ya lo sabía. No quieres nada, no puedes hacer nada, la persona en la que piensas está fuera de tu alcance, pero no del todo. No escoges qué recordar y qué olvidar. Los recuerdos te escogen a ti.

¿Qué recordaría él de esa noche?

No al cincuentón jadeante, no el mordisco fugaz de ella, no las miradas de los demás al verla. Recordaría cuando le dijo «No tengo más remedio».

1. Poema CXIII, «Sombras», *Poesías completas*, Hiperión, 1985, trad. José María Álvarez.

No lo olvidaría nunca.

No tengo más remedio.

Hay cosas que uno no tiene más remedio que hacer o no hacer. Es lo que se llama moral, pero puede llamarse de cualquier forma. Tradición, costumbres, figuraciones. Lo más importante es que esas cosas existen, que te facilitan la vida o te la envenenan.

Tal vez la redención o la catarsis sean precisamente eso. Un paso más allá de la moral, o un paso hacia otra moral. Pero ¿cómo sería esa moral?

El champán le pesaba en la cabeza y las extremidades, y se durmió acariciándose la oreja que Rania le había mordido.

La mañana siguiente se despertó con la sensación de que tenía algo urgente que hacer, pero no caía en lo que era y subió en el ascensor en busca de Thanasis.

–Sé que tengo algo urgente que hacer, pero no recuerdo qué. Ya eran las nueve.

–No es de extrañar. La vida es una historia urgente –dijo Thanasis, que llevaba tres horas peleándose con los economistas austriacos.

Entonces recordó de pronto de qué se trataba.

Grandes banderas suecas ondeaban despacio sobre la Facultad de Arte. En la fachada habían colgado un colorido cartel con un aspecto infantil deliberado. Era la una, el sol no calentaba, pero ella estaba allí y los estudiantes –sobre todo las chicas con aquellas faldas tan cortas– se habían sentado en unos bancos como para provocarlo.

–Cuántas chicas guapas –dijo, y Thanasis le recordó enseguida cuál era la situación.

–Los ojos comen pescado y el estómago, aire.

Thanasis siempre tenía un refrán apropiado, pero lo peor era que siempre existiera un refrán apropiado, lo que demostraba que los griegos habían vivido muchas cosas y en repetidas ocasiones. El sabio y muy conocido aforismo de «unos follan y otros pagan» se había convertido en «unos follan y nosotros pagamos».

El nivel de las obras de arte quizá no fuera incuestionable, pero los estudiantes sí.

Seguros de sí mismos y del brillante futuro que les aguardaba, los chicos habían dejado de cortarse el pelo y las chicas habían dejado de usar sujetador. Se hacían agujeros enormes en los vaqueros y una de ellas, la más bonita, tenía descubierta toda la nalga derecha compitiendo con el sol.

Christo y Thanasis disfrutaron viendo a los alumnos. Jóvenes, libres y fuertes. Los dos amigos fueron paseando de una sala a otra. Vieron cuadros, esculturas, objetos de artesanía. Las fotografías estaban en el otro extremo, en una sala más pequeña. Ese era su objetivo. Christo quería ver la fotografía que le había sacado Rania, sin tener muy claro qué se esperaba. Ella le había avisado. En la foto sales tú, pero la he hecho yo.

La exposición fotográfica tenía su propio nombre.

Tentativas desnudas.

—Muy ingenioso —dijo Thanasis.

Era más que ingenioso. También era muy desnudo. Varias de las imágenes mostraban a niños de distintas edades, desde bebés hasta adolescentes. Había dos fotografías ante las que era imposible pasar de largo. Un chico de unos doce años que se miraba el miembro con asombro. Era una imagen trágica, veías que la naturaleza se estaba imponiendo y que el chico estaba perdiendo la inocencia y a sí mismo.

Continuaron avanzando. La siguiente imagen que hizo que se detuvieran representaba a alguien que conocían los dos. La hija de Rania, capturada justo cuando se estaba levantando de la bañera y daba una patada hacia atrás para sacudirse el agua. Era una maravilla. Belleza e inocencia al mismo tiempo. Se distinguía la sexualidad de la niña, pero no se ponía a la venta. La pequeña se parecía a su madre y Christo se quedó allí parado un buen rato, mientras que Thanasis continuó. De pronto, exclamó:

—Christo, ¿este eres tú?

Era un hombre sin cabeza, como las estatuas que hay en los museos de toda Grecia, aunque menos musculoso. Además, se le veía el pene poderoso y perfectamente erecto, al contrario que en los protagonistas de la Antigüedad que, por norma general, tenían el pene reducido y flácido, si es que lo habían conservado, puesto que muchas de las hordas de bárbaros que conquistaron Grecia se lo habían arrancado a martillazos.

—¿Quién te has creído que soy? Soy un niño de la ocupación alemana, he crecido a base de higos y pepitas de sandía. ¿Cómo iba a tener semejante fusil entre las piernas?

Prosiguieron el recorrido hasta que Christo se reconoció a sí mismo. Estaba desnudo, pero en una posición pudorosa, un poco como *El pensador* de Rodin. La imagen no se centraba en la cabeza, tampoco en el sexo, sino en los hombros huesudos que tenía vencidos, como si cargara con un peso invisible. También había un título:

El extraño

De pronto sintió que le costaba respirar. ¿Era ese el aspecto que tenía en realidad? ¿Tan solitario? ¿Tan resignado?

—Es la mejor obra del año —dijo por sorpresa una voz a sus espaldas. Era el cincuentón. El hombre de la mirada del exterminio. Evidentemente, no había asociado aquel rostro delgado junto a la farola tras la Biblioteca Real con el hombre del retrato, que parecía abandonado, como un faro sin luz.

Y no acabó ahí la cosa. La situación empeoró cuando se dirigió a Thanasis.

—¡Un trabajo espléndido! ¿Eres profesional?

Christo se sobresaltó, pero discretamente, Thanasis, en cambio, no pudo negarse el placer de hacer un poco de teatro.

—No, no soy profesional, pero conozco un poco a la fotógrafa. Y usted, ¿es modelo profesional? —dijo mordazmente el muy traidor, sin mirar a Christo.

El calvo cincuentón hizo una mueca, como si estuviera comiéndose algo agrio.

—Ah, no, ¿me imaginas de modelo? —respondió coquetón, como si esperara una lluvia de protestas, pero al no recibir ninguna, prosiguió—: Soy profesor de la facultad y la mayoría de los que exponen son alumnos míos.

Llevaba las gafas que recordaban a las de Lenin, tenía la mirada aguda y Gandhi le habría envidiado aquella cabeza completamente rasurada. Muy bajo pero macizo, como los ataúdes que el maestro Giannis fabricaba en el pueblo, pensó Christo, y de inmediato se imaginó los olivos brillando a la luz del sol, recordó el aroma que desprendía el suelo después de la lluvia y sintió que una estaca se le clavaba en el corazón.

¿Tendría que vivir toda la vida con esa estaca?

El extraño

Contempló el título. Rania había logrado plasmar en la imagen la soledad y el anhelo, los gusanos que lo devoraban por dentro. Incluso los bocetos eran vigorosos, con largos trazos limpios, nada decorativos, sino sencillos como un aforismo. La admiraba.

Qué suerte tengo. Estoy enamorado de una persona que merece que la admire, pensó, aunque presentía que o se había enamorado de alguien que admiraba o admiraba a la persona de la que se había enamorado.

Entretanto, el profesor no paraba de hablar de la obra de Rania y de su talento. Estaba claro que le gustaba hablar, y no sin razón. Tenía una voz cálida, en contraposición a su mirada, un poco tenaz, pero en armonía no solo con lo que estaba diciendo, sino también con el entorno y la distancia con el compañero de conversación. Hay gente que desafina cuando canta y también cuando habla. Vociferan cuando deben susurrar y susurran cuando deben vociferar. Pero él tenía una voz perfectamente modulada y hecha para agradar. Había una única cosa que resultaba extraña. De vez en cuando, se pasaba la mano izquierda por la calva con un movimiento bastante femenino, como si se apartara hacia atrás una melena que ya no existía, pero que seguramente tuvo.

¿Cómo no iba a ser un hombre así el amante de Rania? Christo percibió la sombra que le atravesó la mirada cuando Thanasis insinuó con ambigüedad que conocía a Rania, pero era posible que se hubiera equivocado. Los celos no se caracterizan por su objetividad.

—Es la alumna con más talento que tengo —les informó.

—Ya me imagino —contestó Thanasis, como si quisiera decir algo completamente distinto.

Christo permanecía callado. Se le había desbocado la imaginación. Se imaginó a Rania en brazos de aquel hombre, abierta como una amapola.

—Si quieres volver a hacer de modelo, llámame. Tengo que pirarme —le dijo el profesor a Thanasis, y le lanzó una mirada fugaz a Christo.

Se estrecharon la mano a modo de despedida. Thanasis por costumbre y Christo por los celos que se le acababan de despertar. Quería sentir en la suya la mano de aquel hombre. Tenía la certeza de que el contacto desvelaría si estaba en lo cierto respecto a que el profesor era el amante de Rania. Lo sentiría; y de verdad lo sintió. El hombre tenía unas manos muy bonitas. Dedos largos y fuertes, cálidos y secos. Seguros. Además, era de los que se piraban. Esa expresión tenía un encanto indescriptible. Irresponsable, vano y agradable. Podría convertir cualquier traición en una buena acción.

—¡Menudo cerdo! —dijo cuando se despidieron.

Thanasis malinterpretó su salida.

—¿Te sorprende que nos haya confundido?

—No nos ha confundido. El ser extraños nos hace a todos iguales.

Thanasis se paró a medio camino.

—¡Bravo, querido Christo! Esas palabras encierran una gran sabiduría.

Grande o no, era una verdad a fin de cuentas. Los extranjeros se parecen entre sí, se convierten en formas sin rostro que circulan por las calles y plazas de la ciudad. O en la cafetería de la estación central, la única donde podían sentarse al calor al mismo tiempo que estaban fuera de casa. Donde podían comenzar conversaciones improvisadas entre los clientes, griegos y yugoslavos, en su mayoría. Estos encuentros fortuitos eran cuanto tenían. La vida necesaria había desaparecido. El hogar, los padres, los hermanos, los primos –sobre todo las primas–, los amores y el fútbol, los amigos y los aromas. Todo había desaparecido. Solo les quedaba aquello que era fruto del azar.

–Vamos flotando sin vela y sin ancla, como un mensaje en una botella.

Christo se encontraba triste después de haber estrechado esa mano que probablemente hubiera acariciado a Rania. Estaba seguro de que el profesor era su amante. Christo debía olvidarla. Tenía un marido, una hija, un amante y talento. Estaba jugando con él, y ¿por qué no? Era un inmigrante. A disposición de todos.

Fueron andando despacio hacia Sveavägen, la arteria de Estocolmo. Aquel sol despiadado, que brillaba igual para ricos y pobres, había atraído a multitud de personas. Vieron a parejas de jóvenes bien vestidos paseando de la mano tranquilamente. Parejas de mediana edad que caminaban absortos en sus pensamientos. Parejas mayores que se abrían paso contra el viento, protegiéndose uno detrás del otro.

Durante un instante, Christo sintió vértigo. Aquella avenida le había dado miedo desde su primer día en Suecia. Totalmente recta, un vistazo bastaba para ver el principio y el final, no prometía nada, no ocultaba nada.

Una decena de coches con la última hornada de estudiantes iba de un lado para otro mientras los pasajeros gritaban a voz en cuello. Varios arrojaban sus gorras de graduación al aire y algunas chicas bailaban alocadamente y les lanzaban besos a todos los transeúntes; Thanasis los cogía al vuelo, las chicas se reían y se movían emocionadas.

–Envidio la libertad que tienen –dijo Christo.

–Yo no. La libertad puede ser tu peor enemigo si no sabes lo que hacer con ella –replicó Thanasis, que detestaba cualquier exageración. Lo había dejado hacía poco con su novia, que le decía todo el tiempo lo mucho que lo quería.

–No podía más, querido Christo. Como tosiera un poco, allí aparecía ella con un montón de medicamentos y declaraciones de lo muchísimo que me quería. Yo también te quiero, le decía. Es imposible que me quieras tanto como te quiero yo, decía ella. Una vez, dos veces, tres veces. Puro imperialismo emocional. La cuarta vez perdí la paciencia y le dije que podía seguir queriéndome todo lo que le apeteciera, pero que yo ya estaba harto. Alegría de mis ojos, le dije, a ti lo que te pasa es que estás enamorada de tu amor, no de mí.

Pensaba lo mismo de las declaraciones de alegría y libertad de los adolescentes. No habéis salido de ninguna cárcel, quería decirles. Así que podríais ser un poco menos ruidosos y un poco más serenos.

También es posible que los dos les tuvieran envidia.

Se despidieron a las afueras de la Biblioteca municipal. A Thanasis lo había embargado una admiración casi maniaca por economistas como Ludwig von Mises, Friedrich von Hayek y Joseph Schumpeter, y se pasaba horas y horas hablando de ellos. Había aprendido alemán para leer los originales, pero a Christo no le impresionaban tanto, sino que le parecía que volvían el mundo del revés, que el cielo se convertía en el suelo que pisaban y el suelo que pisaban se convertía en el cielo. No pensaban en los trabajadores, pensaban en cómo poner a funcionar el capital, se inventaban términos como «la mano invisible del mercado».

—¿De qué mano invisible hablan, querido Thanasis? En Grecia sabemos perfectamente quiénes son los dueños de esa mano invisible. Sabemos quiénes compran las naranjas por una corona y las venden por diez. Unas pocas familias son las dueñas de nuestro país. También son unas pocas familias las dueñas de Suecia. Es igual en todas partes.

—Yo te estoy hablando de teoría económica y tú te pones a dar la matraca con el precio de las naranjas.

—Ciertamente. Pero esos economistas se desviven por demostrar que Marx estaba equivocado. Los filósofos modernos igual. Lo primero que hacen es pelearse con Platón y Aristóteles. A Bertrand Russell, por ejemplo, la ética de Aristóteles le parece repugnante. ¿Por qué, *my lord*? ¿Por qué se ha irritado de tal forma su alteza? ¿Dónde le aprieta el zapato? ¿Son las ideas de Aristóteles acerca de la amistad, del amor, de las virtudes, de la libertad? Valoro mucho que Russell se atreviera a decir que no a la guerra, pero no estaba arriesgando nada. Era y siguió siendo un lord. O el más conocido de ellos, se me ocurre Wittgenstein, quien, por cierto, era primo de Hayek y escribía y hablaba como una pitia contemporánea que acabara de tragarse una nube. Cuanto más confuso, mejor. A los académicos les gusta soltar discursos, pero la gente quiere saber cómo funcionan las cosas. Y todos sabemos cómo funcionan las cosas. Los pobres se vuelven más pobres y los ricos, más ricos.

Thanasis no se enfadó.

—No sabes de lo que estás hablando, pero es entretenido escucharte.

Christo apreciaba a Thanasis y no quería dejar que fuera por la vida con la cabeza llena de ideas equivocadas.

—Pitágoras no era un tonto y decía que los comerciantes pertenecían a una categoría de personas ínfima. Aristófanes decía lo mismo. Incluso el refrán lo dice. El aceite de oliva cuesta tres dracmas, el vinagre cuesta tres dracmas, pero el aceite de oliva mezclado con vinagre cuesta seis. Esa es la esencia del comercio y también describe muy bien la habilidad del comerciante.

Thanasis no conocía el dicho, pero sentía un profundo respeto por los refranes, así que se contentó con darle una palmadita en el hombro a Christo y subió corriendo las escaleras que conducían a la entrada de la Biblioteca municipal.

Christo sintió una punzada en el corazón, una especie de ternura por su amigo. Era maravilloso tener un amigo.

¿Qué haría ahora? No eran más de las tres. Miró a su alrededor con la esperanza de encontrar algo de inspiración. La ciudad se había quedado muda. Comenzó a andar en dirección a la plaza de Sergel a paso lento, puesto que no iba a ninguna parte. Entonces vio un cartel gigantesco.

«Te vas a enterar de lo que vale un Fiat», rezaba, y sonrió para sí. «Te vas a enterar de lo que vale un peine», murmuró, satisfecho consigo mismo. «Qué ingenioso», elogió al desconocido redactor del anuncio. Cada vez conocía mejor el idioma.

Se alegró. Algunos compatriotas ya lo habían acusado de haberse convertido en sueco. ¿Quería volverse más sueco todavía? Escuchaban su defensa tan poco como los antiguos atenienses escuchaban la apología de Sócrates.

La cuestión no era volverse sueco. Más bien lo contrario. Lo única forma de conservar su grequicidad era poder defenderla en sueco, poder expresarla, poder dar cuenta de ella al escribir y al hablar. No temía perder lo que era en la nueva lengua. Le asustaba más no ser capaz de mostrarlo.

Thanasis padecía la misma dolencia. Era uno de los pilares sobre los que descansaba su amistad. Cuando se encontraba con una palabra desconocida, la miraba con los ojos desorbitados y decía resuelto: «Pienso aprenderte, bastarda».

Christo sonrió al recordarlo y de pronto se le ocurrió que la risa tal vez fuera la redención, la catarsis, pura y simple. Cuando la vida se vuelve demasiado endemoniada o demasiado triste o demasiado aburrida, uno se ríe. Era una idea que podría incluir en el trabajo de la facultad. Casi seguro que Aristóteles no había pensado en ello. Pero, Dios Santo, eso sí que era un tema para un trabajo así. Aristóteles y la risa. Un trabajo de Christo L. Joder, menudo acierto. Tenía que hablar con la directora inmediatamente.

Se alegró tanto que comenzó a andar más rápido como para que no se le escapara aquella idea tan escurridiza y acabó en la empinada calle del bar. Eran poco más de las tres, demasiado pronto para empezar a trabajar. Sabía que Jean Jacques llegaba temprano para experimentar –a veces con los tipos de pan, a veces con las salsas, a veces preparando la tarta perfecta. Estaría bien entrar a charlar un rato, tomarse un café.

La puerta no estaba cerrada con llave. Entró y se arrepintió enseguida.

Jean Jacques y la hermosa Paola –la del novio rico– estaban haciéndolo en la encimera de la cocina. Estaban tan entregados que ni lo oyeron ni lo vieron, y él tampoco quería ver lo que estaba viendo. Salió sin hacer ruido y cerró la puerta con cuidado. Una nueva inquietud sustituyó la alegría por el tema que se le había ocurrido para el trabajo de la facultad.

¿Cómo iba a mirar a Emelie a los ojos después de aquello? ¿Cómo iba a ver a Jean Jacques y Paola sin rememorarlo? Ese sueño propio de la policía secreta de saber de ti algo que tú no sabes que ellos saben era sin duda repugnante. Le hizo recordar la pesadilla de los años de la guerra civil. Las persianas bajadas del pueblo, tras las cuales innumerables ojos observaban cuanto sucedía. Tú lo sabías, y ellos sabían que lo sabías, pero no podías volverte invisible, mientras que ellos lo eran.

Le recordó que en el pueblo hasta las paredes oyen, que la calumnia era la norma. Y como dice el refrán, «no hay humo sin fuego»… En resumidas cuentas, se trataba de una época en la que cualquiera podía ser o llegar a ser un delator, en la que podían arruinarte la vida con un cuchicheo en una cafetería, en la que te condenaban y te hallaban culpable sin juicio. Todo aquello lo había visto, lo había vivido y lo odia.

Resolvió no contarle nada a Emelie.

¿No tenía la obligación de hacerlo? ¿Un amigo no debería contarles la verdad a sus amigos? La verdad os hará libres, dice la Biblia. Aunque la verdad también te busca enemigos de por vida. Ninguna respuesta valía. El problema era suyo y de nadie más. Ni Emelie ni Jean Jacques ni Paola saldrían perjudicados si no se desvelaba la verdad. ¿Por qué iba a ser él el portador de malas noticias?

Trató de olvidar la imagen de Paola con las piernas en alto. Su esplendor. En el tobillo llevaba una cadena de oro que brillaba. La velluda parte trasera de Jean Jacques no era nada memorable. En cambio sí lo eran sus gemidos, que parecían surgirle directamente de los riñones y que hacían que Paola echara la cabeza hacia atrás y le pidiera más.

La visión de los dos no lo abandonaba. Cerró la puerta y volvió a salir a la calle, pero la imagen lo perseguía. Le asqueaba y lo excitaba a partes iguales. Era la primera vez que veía a una pareja haciendo el amor. No debería significar tanto, pero así era. Fue revolucionario. La desmesura del deseo, la entrega; podría haberse puesto a aplaudir a su lado y no les habría afectado.

Nunca había sentido nada semejante. ¿Llegaría a sentirlo alguna vez? No lo sabía. Aunque estaba seguro de que, si lo conseguía, sería con Rania.

Sus pasos lo llevaron por costumbre a la cafetería Hugo de la calle Kungsgatan. Era el abrevadero de los griegos. Donde quedaban todos. ¿Por qué? Nadie lo sabía. Quizá porque la hija del dueño, que trabajaba allí, era muy guapa y la mayoría de los clientes coqueteaban con ella, aunque no parecía darse cuenta. Era la criatura más autosuficiente que Christo había conocido; iba de una mesa a otra con pasos lentos, recogía o dejaba las tazas y los cubiertos, los sándwiches y los pasteles sin prisa, nunca miraba a su alrededor, como si estuviera completamente sola. Ella y su esbelto cuerpo tan ligero como una nube. Eso era el mundo. Pero ¿no estaba siendo injusto con ella? Quizá notara cada mirada y supiera que la desnudaban con los ojos, quizá le gustara, quizá no. Quizá se sintiera como él, un extranjero entre extranjeros.

Christo seguía atormentado dando vueltas a sus fantasías y a su deseo por Rania, pero se vio interrumpido por una pandilla de ruidosos compatriotas que entró en ese momento. Estaban enfrascados en una discusión política, más bien una riña, que pronto pasó a tratar de fútbol, volvió a convertirse en una riña y él sintió cierto alivio, no tanto por participar como por escuchar el griego, las forzadas voces griegas, en definitiva, por sentirse como en casa unos instantes.

Le vino a la cabeza otra idea. Tal vez la redención no sea un sentimiento o una toma de conciencia, tal vez sea una circunstancia. La circunstancia de estar con otros. De, por un instante, fundirse en otra unidad, externa al propio yo. Quizá no fuera en la tragedia donde se encontraba la catarsis sino en el hecho de hallarse en el teatro junto con los demás. De presenciar algo junto con los demás. Cada sociedad ha creado sus propias cláusulas de redención. Un teatro o una iglesia o un estadio. Quería acercarse a la hermosa pero letárgica muchacha que iba de mesa en mesa atrapada por su propia belleza autista y decirle: ven, siéntate con nosotros, sé uno de nosotros, deshazte de los grilletes, danos calor y nosotros te lo daremos a ti.

Trataría de escribir todo esto en su trabajo. Estaba eufórico, casi feliz en medio de esas voces griegas en aquella cafetería extraña tan lejos de casa, en otro país. Incluso se olvidó de Rania. Se olvidó de Jean Jacques y de Emelie y de Paola. Se olvidó de sí mismo.

La verdad es todo lo que sucede, murmuró para sí, sin realmente comprender qué quería decir. Pero también incluiría eso en el trabajo. Echaba de menos su cuarto, el sencillo escritorio, pero ya era la hora de marcharse a trabajar.

Le sonrió a la belleza de la caja al salir, pero ella no le devolvió la sonrisa. De camino al bar vio a Paola por la acera contraria. Andaba con paso largo, como si quisiera retirarse lo más rápido y lo más lejos posible del bar donde había traicionado a su novio y a su amiga y quizá incluso a sí misma.

El alma humana, ese vagabundo rebelde que todos llevamos en nuestro interior, no se puede domesticar.

Christo también apremió el paso, pero en la otra dirección. No quería ser portador de malas noticias. Sentía algo así como la obligación de proteger a Emelie, que era su amiga, que siempre le sonreía al verlo. Por supuesto, esa obligación existía. Aunque era feliz con Jean Jacques. Tal vez él también lograra que sacudiera la cabeza de un lado a otro con las piernas en alto. ¿Por qué cambiar eso?

Su abuelo solía decir que todo es relativo o que depende. Christo no había comprendido nunca si el abuelo quería decir que todo estaba relacionado con el resto o que nada poseía un valor absoluto.

Lo difícil no es descubrir qué deberíamos hacer. Eso está en la Biblia o dondequiera que sea. Lo difícil es saber cómo y cuándo hay que hacerlo. En la ética, el tiempo y las circunstancias son irrelevantes, pero en la vida no. A veces marcan totalmente la diferencia entre el bien y el mal.

Christo decidió no contarle nada a Emelie. Resultó mucho más complicado de lo que pensaba. Sobre todo, cuando la vio despreocupada y enamorada, mientras que Jean Jacques se comportaba como siempre, como si no hubiera sucedido nada. Cabía la posibilidad de que fuera así, que Paola no significara nada para él y él nada para ella, pero ¿entonces por qué se acostaron? ¿Sería algo así como un deporte? ¿Un juego? Ella tenía novio, él tenía a Emelie. ¿Qué buscaban el uno en el otro?

Aquello era de un anticuado recalcitrante, los tiempos habían cambiado, pero ¿habría llegado ese cambio al corazón de las personas? Él creía que no. Por otro lado, ¿qué era lo que trataba de conseguir con Rania, si no lograr que traicionara a su marido, que mintiera, que fingiera? No era mejor que Jean Jacques y Paola, ni mucho menos, era el mismo tipo de cerdo.

—¡Joder! —dijo en voz alta, aunque para sí.

—¿Qué has dicho? —preguntó Jean Jacques, que se encontraba a su lado limpiando las entrañas de un pollo.

Se le ocurrió una mentira enseguida.

—Por poco me hago daño.

La voz le resonó como siempre.

Y como siempre transcurrió la noche. Vinieron varios estudiantes, vino una pareja de mediana edad, vino incluso Paola con su novio rico, le dio un beso en la mejilla a Emelie y también a Jean Jacques mientras le acercaba la rodilla a la entrepierna.

La vida seguía su curso sin más.

Era una noche como cualquier otra, pero con la diferencia de que Jean Jacques estaba muy cansado. Lo que no era de extrañar, después de la tarde que había tenido. Generalmente, se habría comido un sándwich y un vaso de vino antes de volver a casa. Pero no esa noche, dijo que quería «acurrucarse en la cama», aprendía sueco de forma muy selectiva, pero que ellos, a saber, Emelie y Christo, podían quedarse un ratito más si querían, y se marchó después de darle un beso de buenas noches a Emelie.

A ella no le apetecía irse a la cama, y sacó dos cervezas, no heladas pero sí frescas, justo como le gustaban a Christo. No bebemos cerveza para congelarnos, sino para refrescarnos, decía a veces con cierta pompa.

Se sentaron uno frente al otro sin decir nada. Prestando atención al silencio de la ciudad y al silencio que albergaban dentro. Transcurridos unos minutos, Emelie decidió hablar.

—Me encanta cuando todo se queda tranquilo y en silencio —dijo inclinándose para rellenarle el vaso. Entonces él le vio una marca roja en el cuello. «Bravo, Zezé, te da tiempo a todo», pensó. Emelie le leyó el pensamiento como los viejos sacerdotes leen el evangelio. Sin mirarlo.

–No es lo que tú crees.

Esperó a que prosiguiera, pero no dijo nada. Emelie apoyó la cabeza en las manos con la mirada fija en el mantel como si estuviera contando los cuadraditos. Tenía pinta de haber sufrido «tres accidentes y tres maldiciones», como dicen en Grecia, y Christo tragó con dificultad. Le resultaba difícil verla así, alargó la mano y se la pasó por el pelo sin más intención. Ella levantó la vista despacio y entonces él le vio las lágrimas.

Emelie estaba llorando. Fue absolutamente inesperado, insólito.

–¿Qué ha pasado? –dijo.

–Tenemos que cerrar –contestó ella.

–Cuando quieras.

–No, no. Tenemos que cerrar el bar, cerrarlo para siempre. Terminar con el negocio.

Aquello le pareció del todo sorprendente.

–Pero si va bien.

No iba tan bien. Tenían deudas con el dueño del local, con Hacienda, con los proveedores. Lo cierto es que también tenían deudas con él.

–Jean Jacques va de acreedor en acreedor. Se ve obligado a hablar en sueco, y no se maneja bien. Se enfada y se comporta mal. Por las noches parece un cadáver. Me da pena. Este bar era su sueño y la marca que tengo en el cuello no es un chupetón. Es un eccema. No lo había tenido nunca, pero ahora se me ha puesto todo el cuerpo así. ¡Mira! –dijo abriéndose dos botones de la blusa.

No llevaba sujetador. Estaba cubierta de ronchas de un rojo brillante, de sangre seca de tanto rascarse. Entonces él hizo una cosa que no tenía ni idea de que haría. Se inclinó hacia delante y le besó la zona más grande y que peor aspecto tenía.

Eso era lo que hacía su madre cuando él llegaba a casa con las rodillas ensangrentadas de jugar al fútbol. Le limpiaba las heridas y después se las besaba. Ya se te pasará, solía decirle, y se le pasaba.

—Ya pasará —le dijo.

Ella lo miró como un niño cuando le dan un caramelo.

—Te portas muy bien conmigo, Christo.

Se le enterneció todo el cuerpo. Quizá no sea ninguna tontería portarse bien, pensó, pero no dijo nada. Emelie, en cambio, abrió la caja de Pandora.

—Ya no nos acostamos. No me toca. Aquí montamos un teatrillo todas las noches y me da vergüenza. Dice que no puede más, que tiene demasiadas cosas en la cabeza. Pero yo lo achaco a mí. Creo que es culpa mía. Que soy una pesada o que he engordado o que huelo mal o lo que sea. A veces creo que está con otra. A veces llaman al teléfono y cuando descuelgo la otra persona cuelga. Él dice que seguro que son proveedores, pero yo creo que no. Después me avergüenzo por desconfiar de él. No sé qué hacer.

Por un instante, Christo se sintió tentado a contarle lo que pasaba. No los llamaba ningún proveedor, sino Paola o tal vez otra. Te está engañando, Emelie, quería decirle.

No se lo dijo.

—Si no sabes qué hacer, entonces no hagas nada.

Emelie se quedó pensándolo.

—Tienes razón.

Se terminaron las bebidas y se despidieron sin decirse nada más. Probablemente no hubiera nada más que decir. Si ya se le antojaba difícil desvelarle lo que sucedía a su espalda, ahora se había vuelto imposible.

Tenía muchas cosas en las que pensar mientras paseaba hacia el autobús nocturno por las calles desiertas. Se conoce que es fácil imitar la felicidad. Jean Jacques y Emelie lo habían engañado. Representaron la pantomima de la pareja feliz y tanto él como los demás la habían aceptado, se habían alegrado, y quizá hubo quien les tuvo envidia.

¿Habrían sabido representar la pantomima de la pareja desgraciada con el mismo éxito? Puede que sí, puede que no. Seguramente no. Algo los habría delatado. Un gesto o una palabra o una mirada. Es difícil hacerse el desgraciado con coherencia. O puede que no.

Cabía sacar una conclusión: es posible engañar con éxito a la gente. En una ocasión conoció a una mujer que se jactaba de fingir los orgasmos. Ninguno de sus amantes había puesto en tela de juicio sus gemidos falsos, por la sencilla razón de que tenían la esperanza de que fueran reales.

Se prometió que lo tendría presente.

Pero ¿puede uno engañarse a sí mismo?

Desde luego que sí. Ese era su deporte favorito. ¿Cómo podía pensar que él le interesara a Rania de verdad? ¿Por qué iba a interesarle? ¿Quién era él? Un don nadie siempre empalmado. Y ya está.

De pronto oyó tras de sí el inconfundible sonido de unos tacones de mujer. Se volvió. Era la dueña del club nocturno. «Hola», dijo un tanto inseguro. No sabía si querría hablar con él. Sí quería. Y no solo eso. Dijo que le resultaba agradable no tener que ir sola por la calle a esas horas. Estaba reconociendo que confiaba en él. Comenzaron a hablar y ella era cualquier cosa menos una persona con la que fuera difícil entablar conversación. Se desprendió del silencio sosegado de las noches anteriores, lo cogió del brazo como si fuera lo más natural del mundo.

—Me llamo Ilona —le dijo—. Sé que tú te llamas Christo, he oído que los otros te llamaban así. ¿Eres católico?

—No, ortodoxo. O, más bien, debería serlo. No creo en Dios.

—¡Pobre! Yo sin mi fe me sentiría desnuda. No es que me vista muy castamente, pero aun así… La fe es como una capa que me cubre.

Christo estaba desconcertado. Durante semanas, se había sentado en su asiento con las piernas cruzadas, sin intercambiar ni una palabra con nadie, sin mirar a nadie, y ahora la llevaba del brazo conversando sobre Dios. Aquello lo irritó de una forma que no se explicaba. De repente quería tratarla mal, aunque fuera un poco, no golpearla ni nada por el estilo, sino más bien enfadarla, cabrearla, ponerla furiosa para que se le cayera la careta. No le dio tiempo. Habían llegado al autobús, ella le dijo «gracias por acompañarme» y se sentó en su asiento habitual como todas las noches.

«¿Habrá una sola persona que sea como yo creo que es?», se preguntó Christo y se sentó también en su asiento habitual, cerró los ojos con fuerza y trató de recordar el aroma que desprendía la tierra de su pueblo después de la lluvia. Aquello parecía lo único realmente verdadero.

Era imprescindible que viera a Thanasis al día siguiente. Tenía que hablar con él sobre sus dilemas morales: revelarle la verdad a Emelie o permanecer callado. Así que lo invitó a un café, Zoéga, de una variedad que le había recomendado Jean Jacques, y a un bollo. Se sentaron en la cocina comunitaria, que hacia las diez casi siempre estaba vacía. A través de las amplias ventanas, vieron cómo iba madurando el día.

Thanasis lo escuchó sin interrumpirlo, mientras de vez en cuando miraba hacia fuera, como para asegurarse de que todo estaba en orden.

–Bueno, ¿qué me dices? –le preguntó Christo.

Thanasis se encendió un cigarro, se llevó a los pulmones «un bocado de humo», como dicen en griego, y llegó a un veredicto.

–Tienes toda la razón en no desvelarle nada a Emelie. No hay que echarles más peso a los que se están ahogando.

–Mi abuelo diría que todo es relativo.

–No estoy de acuerdo con él. Hay algo que no es relativo.

–¿El qué?

–La persona, querido amigo. La otra persona. La persona no es relativa. Ella tiene un valor absoluto e incondicional.

–O sea, que el tonto de Jean Jacques también es de un valor absoluto.

–Sí, incluso él.

Christo soltó una risita.

–Total, que lo he hecho bien.

–Perfectamente. No eres Ibsen para destruir a una familia entera porque hay que decir la verdad. Tú eres un joven griego.

Christo enarcó las cejas sorprendido.

–¿Has leído a Ibsen?

–No me interrumpas.

(O sea, que no había leído a Ibsen. Pero prosiguió:)

–Es decir, que eres un joven griego con una moral que no siempre se adecua a las normas que rigen aquí. Algunas de ellas podemos evitarlas. Otras no, o no sin destruirnos a nosotros mismos. La delación es un vicio griego. Haces bien en superarla. Yo habría hecho lo mismo. Puesto que yo también soy un joven griego capaz de hacer un esfuerzo extraordinario, pero no todo el tiempo. Es posible que incluso un día Emelie te acuse de no haberla prevenido. Es muy posible que tenga razón. Pero tú y yo no podemos hacer otra cosa. Tenemos que vivir con ello. No les echamos más peso a los que se están ahogando. Les lanzamos una cuerda de salvamento y confiamos en que todo salga bien. Es muy posible que la vida corrija nuestros errores o invalide nuestras acciones más nobles. No podemos evitarlo. Estás protegiendo a Emelie, pero también estás protegiendo al tonto de Jean Jacques. Así como a la *femme fatale* Paola, que por cierto parece muy interesante. Pero puedes actuar de otras muchas formas. Por ejemplo, amenazando a Jean Jacques con delatarlo para conseguir un sueldo mejor, o amenazando a Paola para echar un polvo. La situación da cabida a varias posibilidades. Tú has escogido la que te pide tu corazón griego: la de proteger a una amiga.

Christo se quedó pasmado. No sabía que Thanasis tuviera tanto que decir.

—Bravo, querido Thanasis. Y yo que creía que solo entendías a Schumpeter y *company*.

Thanasis sonrió muy contento.

—Solo sé que no se nada, dijo Sócrates.

Tenía un punto de tristeza en la voz.

—Pero lo intento.

Se quedaron un rato en silencio. Al otro lado de la ventana se veían unas nubes negras arremolinándose en el cielo.

—Va a llover —dijo Christo.

Estaba en lo cierto. Llegó la lluvia. Incesante, apacible, nostálgica.

Quedaba un problema. ¿Qué movía a Jean Jacques a acudir a Paola? ¿Ya no quería a Emelie? ¿O quería a dos mujeres al mismo tiempo? ¿O tendría la sexualidad un valor propio totalmente aislado del corazón?

Thanasis estaba preparado. Carraspeó un poco para aclararse la garganta.

—Con respecto a estas cuestiones, tenemos la gran suerte de contar con el refrán sueco de que la hierba del vecino siempre es más verde. Zezé, como tú lo llamas, no quiere más que adentrarse en un jardín ajeno y salir cuanto antes. ¿Cómo afectan estas excursiones a su relación con Emelie? Yo diría que positivamente. Cada vez que la engaña, la quiere todavía más. En su regazo, él encuentra no solo placer, sino también calma, solidaridad y descanso. Mientras que Paola es como una fiebre. Alta pero transitoria.

—¿Me sigues?

—Como una garrapata.

—Un buen descanso es uno de los requisitos más importantes para un matrimonio feliz.

No era eso lo que Christo quería.

—Yo lo que quiero es inspiración, una sagrada locura, algo que me haga cambiar de piel como una serpiente. Que cada caricia sea un sendero al paraíso y cada beso, una resurrección.

Thanasis sonrió.

–Todo eso está muy bien, pero un polvo lisa y llanamente tampoco hace daño.

Christo continuó con el trabajo, escribía una frase de vez en cuando, pero sin mucha energía. Sentía cierto resquemor por la decisión de no contarle nada a Emelie. Era su amigo, no un simple espectador de su vida. La transformación que había sufrido lo llenaba de pesadumbre. Emelie ya no era el rayo de sol que los iluminaba a todos con su mirada amable y aquella sonrisa sin reservas. Emelie estaba triste. Se le empañaban los ojos por nada. Se contenía a la hora de sonreír, la sonrisa se le convirtió más bien en una mueca terca y decepcionada. Iba con el cuello estirado como un pollo en busca de migajas.

Verlo resultaba doloroso.

Pensar en Rania no resultaba menos doloroso. ¿La volvería a ver? Los roces rápidos, incompletos, en el autobús y su desaparición fulminante eran una herida abierta, no solo en el corazón, sino en todo el cuerpo. Hasta la barba tardaba más en crecerle a causa de la pena. Todo su ser, es decir, el espacio que ocupaba en el mundo, había quedado marcado por su ausencia. Reinaba una oscuridad fría que nada podía disipar, aunque él siguiera viviendo como siempre.

Se convirtió en una costumbre vagar a diario por los alrededores de la residencia de estudiantes, con la esperanza de encontrársela o, en todo caso, verla. No estaba por ninguna parte. Ni en el supermercado, ni en la parada del autobús, ni en el bosque. Por si fuera poco, el tiempo empeoró. Las tropas del invierno, que ya se replegaban, contraatacaron a la primavera. De la nada empezaron a surgir unas nubes gigantes y oscuras, soplaba un viento tan cortante que los arbustos se encogían como si fueran una bandada de gansos. Christo sacó los calzoncillos largos.

Una de esas mañanas tristes, se encontró con Matias, el marido de Rania. Se dirigía al colegio con su hija, que iba tirando de él todo el rato con una actitud entre quejica e irritante. Pero él hacía como si nada, con lo que la niña se empecinaba más aún. Rania estaba en un viaje de la facultad. Iban a recorrer Europa viendo obras de arte, Matias no parecía muy al corriente del asunto, y cambió rápidamente al tema que le interesaba. ¿Querría Christo pasarse alguna tarde a jugar al ajedrez?

Christo le prometió que sí y se despidieron, para evidente satisfacción de la niña. Iba camino de convertirse en una tirana, pero eso no le concernía a él. Lo que le concernía era que Rania anduviera recorriendo Europa con el pervertido de su profesor. A saber a qué se dedicaban aquellos dos en las cálidas noches de Verona y Rávena.

La llama de los celos le quemaba. ¿La estaría fustigando el profesor con el elegante látigo negro? ¿En contra de su voluntad o satisfaciendo su voluntad y su deseo? Seguro que el cielo italiano había presenciado cosas peores, no iba a ponerse a llover por eso. «Me estoy volviendo loco», murmuró para sus adentros. ¿Por qué estaba pensando en Rávena y en Verona? No había estado nunca en Italia. Había visto imágenes en periódicos y revistas, y un par de películas inolvidables. Nada más, pero era más que suficiente. Italia era sexo. Alemania era prohibición. Francia, conversación. Inglaterra eran reyes locos. No lo sabía de primera mano, pero eran cosas que tenía tan profundamente arraigadas como si se tratara de experiencias personales. La mayoría de lo que creemos que sabemos son solo rumores, pensó y se afligió más aún. Tengo la cabeza como un retrete, llena de mierda y prejuicios. Esa verdad tenía una sola excepción.

Grecia era dolor.

De eso estaba seguro. Dolor en la mirada del padre, dolor en la espalda encorvada de la madre, dolor en los ladridos de los perros sin dueño; los rostros lacerados de los presos políticos tras las rejas de la cárcel en la avenida Alexandras de

Atenas; los mendigos lisiados en las puertas de las iglesias, el silencio de las ancianas vestidas de negro.

De repente, se avergonzó. Tenía el deber de compartir ese dolor, convertirlo en un poema o una canción o un trabajo académico, en lugar de amargarse y hundirse en la desesperación por el rechazo de una joven y vivir sus días y noches sumido en una autocompasión aniquiladora.

La retirada de la primavera no duró mucho. Al cabo de unos días había florecido por completo. Sol, aromas, vientos templados. Los adoradores del sol no tardaron en volver la cara hacia el cielo libre de nubes. Pero el bar iba cada vez peor. No tenían terraza. Los clientes, incluso los habituales, preferían sentarse en el exterior. Los domingos eran el peor día. A veces no acudía ni un solo cliente o quizá solo uno. El resto de la semana tampoco es que fuera maravillosamente. Parejas mayores, algún que otro cliente solitario, que repasaba la cuenta un montón de veces.

Jean Jacques se estaba ahogando en deudas poco a poco. Se volvió irascible y distraído. Ya no se inclinaba sobre los cazos ni las sartenes con la nariz como una sonda. Un día se hizo un buen corte en el pulgar. No le había pasado nunca. De vez en cuando desaparecía sin más explicación y volvía una hora después con la manida excusa de siempre. Reunión de trabajo.

Emelie no se quejaba, no decía nada, y las rojeces que tenía en el cuello se multiplicaron y se avivaron. Christo luchaba cada día contra el impulso de revelárselo todo. Le parecía horrible verla tan sola y tan valiente. Ella se encargaba de pagarle el sueldo, y una noche le preguntó si podía esperar un poco. No podía. No le quedaba dinero, aunque no tenía una necesidad acuciante. Después de todo, comía en el bar. Seguro que Thanasis podía dejarle dinero para el alquiler. Así que le contestó que no corría ninguna prisa.

–Te daría un beso, pero me siento asquerosa –le dijo ella.

No pudo más. Estaban solos en el almacén del sótano. La abrazó con fuerza. Ella rompió a llorar y él la abrazó más fuerte aún hasta que el llanto cesó.

—Eres el mejor —le dijo.

Sonrió mientras se enjugaba las lágrimas con los puños y él pensó que nunca olvidaría ese momento, vería para siempre su rostro atormentado estallar en una sonrisa dirigida a él y solo a él.

—Emelie, si no quisiera a otra, te querría a ti y retaría a Jean Jacques a un duelo mortal con lanza y espada.

—No haría falta. No tendrías que ir corriendo espada y lanza en mano, porque yo sería tuya y no solo porque no me exijas que te pague ya. Pero ahora hay lo que hay, y yo tengo que ponerme a pelar cebollas y tú, patatas.

Ya era ella misma otra vez. No había nada más que decir.

Emelie volvió a sus tareas y él también.

No pasó nada más. Aun así, ese día resolvió hablar con Jean Jacques. Había que proteger a Emelie. Aquel no era el único motivo. Le avergonzaba saber algo sobre alguien sin que ese alguien estuviera al tanto. Afectaba a su forma de comportarse. Evitaba mirar a Jean Jacques a los ojos, no le reía las pocas bromas que hacía. Pero no lo detestaba. Si Jean Jacques se había enamorado de Paola y ella de él, la policía moral no tenía por qué meterse. Esas cosas pasan todo el tiempo. El mismo Christo estaba enamorado de la mujer de otro. Pero no podían seguir siendo amigos si no eran sinceros entre ellos. Incluso Jean Jacques se había percatado de que pasaba algo raro, sin saber qué.

Una tarde, cuando Emelie todavía no había llegado, se encontraban los dos sentados en la cocina. Jean Jacques marinaba unas chuletas de cerdo y Christo estaba pelando unas cebollitas enanas. Trabajaban en silencio, uno junto al otro. Por lo general, esos momentos eran tranquilos y agradables, intercambiaban miradas rápidas, charlaban de fútbol o de Suecia y los suecos. Pero no últimamente. Se había creado una distancia entre ellos, se vigilaban.

—¿Qué te pasa, Christó? Estos días te comportas muy diferente. ¿Tienes problemas con las damas?

La risa que siguió a aquella insinuación resonó vacía y Christo se irritó aún más.

—Te he visto con Paola —le dijo sin rodeos.

La reacción de Jean Jacques fue cómica.

—*Impossible.*

Cada vez que se sentía acorralado se escudaba en el francés.

Christo soltó también una carcajada breve y vacía.

—No es imposible, para nada. Te vi aquí, estabais haciéndolo en esta mesa.

—¿Estás borracho?

—No te preocupes, no pienso contarle nada a Emelie. Solo quería decirte que lo sé.

Jean Jacques era un hueso duro de roer. De adolescente había estudiado en un colegio jesuita muy estricto, y allí aprendió el arte de negar, confundir, enredar, deslumbrar y, a veces, incluso amenazar. Acosó a Christo a preguntas. Qué día fue, a qué hora, qué llevaba puesto Paola, qué estaban haciendo exactamente.

—El lunes. Poco antes de las tres.

—¿Qué hacías aquí a las tres? ¿Cómo entraste? ¿Y por qué?

De repente, Christo era el acusado. ¿Estaba espiando a su jefe? ¿Había ido allí para llevarse «prestados» unos billetes de cien coronas de la caja?

Y no solo eso. Se dio cuenta de que había olvidado la mayor parte de lo sucedido, no se había fijado en los detalles, no permaneció mucho rato mirando a la pareja que copulaba. Las piernas de Paola en alto, sin embargo, seguían brillando en su memoria como el lucero de la tarde.

—Lo habrás soñado —le dijo Jean Jacques con tono suave, como si le diera pena.

La táctica surtió efecto. Christo estaba cada vez menos seguro. Lo cierto es que había tenido alucinaciones antes, tanto en Grecia como en Suecia, sobre todo al principio. Veía y oía cosas que no existían. Creía ver a amigos esperando en la parada del autobús. Una vez echó a correr detrás de una mujer en la calle Birger Jarlsgatan porque pensaba que era su madre. En otras ocasiones le parecía que el Grand Hôtel de Estocolmo era la fortaleza veneciana de su pueblo. Le preocupaba ver que la realidad se le resquebrajaba de cuando en cuando, pero sabía que eso era consecuencia de la soledad y la nostalgia. Además, lo disfrutaba, porque la añoranza le había enseñado a comprender lo mucho que quería a sus padres. Su padre, el viejo panadero que siempre olía a canela, como un bollo, y su madre, cuyos ojos de pupilas negras siempre se agrandaban al verlo.

Es posible que estuviera exagerando, que la soledad lo hubiera vuelto sentimental, ñoño, propenso al llanto. También es posible que no fuera la añoranza sino los remordimientos. Sabía lo que había hecho al abandonar a sus padres, aunque ellos no se opusieran, más bien lo contrario. Sin embargo, cuando tu único hijo se marcha de casa, siempre es una derrota.

La soledad, la nostalgia y los remordimientos le provocaban alucinaciones. En el caso de Jean Jacques, en cambio, era distinto. Christo estaba seguro de que había visto lo que había visto, pero se había obligado a no contar nada. El encubrimiento autoimpuesto del secreto se había ido convirtiendo en un secreto también para él. El recuerdo que no se consolida con palabras se olvida rápida y fácilmente. Si no habláramos ni escribiéramos, lo olvidaríamos todo. Por eso encontramos vestigios de hace miles de años. El ser humano dibuja, talla piedras, pinta o va poniendo una piedra sobre otra no solo para no caer en el olvido, sino también para conservar los recuerdos.

Los caminos de Dios no son lo único inescrutable, también lo es el cerebro humano. De la nada, le vino a la cabeza un detalle. Paola llevaba una cadena de oro en el tobillo. Se dirigió a Jean Jacques con convicción renovada.

—En cualquier caso, la cadena dorada de Paola no la he soñado.

El jesuita se encogió de hombros.

—Se la ha visto todo el mundo.

Era verdad. Christo volvió a sentirse inseguro y Jean Jacques prosiguió:

—Además, no me gusta en ese sentido… Cuando se ríe parece un caballo, y se ríe mucho. Espero que no le hayas dicho nada a Emelie, porque entonces ella también se va a reír.

Jean Jacques estaba mintiendo. ¿De qué servía? Negaba tan rigurosamente que cada duda parecía un disparate. Christo había aprendido una nueva lección. Con la verdad no basta. Para empezar, suele ser aburrida y triste, banal y sosa. La mentira es lo contrario. Nunca es aburrida y nunca es triste. No es banal y no es sosa, sino a menudo original y casi siempre imaginativa.

Menos mal que no le había dicho nada a Emelie. Habría confiado más en el hombre que quería que en un griego desnortado.

Era una lección muy útil. La verdad no siempre sale victoriosa.

De una cosa no cabía duda. El bar iba mal. Jean Jacques también le había pedido un aplazamiento para el dinero que debía y Christo le dijo que estaba solucionado. Emelie y él ya habían llegado a un acuerdo.

—A ti te gusta Emelie —dijo Jean Jacques de una forma tan ambigua que había varias interpretaciones posibles, aunque no fueran deseables.

Christo respondió a la más evidente.

—La quiero como una hermana.

—*Oh là là!*

Era imposible enfadarse con un hombre que decía *Oh là là*.

Christo soltó una carcajada y volvió a pelar cebollas.

La conversación le había afectado más de lo que le gustaría reconocer. Se apoderó de él una sensación de futilidad. La vida se le escurría por entre los dedos como si fuera la fina arena de la playa de su pueblo. Pronto se olvidaría de que había vivido siquiera. ¿Cómo escaparía al olvido?

Tomó una decisión. A partir de ese momento, anotaría lo que había hecho durante el día y durante la noche, las personas a las que había visto, los pensamientos que había pensado y los sentimientos que había sentido.

Comenzó esa misma tarde, cuando llegó a casa después del trabajo. Y la vida empezó a crecer. Como decía Cavafis. Las sombras del amor vienen cuando uno está sentado solo en una habitación pobremente iluminada. Se pasó sentado dos horas con el cuaderno a la débil luz de la lamparita. Fue dándole vueltas al día entre los dedos como si de un cigarro se tratara. Revivió la conversación con Emelie, sus ojos llorosos y también su cuerpo rígido al abrazarla. Comprendió que los ermitaños no se retiran para olvidarse del mundo, sino para recordarlo. Quizá eso fuera la catarsis.

Permitir que la vida sea tan grande como de hecho es.

Eran las nueve cuando Christo llamó a la puerta de Matias. El sol no se había puesto del todo y unas nubes multicolor se desplazaban por el cielo como payasos de circo. ¿Por qué había ido allí? ¿Qué quería? ¿Qué esperaba?

No lo tenía nada claro, pero esperaba que todo se aclarara solo. También esperaba que a Matias le hubiera dado tiempo a acostar a su hija, pero la encontró en el sofá leyendo.

–Igual es muy pronto. Puedo venir luego.

Matias no pensaba que importara mucho. La niña se iría pronto a la cama.

–¿Qué estás leyendo? –le preguntó Christo en un intento torpón de caerle bien. Ella le enseñó el libro con estudiada indiferencia sin decir nada.

–¿*Emil el de Lönneberga*? Yo también me lo he leído, cuando estaba aprendiendo sueco.

–Por eso hablas raro.

—Soy de otro país, muy lejos de aquí.

—El padre de Pippi también es de otro país. Igual él también habla raro.

Matias se rio.

—¿Por qué te ríes, papá? —le preguntó muy seria para ponerlo en su lugar.

—Es hora de irse a la cama —le dijo Matias.

Ella le sonrió y ladeó la cabeza.

—Es que quiero veros jugar al ajedrez. Me gusta.

—¿Qué es lo que te gusta? Si no lo entiendes.

—Pues por eso me gusta.

Se encogió de hombros y sonrió aún más.

Era evidente que hacía con él lo que quería. Christo se preguntó si Rania no haría también lo que quería con él.

—Bueno. Un ratito.

Matias preparó café, la niña se sentó a su lado. Echaron a suertes quién comenzaría y le tocó a él. Hizo una apertura muy agresiva, pero dio la casualidad de que Christo la conocía, lo que sorprendió a Matias, lo dejó confundido. Al poco empezó a perderse, cometió un error horrible y se rindió enseguida.

—Hoy no soy capaz de jugar.

No era el Matias de antes. Parecía distraído. La sonrisa era tensa y los movimientos, inseguros. Christo tampoco tenía demasiado interés en jugar. No había ido allí por eso. La ausencia de Rania colmaba el apartamento entero.

—¿Cuándo vuelve Rania? —le preguntó, sobre todo para poder decir su nombre.

—*I wish I knew* —respondió Matias con un tono de duda y resignación. No quería hablar más del tema en presencia de la niña. Por eso respondió en inglés.

Christo sabía mucho de respuestas evasivas, del tono tan particular que se utiliza al darlas. Así era como solía contestarle a su madre cuando le preguntaba por teléfono. ¿Cuándo vuelves, hijo mío? Ojalá lo supiera, mamá. Pero no era cierto. Sabía que no volvería. Todavía no. No hasta dentro de mucho.

¿Qué era lo que callaba Matias? Estaba deseando averiguarlo. ¿Cómo iba la felicidad conyugal? ¿Estaría quebrándose? Si así fuera, ¿qué debería hacer? Notó que le crecía una repugnancia por sí mismo, que estaba a punto de estrangularlo, y quiso marcharse de allí cuanto antes, pero Matias le pidió que se quedara. Primero tenía que acostar a la niña. Después hablarían un poco.

Y así fue.

Christo permaneció sentado en el salón esperando. Había rastros de Rania por todas partes. Bocetos en la mesita de centro, una chaqueta en el sofá. En la pared había colgada una foto de su boda. Parecían totalmente felices. Rania llevaba un ramo de flores silvestres. La barriga ligeramente abultada atestiguaba que la niña ya estaba en camino. Matias le rodeaba los hombros con el brazo.

¿Qué nos pasa?

¿Cómo es posible que nos olvidemos de esos momentos, cómo es posible que no los mantengamos vivos dentro de nosotros? El olvido crece como la mala hierba. Nos vamos separando cada día que transcurre, cuando debería ser al contrario.

Christo se levantó y se dio una vuelta. En la mesa de la cocina había una taza enorme de colores vivos con el nombre de ella. Era su taza. Era la única que tenía su propia taza. Sería un regalo de algún compañero de clase. En el pasillo vio sus zapatos y sus zuecos. Todas sus cosas seguían allí. Solo faltaba ella.

Así transcurrió cerca de media hora. Acostar a la niña no era tarea fácil. Tenía que bañarse, lavarse los dientes, ponerse el pijama. Después, el padre la animó a que fuera a dar las buenas noches. Se colocó frente a Christo luminosa como una piedra en la orilla, con los ojos muy abiertos. Eran igual que los de su madre.

–Yo me llamo Johanna. ¿Y tú?

Habían roto el hielo. Christo habría querido abrazarla, levantarla en el aire, como si se tratara de su hija. No hizo nada de eso.

–Me llamo Christo. Pero me puedes decir Chris. Es más fácil.

Lo recompensó con una sonrisa.

–No soy un bebé. Sé decir Christo.

Fue la primera vez que su nombre le sonó así de bonito.

–Buenas noches, Johanna.

–Buenas noches, Christo.

¿Qué había provocado aquella transformación? ¿Habrían sido las instrucciones de Matias o un repentino cambio de humor, que tan bien se le daban a su madre? ¿Esas cosas se heredan?

–Bueno, vamos, cielo. ¿Quieres que te lea un poco?

Era una pregunta innecesaria. Ella no le respondió con palabras, sino con una expresión ofendida. Pues claro que tenía que leerle. Se fueron a su cuarto y dejaron la puerta entreabierta.

A Christo le causaron impresión el valor de la niña y la confianza que tenía en sí misma.

«Eso es lo que se consigue a veces con la libertad», pensó al tiempo que escuchaba a Matias leyéndole despacio a su hija con voz suave, como si la estuviera tapando con una sábana de seda.

¿Cómo era posible estar en la casa de otro hombre, ver lo mucho que quería a su hija y cuánto lo quería ella y al mismo tiempo tener planes de arrebatárselo todo? Al menos, de arrebatarle la mujer. Era inhumano, repugnante, nauseabundo. También se podían considerar otras cosas, claro, como la primacía del amor. Pero él no era una «boya», como solía llamar a las personas que son capaces de albergar todas las opiniones a la vez. Van cabeceando sobre las opiniones como boyas que cabecean sobre el mar. Tenía una sentencia clara. Aquello era un crimen. No un error, sino un crimen.

Christo volvió a decidir que se rendía. Tan difícil no será. En el fondo estaba enamorado de un fantasma. La había visto unas cuantas veces, ella le había acariciado la mejilla una vez, otra le había mordido la oreja y también se había quedado dormida en su hombro.

Y ya está. Apenas sabía de quién se había enamorado. Todavía estaba menos claro por qué y lo que implicaba. Tampoco estaba claro qué derechos y qué deberes acarreaba estar enamorado. ¿O sería el enamoramiento un estado de excepción en el que todo queda permitido?

¿Existen siquiera esos estados en la vida?

Sí, uno. Cuando se trata de salvar a una criatura. Entonces sí podemos dejarlo todo de lado. La moral y el respeto a nosotros mismos y a la propia vida.

Se podría decir no sin cierta razón que no somos responsables de nuestros sentimientos. Pero sí que somos responsables de nuestras acciones.

Había aprendido esa lección de sus padres, de sus profesores, de sus compañeros y de sus novias, de Aristóteles. El ser humano tiene que aprender que hay ocasiones en las que debe dejarse de lado a sí mismo, examinarse y juzgarse a sí mismo. Solo entonces es adulto.

Pero ¿de qué le servía si le recorría el cuerpo una corriente cálida de deseo en cuanto pensaba en ella y en que quería tenerla en sus brazos, entrar en ella, como dice la Biblia? El problema para ella, para Matias y para él mismo no era que estuviera enamorado, sino que quisiera acostarse con ella. Así de sencillo. Si elimináramos lo sexual, no habría ni dramas ni comedias.

—Conque estás aquí filosofando —le dijo Matias, que ya le había dado las buenas noches a Johanna, y había dejado la lamparita encendida y la puerta entreabierta.

Sí, estaba allí murmurando para sus adentros. No era ningún delito. Jugaron dos partidas seguidas y Christo perdió rápido las dos veces. No podía hacer mucho al respecto.

–Eres mejor que yo –le dijo.

Matias se alegró, pero de pronto se le ensombreció el rostro. Frunció el ceño y apretó la mandíbula.

–Creo que Rania me está engañando.

Lo dijo sin rodeos. El primer impulso de Christo fue negarlo, pero reflexionó un poco.

–¿Lo dices por algo en concreto?

Siempre es sensato ganar tiempo.

Matias se puso a tamborilear en la mesa con los dedos.

–No, nada concreto. No la he pillado en la cama con otro. Habría sido más fácil verlo que pensarlo.

–No lo dices en serio.

–Lo digo muy en serio. Así lo sabría. Ahora me estoy ahogando en sospechas, en dudas, no confío ni en su sí ni en su no. Cuando llega tarde a casa, la abrazo, no por amor, sino por celos. Me creo que así seré capaz de sentir de alguna forma si se ha acostado con otro. Hace un tiempo, hace unos días desprendía un olor a humo, igual que tú.

–¡Qué mal! –dijo Christo con el corazón acelerado. ¿Sabría Matias algo y estaría jugando y burlándose de él?

–Sí, era un olor horrible. Un olor pesado, nauseabundo, a puro.

–¡Joder! –exclamó Christo, esta vez aliviado, pero también celoso, puesto que recordó que el profesor fumaba cigarros.

Así que allí estaban el marido y el que aspiraba a ser el amante, detestando al que era el amante de verdad.

–Pero alguna idea tendrás, ¿no?

Y sí que las tenía. Más que ideas.

El resto de los estudiantes habían vuelto ya del viaje. La única que se había quedado con el profesor era Rania. Iban a viajar por la Toscana.

Christo sintió como si le estuvieran clavando un cuchillo en el estómago. Ahora más profundo y más afilado.

—¿Conoces a su profesor?

Matias hizo una mueca de asco.

—No, no lo conozco, pero lo he visto. Todos lo han visto. Sale mucho en la tele hablando de todo. Desde las pinceladas de Rubens hasta los amoríos de Picasso. En mi opinión, es como un corcho que va flotando por encima de todo y todos, pero Rania lo idolatra. Dicen que esas gafas que lleva como las de Lenin solo son la montura. Que le dan un aire intelectual y revolucionario. Le encanta que lo vean. Pero a Rania también. No me ves, me dice últimamente. Antes decía que no la oía. Ahora no la veo. No tengo ni idea de qué será de lo próximo que se queje. Antes nunca se apagaba en la cama.

—Como la llama olímpica.

—Precisamente. Si en alguna ocasión, rara vez, no me apetecía, ella no se daba por vencida, me acariciaba y le hablaba a mi miembro para calentarlo...

(Se puso a imitarla) ...¿qué le pasa a mi amiguito?

Lo besaba hasta que lograba lo que quería. Ahora lo agarra como si fuera una zanahoria y nos acostamos como sonámbulos. Perdón... No tienes por qué escuchar estas cosas.

Echó la silla hacia atrás y se llevó las manos a la nuca, con la cabeza apoyada en las palmas de una forma que no correspondía a sus sentimientos, pero quería demostrar que todavía se mantenía tranquilo, que era dueño de sí mismo.

Además, se equivocaba con Christo, que era cualquier cosa menos indiferente al tema. Oír los detalles de su vida en pareja lo excitaba, ni más ni menos. Le dio a Matias una palmadita en el hombro.

—Ya verás que solo es una crisis. Pasará.

Matias lo miró a los ojos.

—Eres un buen tipo, Christo. Tengo que volver a pedirte disculpas por desmoronarme así.

Tras la sorpresa de ese momento de intimidad, los dos quedaron agotados, aunque por motivos diferentes. Matias se avergonzaba de su debilidad y Christo, de su hipocresía.

Habían empezado una conversación que no podían ni querían continuar. Aunque tampoco eran capaces de comenzar a hablar de otra cosa.

–¡Papá, papá!

Johanna lo llamaba con voz apremiante.

–Lleva un tiempo inquieta –dijo Matias.

Era la hora de despedirse. Christo se levantó.

–Mañana será otro día.

Matias lo acompañó a la puerta y volvió a repetirle que era una buena persona.

–Dale un abrazo a tu hija de mi parte.

Matias asintió y cerró la puerta silenciosamente, pero no tan silenciosamente como Rania.

Los celos le estaban devastando el cerebro. No podía soportar al profesor que viajaba con ella por Italia, envidiaba a Matias, que la había tenido durante tantos años y odiaba a todos los demás de los que no sabía nada. Seguro que Prometeo, que vivía encadenado a una roca mientras que un águila enorme iba cada mañana a devorarle el hígado, se sentía mejor.

Los celos eran un águila aún más grande con garras aún más afiladas. Además, Prometeo era un semidios. Él era un inmigrante de Grecia, una hoja a merced de los vientos del mundo.

Lo mejor era retirarse a su guarida a buscar consuelo y protección en las palabras y los recuerdos.

Sintió alivio al entrar en su habitación.

Allí estaba el cuaderno.

«He ido a ver a Matias. Está preocupado porque Rania lo engaña. Seguro que tiene razón. La niña, Johanna, grita en sueños. Hago como que no veo lo que pasa al mismo tiempo que me dedico a afilar el cuchillo para destruir su vida.»

Halló consuelo en el hecho de escribir esas líneas. Como cerrar una ventana cuando sopla el viento. Había capturado la noche en una página.

Podía pasarla hacia un nuevo día.

Pero sin su corazón. Que se quedaría vacío. Se pararía como un viejo reloj.

¿Cómo vive uno sin corazón?

Pasaban los días. No trató de averiguar si Rania había vuelto, y se reunió un par de veces con su directora, Maria-Pia, tan dispuesta a ayudar como siempre y que no desechó ninguna de sus ideas, sino que expuso sus objeciones de forma constructiva. Sus críticas lo llevaron a querer reflexionar más, a atreverse más, a lanzarse, simplemente.

Después de cada reunión con ella, volvía sobre Aristóteles. No duraba mucho, por desgracia. El vacío del corazón seguía al acecho y lo cogía desprevenido en plena lectura. Dejaba el libro, se quedaba con la mirada perdida, anhelaba otra existencia, echaba tanto de menos a Rania que le dolía todo el cuerpo.

La amistad con Thanasis también estaba en baja forma, puesto que los estudios reclamaban todo su tiempo. Su amigo estudiaba demasiado, se le habían hundido los ojos en las cuencas, su risa de ametralladora –tatatatata– se había desvanecido y la había reemplazado por comentarios sombríos.

–Strindberg tenía razón. Qué pena dan los seres humanos –decía a todas horas.

Antes Christo reaccionaba a comentarios de esa naturaleza, resucitaban al perro marxista que llevaba dentro. Hay personas que dan pena y hay personas que dan más pena que otras, diría él. No había que perder la perspectiva solo porque uno estuviera depre. Dormía en sábanas limpias, leía los libros que le gustaban. Recibía dinero del Estado sueco para los estudios. ¿De qué podía quejarse? Pero ahora estaba demasiado deprimido como para sacar a relucir esos argumentos.

Sus encuentros se habían vuelto tristes. Lo colmaban de pena. No puedo perder al único amigo que tengo aquí, se decía. Era una exageración, porque también estaban sus amigos del bar. Allí la situación había cambiado de forma aún más radical. Emelie estaba perdiendo peso, en todo el cuerpo salvo en la cara, curiosamente. Las mejillas de niña seguían tan tersas como siempre, se sonrojaba por nada, pero los ojos habían perdido el brillo. Iba dando vueltas como una contradicción de sí misma.

–Sé que hay algo que va mal, pero no qué –le dijo una noche. Estuvo en un tris de contarle que Jean Jacques le era infiel, pero tragó saliva y permaneció callado. Por eso, porque no se le echa más peso a quien se está ahogando.

La pareja tenía más problemas aparte de la infidelidad de Jean Jacques. El bar iba cada vez peor. Hasta que llegó el último domingo en que abrirían. Solo acudieron seis clientes y no se sentaron a comer. Se tomaron una copa y siguieron a un restaurante italiano que acababan de abrir un poco más abajo en la misma calle, que tenía terraza al aire libre y donde los camareros se hacían pasar por italianos.

Jean Jacques estaba de mal humor y evitaba a Christo, pero se le iluminó el rostro unos instantes cuando llegó Paola de la mano de su novio, el de la familia rica y conocida. Emelie también se puso un poco más contenta y comenzó a preparar una mesa, pero ellos no tenían intención de quedarse a cenar.

–No vamos a comer. Queríamos desearos un feliz verano –dijo Paola, le dio dos besos a Emelie en el aire y luego a Jean Jacques. A Christo le pareció que ella le susurraba algo al oído, pero cabía la posibilidad de que fueran figuraciones suyas.

Las dos parejas se quedaron un rato charlando con una especie de falsa confianza. Jean Jacques y Emelie estaban un poco disgustados porque los otros dos les habían fallado y los otros dos estaban incómodos porque lo sabían. En todo caso, Paola logró rebajar la situación al interpelar directamente a Jean Jacques.

—*Mon chef* –le dijo con cierta ambigüedad–, nos vemos pronto.

Más besos.

Christo no soportaba el teatrillo y salió a la calle a encenderse la pipa. Paola y el novio pasaron por delante sin fijarse en él. Daba igual. Estaba acostumbrado.

Hacía una bonita tarde de finales de mayo. Un cielo plateado, calma. Se oían risas y el sonido de tacones. La soledad se abalanzó sobre él como un luchador de sumo, pero al mismo tiempo notó algo en el aire, algo que su tercera fosal nasal reconoció.

Se volvió a meter en el bar a toda prisa.

—¡Oye, que va a llover!

Apenas lo había dicho cuando se oyó un trueno sordo a lo lejos. Al cabo de un minuto, se oyó otro, mucho más cerca. Los cielos se abrieron. Unas gotas de lluvia gordas como cerdos caían y rebotaban en las aceras. Las acompañaban violentas ráfagas de viento.

Oyeron gritos de enfado provenientes de la terraza. Los manteles empezaron a volar por todas partes. Los clientes fueron en busca de refugio, pero el restaurante era demasiado pequeño y muchos corrieron al bar. Jean Jacques se rio con frialdad al negarle una mesa a varios de ellos, porque el comedor se llenó enseguida.

Incluso Paola y su acompañante acudieron allí. La repentina lluvia torrencial le había borrado del rostro la pintura de guerra y la sonrisa de superioridad. Se había convertido en una niña, mucho más simpática. La ropa se le pegaba al cuerpo. Se le marcaban los pezones perfectamente bajo la fina tela. Al igual que los muslos, tan bien proporcionados. Ni Simeón el Estilita se habría resistido a ella. Era imposible enfadarse o sorprenderse por que Jean Jacques se hubiera enamorado de ella.

Los camareros de la terraza iban correteando de aquí para allá, tirándose de los pelos y maldiciendo: *Porca miseria!*

¿Cómo que *porca miseria*? Esta lluvia es justicia divina, pensó Christo. La inesperada tormenta trajo consigo una euforia que permitió a la gente hacer todo aquello que no harían en condiciones normales. Las jóvenes se reían más alto de lo habitual, los jóvenes se quitaban la chaqueta y la camisa. Emelie iba volando con un montón de servilletas en la mano. Jean Jacques creó un nuevo plato para la ocasión. Lo bautizó como *Bœuf à la pluie*. Era el *Bœuf Bourgignon* corriente, pero sin cebolla, puesto que no había. La sustituyó por higos secos, que les quedaban de la Navidad. Solo a él se le habría ocurrido una cosa así, y el plato recibió multitud de elogios.

Christo también estaba atendiendo, y Paola hizo un gesto para indicar que quería otro vaso de vino, pero con tal gracia que él le susurró a Jean Jacques:

–Ahora te entiendo.

Su jefe supo a qué se refería.

–A veces uno no tiene elección. Eres un buen muchacho, Christó.

En las mismas veinticuatro horas, a Christo lo habían alabado un marido engañado y un marido que engañaba.

Eso es lo que yo llamo agilidad moral, pensó.

Fue una fiesta incomparable. Gastaron todas las viandas y las bebidas que quedaban en el almacén. Parejas semidesnudas bailaban muy pegadas. Paola, que solo llevaba unas bragas de encaje, cantó «La vie s'en va» con voz clara. Su novio se estaba besando con otra, pero ella ni se inmutó.

Fue una última noche digna de recuerdo. Jean Jacques le dio a Christo el dinero que le debía. Emelie le plantó un beso en cada mejilla, le pasó la mano por el pelo y le deseó un feliz verano.

–Lo mismo digo –le respondió él, abrazándola con cuidado, pero, por primera vez, Emelie no mantuvo la distancia de cinco centímetros que diferencian un abrazo amistoso de uno erótico. Al contrario. Apretó el vientre y los muslos contra los de él, no mucho, pero lo bastante como para sentir que su sexo resurgía del letargo de la soledad.

Jean Jacques lo vio, pero hizo como que no se daba cuenta.

Después se despidieron.

De camino a casa le sobrevino el desasosiego, reforzado por las calles vacías y relucientes que la lluvia torrencial había dejado limpias. Le aguardaba un verano desolador. Ya no se alegraba pensando en Rania. Todo había terminado. Aun así, algo seguía vivo en su interior. El deseo, que con tanta facilidad había despertado Emelie. Un roce rápido y ya estaba ardiendo al mismo tiempo que se avergonzaba como en la adolescencia, cuando tenía que ocultarles la excitación a toda costa a sus padres, a los profesores, a las chicas, a todo el mundo, con la excepción de los otros chicos, compañeros en la prisión de la cárcel del sexo.

Caminó despacio hacia la plaza de Norra Bantorget. El autobús nocturno ya se encontraba en la parada. El conductor estaba fuera fumando. La pareja griega descansaba apoyados el uno en el otro. Pronto llegarían los pizzeros, y Geronimo, e Ilona, la piadosa dueña del club nocturno.

Era un consuelo.

Alguien dijo que el hombre es el paraíso y el infierno para el hombre.

Fue saludando a sus compañeros de viaje y ellos le devolvieron el saludo. El peso que sentía en el corazón se aligeró. Darse cuenta de que no volvería a verlos después de aquel viaje fue una sorpresa muy desagradable. ¿Y si decía algo? ¿Debería decir algo?

¿El qué? ¿Despedirse de algún modo? ¿Agradecerles el tiempo que habían pasado juntos? Eso eran solo palabras. Palabras vacías, raídas. ¿Qué más daba? Seguirían con sus vidas como antes, no notarían su ausencia.

Mejor que no hiciera nada. Se bajó del autobús en su parada de siempre y se contentó con decirle «nos vemos» al conductor, aunque sabía que no sería así.

Ya en casa se dio una buena ducha, como para lavarse los restos del día que había transcurrido. No estaba cansado ni somnoliento. El abrazo de Emelie lo había despertado, si bien no para siempre, sí para las próximas horas.

Al otro lado de la ventana, la noche era clara. El silencio, profundo. Su soledad, total. Era hora de Cavafis, la voz que siempre lo consolaba sin adornos ni retórica.

«Busca tu alma otras cosas, por otras llora.»[1]

Su corazón deseaba a Rania. Pero ella estaba desaparecida. ¿Sucedería lo mismo con ella que con los compañeros de viaje del autobús nocturno? Viajan juntos unas pocas veces y después cada cual tira por su lado.

Quizá fuera así.

La mañana siguiente llegó como por sorpresa. Así lo sintió. Había descansado y estaba casi feliz. En la cocina comunitaria se encontró a Rolf ante los fogones haciendo cuatro huevos a la plancha y unas tiras de beicon en dos sartenes.

–¿Te vas a comer todo eso?

Rolf lo miró.

–¿Tú qué crees?

Una chica que Christo no había visto antes entró en la cocina, vestida con una camiseta larga del Real Instituto de Tecnología.

–Es la del cosquilleo en el estómago –le susurró Rolf.

–¡Joder!

Era tan dulce como los caramelos que su abuelo se escondía en el puño cual perla dentro de una almeja.

1. Poema XXIV, «Satrapía», *Poesías completas*, Hiperión, 1985, trad. José María Álvarez.

–Hola… Soy Mia… Soy la novia de Rolf, a intervalos regulares.

–Nos vamos a París –dijo Rolf–. Ahora mismo estamos en medio de uno de los intervalos.

Mia se acercó a Rolf y le acarició la nuca. Christo observó los dedos, que movía despacio, demorándose. Era evidente que el cosquilleo había vuelto.

Todos tenían a quien acariciar y quien los acariciara. Él era el único que no tenía a nadie. Quizá no encontrara nunca a nadie. Quizá viviría aislado y solo como un ciprés.

Le deseó un «buen viaje» a la pareja y regresó a su cuarto. Y al fin vinieron las lágrimas y la pena y la rabia.

Se tumbó boca abajo en la cama y lloró.

No sabía si se había quedado dormido, pero el sol se encontraba un poco más alto en el cielo cuando llamaron a la puerta. Era Thanasis, había pasado tiempo desde la última vez. Christo le mintió diciéndole que estaba resacoso, se refrescó la cara con agua y salió a la cocina para tomarse un café.

Thanasis parecía contento, aunque también un poco demacrado. Había estado estudiando mucho, pero no era solo por eso. Había conocido a una chica con el fatídico nombre de Mona. Es decir, la única.

–Creo que me estoy enamorando de ella de verdad –dijo.

–¿Y cuál es el problema?

–Quiero estar con ella a todas horas. Es enfermizo.

–¿No tiene nada que te moleste? ¿Su risa, por ejemplo, o su manera de andar o de comer?

–No, nada.

–¡Vaya! Pues sí que lo tienes difícil –dijo Christo tratando de ocultar una sonrisa burlona.

–Venía a buscar un poco de compasión, no a que te rieras de mí.

La cosa tenía su complicación. Mona le había declarado su intención de llevárselo a una isla en el archipiélago finlandés. Su madre, que era una abogada de alto rango al servicio del Estado, tenía un chalé enorme, donde toda la familia se reunía en verano. Los abuelos maternos, los paternos, tíos por parte de madre y tíos por parte de padre, primos con la familia y los perros.

—Me voy a sentir como una mosca en un vaso de leche —se lamentó Thanasis.

Había conocido a Mona en la Facultad de Empresariales.

—¿Es guapa?

Thanasis suspiró profundamente.

—Cada bocado es una bendición.

Era un refrán griego para aludir a una dulzura inconcebible.

—¡Vaya griego glotón que estás hecho! Hasta un polvo lo transformas en pan —le dijo Christo, y Thanasis se echó a reír con su risa ondulada.

—Me das envidia. Yo me pasaré solo todo el verano. Por cierto, ¿has visto a tus vecinos últimamente? —continuó.

—¿Te refieres a Matias y Rania? Se han ido a pasar el verano por ahí. Pero no sé dónde. No seguirás pensando en ella, ¿verdad?

—No —respondió Christo—. *Alles ist vorbei*, como diría Hayek.

No tenía ganas de abrumar a su amigo con sus problemas. Thanasis se acababa de enamorar, parecía muy feliz, lleno de vida. Lleno de vida, ni más ni menos.

Hacía mucho que no usaba esas palabras, pero en ese preciso instante eran las que mejor describían a Thanasis, que estaba sentado frente a él, se había peinado el cabello con agua, tenía una mirada animada y una sonrisa en los labios.

—¿Cuándo os vais?

—Pronto. Mona me va a recoger en el coche de su madre —dijo Thanasis levantándose.

—Pues que tengas buen verano, dale un abrazo a Mona de mi parte. Parece que es lo más cerca que voy a estar de una mujer por el momento.

Thanasis soltó una carcajada y lo abrazó.

–¿Cómo voy a pasar un verano entero sin ti? No me río con nadie como contigo.

–Te prometo, amigo mío, que nadie se ríe de mis bromas como tú.

Se despidieron con cierta pena, que compensaba un poco la dulce alegría del esperado reencuentro.

Christo comenzó a buscar trabajo ese mismo día. Leyó atentamente todos los anuncios del periódico. Se veía de cualquier cosa. El problema era que no sabía hacer nada. Había varios restaurantes que estaban buscando lavaplatos y pinches de distintos tipos, pero el sueldo era pésimo. A pesar de todo, antes de que terminara el día ya había conseguido trabajo de auxiliar de enfermería, de diez de la noche a seis de la mañana, tras una breve reunión con el jefe de personal, un hombre apacible de mediana edad que solo quería saber si Christo tenía nociones de primeros auxilios.

Christo había aprendido un poco durante el servicio militar y le dijo que sí.

Y listo. Estaba bien pagado y no tenía nada en contra de trabajar por la noche. Después le describieron brevemente sus obligaciones –que se resumían en permanecer despierto para asistir a las enfermeras de noche, que cargaban con toda la responsabilidad de los pacientes.

–¿Lo has entendido?

–Creo poder afirmar que sí sin temor a equivocarme –le respondió, puesto que no pudo contenerse.

Esa mala costumbre de dejarse llevar por las ironías le habría salido muy cara en Grecia, pero era porque los griegos las captaban. El jefe de personal era un hombre apacible, en su mundo no existía la ironía y felicitó a Christo por lo bien que hablaba sueco.

La enfermera encargada era una refugiada de Hungría. Rondaba la treintena y le gustó inmediatamente. Sara –así se llamaba– era reservada y muy discreta, se cerraba sobre sí misma como un girasol cuando caía la oscuridad. Llevaba la melena negra como el carbón a la altura de los hombros, con suaves ondulaciones. Tenía unos ojos verdes enormes y la costumbre de cerrarlos antes de mirarte, como si tuviera que tomar impulso. Nunca se reía, pero sí sonreía a menudo con tristeza e indulgencia, como si en el fondo le dieran pena los seres humanos.

–Se ven muchas cosas en este trabajo –le dijo, y empezó a enseñarle las tareas rutinarias. Cómo levantar a los pacientes, cómo lavarlos, cómo secarlos, cómo hablarles.

Se trataba de una unidad de enfermedades crónicas. La mayoría de los pacientes eran mayores, buena parte de ellos estaban moribundos, el resto, camino de morir. Solo había una persona joven, una mujer en la veintena que sin duda era una belleza, pero cuyo esqueleto sucumbía devorado por un cáncer incurable. Christo no era capaz de mirarla sin que le doliera el corazón. Sara la cuidaba con un cariño tenaz. La alimentaba, la limpiaba, la peinaba, la cambiaba, daba breves paseos con ella por el pasillo. Verlas a las dos era una lección de humanidad.

Las noches se sucedían una tras otra. Christo y Sara se fueron acercando sin pretenderlo. Simplemente ocurrió así, por la sencilla razón de que es lo que sucede cuando se pasan tantas horas juntos. Comenzaron a hablar también de cosas que no eran cambios de pañales y pastillas. Sobre todo por la noche, después de las diez, cuando los pacientes estaban dormidos por lo general.

Con esos enormes ojos verdes, Sara había visto carros blindados soviéticos en Budapest durante la revolución húngara y el miedo en la mirada de sus padres. No fue la primera vez. Eran judíos y liberales, nadie los quería. Huyeron con lo puesto a pesar de los miles de riesgos, primero a Austria, después a Alemania y por último a Suecia, donde lograron construir una nueva vida. Los dos eran médicos y Suecia los necesitaba.

Sara no era capaz de volver a empezar. Se había dejado el corazón en su patria, donde vivía su primer amor y, de momento, el único. Habían transcurrido más de diez años, pero todavía recordaba el primer beso, los largos paseos por el río, cogidos de la mano.

Era muy atractiva, pesaba exactamente lo mismo que él, es decir, cincuenta y seis kilos, pero su densidad relativa era mucho mayor, sobre todo cuando descansaba en Christo aquella mirada cargada de confianza, como si se apoyara en la barandilla de un balcón. Los hombres no la tenían desatendida. Un cirujano joven y con reputación de tener mucho talento se pasaba cada mañana para decirle «buenos días». Ella los dejaba entrar al vestíbulo, pero no hasta su dormitorio.

—Quiero olvidar al amor de Hungría, pero no puedo.

Eso decía.

—Sueño con él todas las noches. Me habla.

—¿Y qué te dice? —le preguntó Christo una noche que estaban sentados en la triste sala de personal, luchando por mantenerse despiertos.

Sara esbozó una sonrisa ambigua. La pregunta era un tanto indiscreta, pero cuando uno se está lamentando por la pérdida de alguien querido necesita complicidad, no discreción.

—No hace falta que respondas.

—¿Por qué te fuiste de mi lado? Eso me dice. Y yo no sé qué contestarle. ¿Porque la vida de mi familia corría peligro? Su familia también. Nosotros somos judíos. Ellos son judíos. Nuestra vida corre peligro siempre y en todas partes. Me siento como una desertora. Sé que no es lógico, pero así me siento.

No trató de consolarla. Más o menos así se sentía él también. Como un desertor, pero no quería que lo consolaran. Eso agravaba la situación, por algún motivo. Quería conservar su tristeza. Sara quería lo mismo.

—Qué pena —se limitó a decir.

Sin embargo, los había que sí que necesitaban consuelo. Christo se encontró al primero en la sala A2, en la cama más próxima a la ventana. Se trataba de un griego, relativamente joven, casi sesenta años cumplidos, pero que había sufrido una violenta hemorragia cerebral que lo había dejado como un vegetal. Había llegado a Suecia justo después de la guerra civil griega, o sea, en los cincuenta. Era de Kastoriá –la ciudad griega que constituía el centro del comercio de pieles– y conocía el oficio. En pocos años montó una empresa próspera en Estocolmo, pero ya no se acordaba. Cuando sus dos hijos y sus nietos fueron a visitarlo, no los reconocía. Además, había olvidado el griego. En la memoria le quedaba alguna que otra palabra, como la palabra «follar», cuyo significado no recordaba y que usaba con asiduidad para prácticamente todo.

–¿Quiere un café, señor Andreas?

–Follar –respondía él.

También había perdido todo sentido de la vergüenza y se tocaba delante de Sara sin rastro de pudor. Para ella, era un alivio dejárselo a Christo.

El señor Andreas tampoco había aprendido mucho sueco, aunque daba igual, porque tenía la boca irremediablemente deformada, y cuando hablaba sonaba como probablemente sonara Demóstenes –el mayor orador de la Antigüedad– cuando se llenaba la boca de piedrecitas para vencer el defecto de dicción con el que había nacido.

–Así son las cosas, señor Andreas. Nacemos como cachorros y morimos como cachorros –le dijo Christo.

El griego le venía bien a Andreas, incluso aunque no lo entendiera. Se calmaba, como si Christo le hubiera dado un vaso de agua fresca.

Murió mientras dormía. No llegó a decir unas últimas palabras. Al menos, ninguna que nadie escuchara. Seguro que estaba pensando en algo. ¿Que no debería haberse marchado de Grecia? ¿Que había vivido mal su vida?

Quién sabe. Sus hijos y nietos acudieron al hospital.

No hablaban bien el sueco como tampoco hablaban bien el griego, pero su dolor era real. Al igual que el alivio de que el anciano por fin se hubiera ido de este mundo. Es inevitable. Los mayores son una molestia.

Christo había perdido a sus padres durante los años que llevaba en Estocolmo. Con la de cosas que debería haberles dicho y nunca llegó a decir... Ni tan siquiera había podido asistir a su funeral. En cierto modo, la muerte del viejo Andreas se convirtió en un sustituto del fallecimiento de sus padres. Lloró su pérdida con posterioridad. A veces, la vida es una mordedura de serpiente. El veneno tarda un poco en matarnos.

¿Qué había hecho el viejo Andreas? ¿Qué había hecho el padre de Christo? Trabajar. En esencia, eso fue lo que hicieron. Para darles a sus familias lo que necesitaban. Para dormir tranquilos por la noche.

Christo se había consagrado a sí mismo. A una mujer casada y huidiza, a estudios inútiles, a trabajos absurdos.

Tengo que convertirme en un hombre completo, pero ¿cómo?

Cuando era más joven, lo seducía la idea de hacerse ermitaño, de apartarse del mundo, de sus tentaciones, placeres y penas. Ahora veía ese camino como una deserción. Para que una persona pueda hacer su trabajo, tiene que estar entre otras personas.

Así son las cosas, se dijo para sus adentros, y se calmó un poco.

El trabajo con Sara transcurría sin contratiempos. Christo se ocupaba de los hombres, Sara se ocupaba de todas las mujeres, pero entre ellas se encontraba madame Jenny, que en su juventud había sido bailarina y cantante, una belleza célebre y amante de varios ejemplares prominentes. Quería que fuera Christo el que la asistiera en las tareas cotidianas.

—Son muchos los que me han visto desnuda. Si el joven me ve, es posible que le siente bien —le dijo a Sara.

Madame Jenny tenía razón. A Christo le vino bien. Dicen que la belleza es una tirana de corta duración. Seguramente fuera Platón el que lo dijera, al igual que tantas otras cosas. Pero se equivocó. La belleza no se pierde; tan solo cambia. Madame Jenny era la prueba. Era frágil como la más fina porcelana. Sus gestos calculados resultaban gráciles y contenidos a un tiempo. A Christo le gustaba particularmente la manera en la que se comía el pan, a bocaditos minúsculos, como si fueran formas consagradas.

—No voy a echar barriga a mis años —le aclaró. No comía carne porque le resultaba demasiado violento, pero le encantaban las uvas y los melocotones. Dormía con una sonrisa en los labios. No roncaba, por supuesto. No le daba vergüenza cuando él la duchaba, no ocultaba que lo disfrutaba, que le gustaba y que estaba acostumbrada a que la observaran. Tenía la piel muy fina, pero sin arrugas. Sus largas piernas aún seguían tersas. Los pechos, que nunca habían amamantado a nadie, eran pequeños y firmes. Le pasaba las manos muy despacio por el viejo cuerpo desnudo, que seguía tieso como un estilete. La quería. Solo la última vez que la vio, la notó cambiada. Le habían retirado las prótesis dentales y se le había hundido la cara. Apenas la reconoció.

¡Ay de ti, pobre muerte! ¡Siempre igual de fea!, se dijo para sí.

Madame Jenny no tenía hijos ni perros. Se había pasado la vida de regazo en regazo, como un ave libre que iba escogiendo jaula. No se arrepentía. Arrepentirse de lo que no se ha hecho es estéril. Arrepentirse de lo que se ha hecho es, en cambio, necesario. Es la única forma de que la gente aprenda. Ella no se arrepentía de no haber tenido hijos, pero cuando los hijos y nietos de otras mujeres iban a la unidad, lograba reunirlos a su alrededor en menos de cinco minutos. Los atraía con el mismo encanto con el que antes atraía a los hombres.

No murió de nada, no estaba enferma. Los años habían ido pasando, nada más. Voy a morir sana, decía siempre. Christo se la encontró muerta una mañana, cuando entró para asegurarse de que todo estuviera en orden antes de marcharse. Tenía una expresión de asombro en el rostro. Le cogió la mano hasta que los celadores vinieron para llevársela. Recordó la antigua costumbre de colocar dos monedas en los ojos del muerto, como obsequio para el barquero que lo llevaría al otro lado del río del olvido. Él quería darle algo para la travesía, se cortó un poco de su propio pelo y se lo guardó en un bolsillo del camisón del hospital.

Gestos vacíos. Ademanes absurdos. Pero no podemos afrontar de otra manera lo inevitable de la muerte.

Sara y él terminaban a la misma hora y siempre iban juntos a la parada del autobús. Ella tomaba el autobús hacia la ciudad y él en la otra dirección. Esperaban uno enfrente del otro con el intenso tráfico de la calle discurriendo entre los dos. Se hacían gestos con la mano de vez en cuando. Pero aquella mañana él no quería estar solo. No dijeron nada. Se limitó a acompañarla y ella dejó que la acompañara sin hacerle una sola pregunta.

Sara vivía en un apartamento de dos habitaciones en el sexto piso, con vistas al canal de Karlberg. Se puso delante de la ventana. La bruma –que La coronela le había enseñado a diferenciar de la neblina– se levantaba despacio. Le gustaba Estocolmo. ¿Llegaría alguna vez a amarla? ¿Llegaría a convertirse en su ciudad?

Sara le preparó la cama en el sofá. Se durmió plácidamente con el sonido de sus pasos ligeros. Hacía mucho que no se sentía tan seguro, casi sereno. De hecho, era la primera vez que dormía sin un nudo en el estómago y sin pesadillas desde que llegó a Suecia.

Se despertó a las cuatro de la tarde y sin saber dónde se encontraba, pero se dio cuenta enseguida. Sara ya se había levantado y estaba preparando algo de comer vestida con un corto kimono dorado con el que parecía un ser irreal.

—¿Has dormido bien? —le preguntó con una sonrisa, como si le estuviera preguntando otra cosa.

La luz entraba a través de las pequeñas ventanas, y Sara estaba muy cerca. A tan solo un paso. Y dio el paso. La abrazó como si se estuviera ahogando. Ella se rio avergonzada. Pero no se apartó, sino que apagó el fuego y se tumbó a su lado. Hacer el amor hubiera sido lo más fácil del mundo, pero ella no era capaz. Le temblaban los labios, se le llenaron de lágrimas los preciosísimos ojos, que unas veces eran azul intenso como el mar y otras, verdes como un prado. Luchaba contra sí misma y contra el apremiante cuerpo de Christo.

—No puedo. Lo siento, pero no puedo.

Él se dio cuenta de que no era un juego. La tristeza de su voz, la falta de deseo de su cuerpo no eran fingidas. Él se apartó, no sin esfuerzo, pero la vergüenza era más fuerte. ¿Qué estaba haciendo? Ya había conseguido antes acostarse con gente a base de insistir, se empecinaba hasta que lograba su objetivo, pero la recompensa era escasa. Se puede forzar a otra persona, pero no su deseo. Eso es lo que se recuerda a posteriori. Era mejor retirarse a tiempo. Y eso hizo.

Pasaron un rato en un silencio incómodo. Uno quería, pero la otra no. Los dos semidesnudos en la misma cama. Los cuerpos muy cerca. Tan cerca que solo un rayo podría separarlos.

—Te estoy pidiendo que no me dejes. Te estoy pidiendo que tengas paciencia. Quiero olvidarlo. Quiero que alguien me ayude a creer que lo puedo olvidar, que puedo seguir con mi vida.

Le temblaba todo el cuerpo. No le había pedido que se acostara con ella, sino que la devolviera a la vida. Que le ayudara a olvidar al chico de Budapest. A superar el pasado, llevarla consigo y alejarse cabalgando a la luz dorada y fugaz del atardecer.

Eso lo asustó. No podía encargarse de semejante misión. No la quería lo bastante como para resucitarla.

—Tengo que decir lo mismo que tú, Sara. Lo siento, pero no puedo. No puedo asumir esa responsabilidad. Yo también estoy irremediablemente enamorado de otra persona.

Sara empezó a reírse a carcajadas.

–Dios mío, ¡vaya mojigatos inútiles que estamos hechos!

Se quedaron tumbados uno junto al otro un buen rato. La excitación se había esfumado y la habían reemplazado una afinidad tranquila y unas caricias también tranquilas que al final los llevaron a hacer el amor, aunque sabían que no volvería a suceder; o precisamente porque lo sabían.

Se levantaron del sofá casi al mismo tiempo, los dos derrotados; Sara porque no podía olvidar el pasado y él porque no podía responsabilizarse del futuro. Aquella derrota compartida se convirtió en la base de una bonita y robusta amistad. Sara se conocía todas las zonas de baño de Estocolmo y alrededores. Lo llevó a Drottningholm y al museo y los jardines de Millesgården, en Lidingö. Se sentía cómoda con la gente, era su trabajo. Era capaz de consolar, tranquilizar, acariciar.

También se comportaba así con él. No podría haber deseado una amiga mejor en los días y las noches de aquel verano esencialmente solitario. No sabía cómo se las habría arreglado sin ella en las claras noches para afrontar la negra soledad y la fealdad de la muerte en el hospital.

Sara, en cambio, había tomado una decisión.

–Voy a ir en su busca.

Eso le dijo una mañana de camino a la parada del autobús. Al principio, a Christo le entró el pánico. Después le vio el ardor en la mirada y supo que estaba decidida.

–Es lo mejor que puedes hacer.

Esa mañana cada uno tomó su autobús.

Perdieron a otra mujer mayor a primeros de julio. Al cabo de unos días, murió también la joven que Sara había cuidado con tanta ternura. Tuvo un final difícil y tormentoso, con dolores horribles que exigían morfina. Sara no se apartó de su lado ni un segundo, permanecía con ella aunque su turno hubiera terminado.

–No puede morir sola.

La joven no murió sola.

—Gracias por morir un poco conmigo —le dijo a Sara.

Esas fueron sus últimas palabras antes de entrar en coma, y unas horas después, había fallecido. Christo y Sara la movieron de la cama, y apenas pesaba más que el aire que respiraban.

Sara empezaba las vacaciones en agosto. Christo le ayudó a prepararse para el viaje a Hungría y la acompañó el día que se marchaba. Se tomaron un café en la estación central. Estaba impaciente, esperanzada, insegura.

—Me asusta pensar que me pueda arrepentir.

—*Alea iacta est.*

—¿Qué significa?

—Que la suerte está echada.

—O sea, que no me puedo arrepentir ahora.

—Exactamente. Y aunque pudieras, te arrepentirías de haberte arrepentido. A veces sucede. Es lo que me pasó a mí cuando me fui de Grecia. En cuanto el tren empezó a moverse por territorio griego, temía que fuera a bajarme y tomar el de vuelta. Pero sabía que también me arrepentiría de eso. A veces hay que olvidarse de lo que sentimos en el momento y hacer caso a la decisión que hemos tomado después de muchas noches en vela.

Ella lo miró asombrada.

—Deberías ser escritor.

Él se revolvió en su asiento.

—No necesariamente. Aunque algún día todos tenemos que enfrentarnos a nuestro relato.

Le resonó en la voz cierta determinación, y también pena, puesto que era consciente de que el día en el que pudiera enfrentarse a su relato aún quedaba muy lejos. Se interponía el océano de un nuevo idioma. No lo había hablado con nadie. Ni tan siquiera con Thanasis. No quería escribir en griego. Las palabras no son símbolos. No designan cosas. Son cosas. Hacían daño, le abrían profundas heridas en el alma como si fueran cuchillos afilados. No, no como si fueran. Eran cuchillos. Debía esperar y lo sabía.

—Qué callado te has quedado de pronto —dijo Sara.

Utilizó la salida más fácil.

—Estoy pensando en tu viaje.

En aquella época no era fácil viajar a los países que quedaban más allá del telón de acero, que se llamaba. A Sara le había llevado mucho tiempo reunir todo el papeleo necesario. Christo tenía un regalo para ella, para que se lo llevara en su expedición. Un osito de tela. Se lo había dado una buena amiga cuando se marchó de Grecia.

—¿Te ha traído suerte?

—Mucha —le respondió, y le dio un beso en la frente.

—¿Tiene nombre?

Tenía un nombre, pero era el nombre que le había dado su amiga. No podía regalar ese nombre.

—Ya se te ocurrirá el tuyo.

Era la hora de subir a bordo. Le ayudó con la maleta hasta el asiento mismo. Después se quedó en el andén y aguardó a que el tren se desplazara lentamente hacia el sur. Ella le dijo adiós con la mano y él le devolvió el gesto, con la sensación de que no volverían a verse. Así se sintió también cuando se marchó. Su padre tenía la cabeza gacha y su madre lloraba, y en el pecho le resonaba la misma frase: No volverás a verlos.

Una frase monótona que poco a poco fue acompañando el ritmo del tren.

No los volvió a ver. ¿Volvería a ver a Sara? No lo sabía. Iba reuniendo despedidas como quien reúne piedras bonitas en una playa.

Había que reconocerlo. Christo hallaba cierta satisfacción contradictoria en todo aquello. En menos de un mes, le habían destruido la vida. Echaba de menos a Rania, a Emelie, a Sara.

Echaba de menos a Thanasis y, hasta cierto punto, también a Jean Jacques. Incluso a Matias, el marido de Rania. Y su hija. Si le sumaba a eso la ausencia permanente de sus padres, el anhelo por su cuidad, por las profundas noches en las que la oscuridad era densa como el pan, entonces se podría decir que había completado el primer asalto de su vida y que ya no le quedaba más que comenzar el segundo.

¿Qué significaba aquello? ¿Era siquiera posible? No lo sabía. La verdad es todo lo que sucede. La realidad es todo lo que sucede. Solo tenía que seguir enfrentándose a los días y las noches según fueran llegando. El tiempo estaba de su parte. Todavía era joven.

Continuó trabajando en el hospital hasta finales de agosto. La que sustituyó a Sara fue Tuula, una inmigrante de Finlandia, que de niña había vivido la guerra de Invierno contra los rusos y la guerra de los blancos contra los rojos, es decir, la guerra civil. Compartían bastantes experiencias como para entenderse bien. Pero no fue así. Tuula era muy competente con los pacientes, pero también muy reservada. No había forma de acercarse a ella.

Christo se preguntaba por qué. Tal vez fuera su belleza la que se interponía. Una larga melena rubia, la frente alta, mejillas claras, ojos verdes un poco rasgados. Era alta y de piernas largas, caminaba despacio como una sacerdotisa de una tragedia clásica, nunca tenía prisa, rara vez hablaba, pero, cuando lo hacía, sabía lo que decía. Los mayores, tanto hombres como mujeres, la miraban con pavor y miedo y no se atrevían a morir durante su turno.

Trabajaron juntos durante quince días. No murió nadie. Era un alivio. Tuula nunca lo miró a los ojos en todo ese tiempo. Quizá no hubiera aprendido a mirar a los demás. Estaba acostumbrada a que los demás la miraran a ella. Sin embargo, no era coqueta. Nunca se hacía la interesante. Vivía encerrada en sí misma sin por ello estar obsesionada consigo misma. A veces le daba la impresión de que sufría una inseguridad incomprensible. Era como si esperara de la vida algo que la vida se negaba a concederle.

Su último día de trabajo, Christo se armó de valor después de dejar el uniforme del hospital, vaciar la taquilla, ducharse, peinarse el pelo rebelde, mirarse en el espejo y ensayar varias sonrisas. Con una de ellas en los labios le dijo que era una persona muy enigmática.

—Apenas sé nada de ti. ¿Eres solo lo que veo o eres algo más?

Otra mujer se habría ofendido, pero Tuula sabía que su belleza volvía a los hombres o zalameros o persistentes. Preparó despacio su respuesta mientras le sonreía.

—Me halaga que te interese y no soy solo lo que ves, pero eres griego y yo he aprendido una cosa. Que no hay que confiar en los griegos ni en sus regalos.

—Qué lástima que digas eso.

Tuula negó con la cabeza.

—Sí, qué lástima.

Después ella cambió de tema.

—Qué guapo estás. ¿Has quedado con alguna chica?

Se encogió de hombros.

—Quizá.

—Pero cuéntamelo.

Su acento finlandés les daba a las palabras un tono autoritario que lo movió a dar un paso atrás.

—No tengo nada que contar. Nada de chicas, hace más de un año que no tengo novia.

El interludio con Sara no contaba.

—No me mientas.

—No te miento. Anda, cuéntame tu tragedia griega.

Era el último día de trabajo. Probablemente no volvieran a verse nunca más y Tuula deseaba poder hablar con alguien. Lo miró a los ojos, le gustó lo que vio y resolvió abrirle el corazón.

El verano anterior se había ido de vacaciones a la isla griega de Miconos completamente sola, acababa de divorciarse de su marido finlandés. No iba en busca de aventura y romanticismo, quería que le diera un poco el sol, pasar unas horas en las saladas aguas del Mediterráneo. Nada más. Pero sí hubo más. Lo conoció la primera noche cuando salió a cenar sola en un restaurante de la playa, algo inevitable, puesto que él era el dueño. Se llamaba Panos y la asedió con su confianza en sí mismo y un entusiasmo implacable. A ella le gustó, en cierto modo le resultaba inofensivo, un juego, algo con lo que el tiempo pasaría más rápido. La noche siguiente fue al mismo restaurante. La alegría de él al verla era tan real como una chuleta de cordero. Permaneció más tiempo esa noche. Hasta que llegó la hora de cerrar, de hecho, y él la acompañó al hotel, pero hacía una noche cálida, así que alargaron el paseo hasta la playa y a ella le entraron ganas de darse un chapuzón. Él también se lo dio. Jugaron en el agua, los dos estaban acostumbrados. Estaban desnudos, solos y no haber hecho el amor esa noche habría sido una verdadera blasfemia, una ofensa cósmica.

Después de aquello se volvieron inseparables. Quedaban en público, con sus amigos, iban a otros restaurantes, hacían excursiones y los días fueron pasando. Una tarde, llamaron a la puerta cuando ella estaba en la habitación del hotel. Era una mujer muy joven, embarazadísima. Tuula le preguntó en inglés si podía ayudarle. Era guapa, con el pelo negro azabache y los ojos más negros aún.

–Puedes dejar a mi marido en paz. Panos es mi marido y el padre del hijo que espero. Me he dado cuenta de que no eres como las otras putas con las que ha estado antes, se ha enamorado de ti, me ha amenazado con dejarme. ¡Así que no me destroces la vida!

Hablaba inglés, un poco titubeante, pero lo hablaba.

A Tuula no se le ocurrió nada que decir más que no sabía que estuviera casado. No le había contado nada. Ninguno de los amigos había dicho nada. Le pidió que se sentara un segundo, pero la mujer declinó la invitación.

Tuula la observó mientras se alejaba dando zancadas. Se apoderó de ella la vergüenza y la rabia por las mentiras de él, por las mentiras de todos. Aquello había transformado la historia por completo. De enamoramiento espontáneo en conspiración. Sintió muchísimo asco y no salió esa noche. Él fue a buscarla, pero ella no hizo acto de presencia. No quería verlo, no quería oír sus explicaciones. No volvió a verlo más. No iba a destrozarle la vida a otra mujer.

—Qué historia más triste —dijo Christo.

—Lo siento, pero has pagado por los pecados de otro —le respondió Tuula, y se despidieron sin ningún gesto. Ni un abrazo, ni un apretón de manos. Nada salvo el regusto amargo de saber que se habían malinterpretado todo el tiempo.

No se fue derecho a la parada para coger el autobús hasta su celda, sino que eligió un camino desierto que atravesaba el cementerio de Solna y lo recorrió despacio. La historia de Tuula lo había conmovido. La semejanza con su situación era evidente. Le vendría bien dar un paseo largo. Todavía era verano. Aun así, se adivinaba el otoño en las copas de los árboles, que comenzaban a adquirir un débil tono dorado, y en el viento suave que lo llevó a subirse el cuello.

Era más fácil hablar con los muertos que con los vivos. Allí, en las tumbas dispuestas de una forma más o menos simétrica, yacían todas las mentiras de la vida. Allí todos eran queridos: maridos, padres y madres, hermanos y hermanas. Los muertos sí eran dignos de amor. Los tiranos del hogar, los sádicos, los maltratadores con inclinaciones violentas de todo tipo y de distintas formas, todos eran merecedores de amor una vez muertos. ¿Y si alguien se encontrara alguna vez con una lápida que rezara: «¡Por fin nos hemos quedado en la gloria!»?

Lo mejor que podemos hacer por nuestra reputación es morir. Recordó una frase de Sartre que decía que su padre *tuvo el buen gusto* de morir pronto.

En otras palabras: Christo no estaba contento, tampoco triste, sino que se hallaba flotando en una soledad sin horizonte.

Se quedó un buen rato en el cementerio.

¿Y si se quedaba allí para siempre?

Unos metros más adelante se distinguía la capilla de San Martín. La puerta estaba abierta. Entró. No vio a nadie. Al ver el escaso mobiliario se sintió más triste. En medio de la sala había un ataúd vacío sin tapa. Le entraron ganas de probarlo y tumbarse dentro. Adoptar la pose de la muerte con las manos entrelazadas y los ojos cerrados. Morir de mentira un momento. ¿Cuál sería su último pensamiento? ¿El recuerdo de su país? ¿El recuerdo de sus padres? ¿El recuerdo de Rania?

No le dio tiempo a averiguarlo. El sacristán de la iglesia surgió de la nada con una regadera enorme.

–Solo estaba echando un vistazo –dijo Christo.

El sacristán asintió y continuó regando las plantas.

Está haciendo su trabajo, pensó Christo.

A lo mejor él debería hacer lo mismo.

Eran casi las doce cuando llegó a su cuarto. Fue un paseo muy largo, de más de tres horas, y le había venido bien. Tenía hambre y estaba cansado. Un poco de comida y un poco de sueño era lo que le hacía falta. A veces la vida era sencilla.

En la cocina se comió un plato de leche fermentada con cuatro galletas de jengibre desmigadas. Aquella era una costumbre que había adquirido durante su primera época en Suecia, cuando no era capaz de comer nada más. Fregó lo que había usado al terminar.

De vuelta en su habitación se fijó en una carta que se había quedado enganchada en el buzón. Enseguida trató de adivinar de quién era, lo que resultó ser una tontería bastante ineficiente. Lo más fácil era abrir el sobre, y finalmente lo hizo.

Ayer hubo luna llena aquí. Había estado lloviendo durante el día y los árboles relucían como joyas de plata. Pensé en ti. Pienso en ti a todas horas. A veces me enfado contigo porque no me dejas en paz. Al mismo tiempo presiento, no, más que presiento, siento la alegría y la felicidad que traería una vida a tu lado. Pero ayer, a la luz neutra de la luna, vi las lágrimas que nos aguardaban más adelante. Vi el dolor que había reprimido. Era la primera vez y sentí miedo, casi pavor.

No soy tan fuerte como finjo ser. No te enfades ni te resientas. No he jugado contigo. Pero no puedo continuar.

La carta no estaba firmada, pero no cabía duda de que era de Rania. Quizá temía que la carta acabara en las manos equivocadas. Daba igual. Era ella y todo intento de olvidarla había dejado de ser válido. Empezó a tiritar, tenía el corazón desbocado, le costaba respirar.

Rania pensaba en él.

¡En él!

En la iglesia de su pueblo había un icono en el que los cielos se abrían y toda la luz se precipitaba sobre el santo.

Así se sentía.

La luz del mundo le caía desde la central eléctrica más poderosa: los ojos de Rania.

Ya, ya. Sabía que estaba exagerando, que rayaba en lo cursi, pero no importaba.

Quería correr en su busca enseguida –sobre todo ahora que se había tomado la leche con las cuatro galletas de jengibre– pero no sabía dónde estaba. No había remitente, ni dirección, nada más que un sello borroso. ¡Oh, Rania, Rania! ¿Por qué me das tu amor como yo les daba a los mayores las gotas de colirio? De una en una.

Si supiera dónde estaba, iría allí de inmediato. Había llegado el momento de dejarse llevar, pronto sería demasiado tarde, la vida pasa rápido, alguna vez habrá que subir a bordo. Esos pensamientos incoherentes eran los que iba tejiendo en su cerebro recalentado, daba vueltas por la habitación carta en mano, a veces la besaba y a veces la miraba y daba un profundo suspiro.

Había llegado el momento de que se volviera loco de amor. Era justo, cuando menos, que reclamara su parte del total de la locura del mundo. Era joven y fuerte. Había llegado el momento de hacer algo completamente descabellado.

No podía. La locura y los dislates son para los aficionados de la vida. No para los inmigrantes y los extranjeros como él.

Aquel arrebato de histeria acabó en lo opuesto, o sea, apatía, y se dedicó a rumiar todo aquello mientras el verano pasaba, cambiaban los colores, los días se hacían más cortos. Las tardes se volvieron más frías. No encendía la luz, sino que se quedaba sentado en la penumbra y esperaba a que alguien llamara a la puerta, que alguien dijera su nombre en el pasillo o que alguien lo llamara por teléfono.

Fue incapaz de tomar ni una sola decisión. Le ocurría bastante, ya desde la infancia. Se quedaba atrapado en un momento de la vida como una mosca en la miel. Se convirtió en un Hamlet de las pequeñas decisiones. ¿Qué calcetines se ponía, los negros o los grises?

Esa es la cuestión.

En su ciudad había una solución muy simple. Darte una vuelta por la plaza, recolectar unos cuantos saludos de amigos y conocidos, intercambiar unas palabras con el camarero y reunir una cosecha de noticias sobre política y fútbol, algunos cotilleos de las aventuras eróticas legítimas, menos legítimas o completamente prohibidas a las que se dedicaba la guapa y vivaracha hija del panadero. Volvía a sumergirse en la vida, celebraba su resurrección con un ouzo, y asunto resuelto hasta la próxima vez.

En la residencia Strix de Solna, en cambio, no había nadie que se pasara por allí, no había nadie que fuera a saludarlo. Si te acercabas a la cafetería del centro de Solna, te volvías más solo aún. ¿Quién lo sacaría de su letargo? Quizá Rania, pero ella le había escrito que «pensaba» en él. Podría pensar en él tanto como gustara. Lo que él quería es que lo tocara.

Así que no hizo nada, se limitó a quedarse tumbado en la cama y leer un poema de Cavafis que siempre le infundía consuelo. Trata de un joven de un pueblo deprimente que sueña con el amor y una vida a lo grande.

> y poder regresar a la ciudad y entregarse
> a su movimiento y a sus diversiones;
> pueblo deprimente éste donde espera.
> Yace sobre su cama devorado por el amor
> toda su juventud despierta por el deseo de la carne,
> con la tensión maravillosa de la bella juventud.
> Y en el sueño le llega la delicia; en su sueño
> ve y abraza la carne, el cuerpo que desea...[1]

Dejó el libro y se puso a pensar en Sara. La envidiaba por haber partido como en una cruzada de amor por Europa. Atravesaría fronteras y puntos de control, guardias gruñones e inspectores coquetos que tenían el poder de detenerla. Necesitaría de todos sus encantos e inocencia para lograr que no la inculparan de espionaje y pernoctaría en hoteles miserables con las sábanas sucias. Haría uso de todos los idiomas que sabía para llegar hasta su primer amor. Envidiaba su fuerza, su resolución, pero también se alegraba. Pocas veces es la vida más fácil que cuando uno sabe lo que busca. Y pocas veces es la vida más anodina que cuando uno ni lo sabe ni lo busca.

Así pasó los últimos días de verano: a la espera de algo o alguien que lo salvara.

El primero en volver de vacaciones fue Thanasis, con el amor de su vida del brazo y de buen humor.

–¡Hola, Christo, querido amigo! –exclamó.

–Hola –dijo también Mona, su adorable novia.

Sus voces lo volvieron humano otra vez. Los tres hablaron un ratito, los recién enamorados tenían un poco de prisa porque Mona debía devolver el coche que le había prestado su

1. Poema CXX, «Pueblo deprimente», *Poesías completas*, Hiperión, 1985, trad. José María Álvarez.

madre. No importaba. Christo había salido de su apatía y esa misma noche retomó el trabajo de la facultad.

Al día siguiente quedó con Thanasis a solas. Dieron un paseo hasta la cafetería del centro de Solna. Quería todos los detalles del verano de su amigo en el archipiélago finlandés.

–No sé por dónde empezar…

Era el paraíso con todas las letras. El agua del mar era clara, la gente, franca y discreta, lo dejaban en paz. Por supuesto, se corrió el rumor de que Mona tenía de novio un extranjero y a veces había quien daba un paseo hasta la casa para ver con sus propios ojos qué aspecto tenía. ¿Tendría rabo?

Thanasis le contó que había visto una Suecia distinta. El mito de la muerte de la familia era, de verdad, un mito. Todos los familiares se reunían allí en verano. Los abuelos paternos y maternos, los hermanos y hermanas y los primos y sus respectivos hijos y perros, tíos y tías por parte de madre y por parte de padre.

–Vinieron todos y se quedaron una o dos semanas. Cada noche, si el tiempo lo permitía, poníamos la mesa enorme del porche. Era un no parar. Había debates sobre política, alguna que otra riña amorosa, una de las primas de Mona lloraba todas las noches a las diez, como un reloj. Se le había muerto el gato y había dejado tres crías medio ciegas que sobrevivieron unos días para después morir también una tras otra. Nunca había visto a un ser humano lamentar tanto la pérdida de un animal. La verdad es que fue una lección. Por las tardes tocaba sauna. Eso me ponía a prueba. Nos sentábamos todos juntos a sudar desnudos, hombres y mujeres sin timidez, sin vergüenza, sin tensión sexual. En realidad, era muy tranquilo. La desnudez es el peor amigo del erotismo. Tampoco ayudaba que después bajáramos corriendo a las rocas de la playa y nos tiráramos al agua. Los suecos están muy bien dotados, no lo sabía. Se les bamboleaba entre las piernas, mientras que la mía menguaba y terminaba pareciendo una marca de nacimiento. Sobre todo, después de haberme lanzado al agua a catorce grados. Por suerte, tenía a Mona para secarme con una toalla como si yo fuera un cachorro. Temblaba entero.

—Por Dios, catorce grados. Yo me habría muerto —dijo Christo.

—A punto estuve. Aunque se pasa y luego te sientes como un rey. Pero me encontré con un problema.

—¿Cuál?

—Mona. La quiero, la adoro, pero voy a decepcionarla.

—No te entiendo.

—Nos ve como una pareja. Su madre (una mujer muy distinguida) me ve como su futuro yerno. Pero yo ya he tomado una decisión.

—¿Ah, sí?

—Me vuelvo a casa. En cuanto termine los estudios, me vuelvo.

—Pero está a punto de convertirse en una dictadura.

—¿Y a quién le importa, querido amigo? Aunque haya una dictadura, caerá por sí sola. Los italianos tienen a los tenores. Nosotros a los dictadores. Vienen y van. No es que lleve a Grecia en la sangre. Es que es mi sangre.

Christo quería decirle algo, pero se calló. Las palabras de Thanasis le quemaban por dentro.

—Además, se lo he prometido a mi abuela. Me está esperando.

Christo esbozó una sonrisa irónica.

—Todos los emigrantes prometen que van a volver, pero muy pocos lo consiguen.

—Es posible. Voy a ser uno de esos pocos. La promesa que le hice a mi abuela es sagrada.

—¿Y qué quiere decir sagrado, mi querido amigo?

No habían levantado la voz. Al contrario. Hablaban bajito, como para recalcar la importancia de las palabras. Despacio y en voz baja.

–Te puedo decir qué es lo sagrado para mí. Es lo que me marca los límites como persona, lo que me define. Hasta aquí, pero no más allá. Si voy más allá, me convierto en otra persona. Sé que entiendes lo que digo.

Era verdad. Christo lo entendía. Sin embargo, tenía objeciones. O, como él las llamaba para reírse, apelaciones.

–El ser humano es libre. Es él el que decide lo que es sagrado y lo que no.

–Cierto. Precisamente esa libertad es la que nos hace responsables de nuestras decisiones, como siempre dices.

Era cierto en teoría, pero no en la práctica. La estrategia de supervivencia más común es culpar a los demás. Christo se rindió.

–Tienes razón. A veces hablo a sabiendas de que es un error.

Thanasis no parecía muy contento con su victoria ideológica.

–Nos pasa a todos –reconoció.

Le daba pena. Estaba enamorado de Mona y al mismo tiempo le había hecho la promesa sagrada a su abuela de que volvería a casa a cerrarle los ojos.

–Solo hay una solución –dijo Christo.

–¿Cuál?

–Pedirle a Mona que vaya contigo.

Thanasis dio un salto tan repentino que volcó la bandeja y tiró las tazas al suelo.

–Pero ¿cómo puedo ser tan tonto? ¿Cómo no se me había ocurrido?

Un brillo asomó a su mirada, se le había hinchado todo el cuerpo, hasta le creció el pelo. Se había quitado de encima un peso enorme y abrazó a Christo con un ardor que rayaba en lo pecaminoso.

La gente de la cafetería hizo como que no los veía. Salvo una persona. Una persona que se dirigió hacia ellos con paso ligero y una sonrisa en los labios.

Era Rania.

Christo notó que el corazón le caía en el estómago como un bocado sin masticar. ¿Qué iba a hacer? ¿Qué le iba a decir? Habían pasado más de tres meses desde la última vez que la vio. Qué guapa era. La belleza es energía, pensó. No son proporciones o formas, sino pura energía.

Ella se dirigió a Thanasis primero.

—¡Hola, vecino! —le dijo contenta.

Luego llegó el turno de Christo.

—*Hello, stranger.*

Tardó medio minuto en conseguir que le saliera la voz y menos de un segundo en darse cuenta de que no la había olvidado. No volvería a intentarlo nunca más. No importaba que estuviera casada, que se hubiera ido a Verona con el hombre de la mirada del exterminio, todo daba igual. No volvería a cometer el error de tratar de olvidarla.

—Cuánto tiempo —dijo desarmado, con Thanasis de testigo. Cogió aire como si le faltara el aliento. Y así estaba. Sin aliento.

El resto de clientes de la cafetería, que en su mayoría eran inmigrantes y dos de ellos griegos, los miraban con curiosidad. El aire se había electrificado con la presencia de Rania. Llevaba un vestido largo azul claro que le caía sobre el cuerpo sin ceñirse, casi como una lluvia de verano. Se había recogido el pelo en un moño alto. Christo le vio el cuello y quiso besárselo.

Se sentó un ratito con ellos. Olía a... ¿A qué olía? A una mañana temprano en el campo. Jovial, cercana pero no palpable, fresca pero no fría. Christo la respiró con codicia.

Les contó un poco sin venir a cuento que estaba sola en la ciudad. Matias y la niña se habían quedado en el campo. A principios de septiembre hacía unos días muy bonitos. Se quedarían un poco más mientras ella se ocupaba de varios asuntos.

Christo no pudo evitar interpretar sus palabras como una invitación encubierta. Quería hacerle saber que estaba sola.

Pero no estaba seguro. También podría tratarse de una conversación ordinaria.

Thanasis no lo creía, y se lo dijo una vez ella se hubo marchado.

–Está claro. Le gustas. Se le nota. Cada vez que te miraba se le dilataban las pupilas y la respiración se le entrecortaba. Pero ella es así. Tiene que seducir a todo el sexo masculino. No puede evitarlo. También fue así conmigo. La he visto comportarse así incluso con otros del pasillo. No puede evitarlo.

–¿Qué quieres decir?

–Le gusta estar enamorada. El objeto del amor le es indiferente. Le gusta el amor igual que a otros les gusta ir a una velocidad vertiginosa. No importa que se sea en coche o a caballo o con otra cosa, da igual. Con tal de que vaya rápido. Le gusta provocar situaciones que después no puede controlar. Interpreta el papel protagonista de su vida. Las personas así están casi permanentemente enamoradas y a la vez son del todo incapaces de amar. Como el tiempo. Están cambiando siempre.

Christo lo miró con asombro.

–¿Cuándo has aprendido todo eso? ¿En la Facultad de Empresariales?

–También el amor es un mercado, querido amigo –respondió Thanasis con una carcajada de satisfacción.

No era seguro que tuviera razón. Tampoco era seguro que se equivocara. Daba igual. Una cosa sí era segura. Christo la deseaba. Aún podía percibir su aroma, oír su voz, ver el cuello esbelto que quería besarle. Si le iba a salir caro quererla, no pensaba regatear.

Se quedaron un poco más allí sentados sin hablar. Las sombras se fueron alargando. Thanasis iba al cine con Mona. Se despidieron como se despiden los viejos amigos: con la convicción de que volverían a verse pronto.

Christo volvió a su cuarto. Había tomado una decisión en su fuero interno casi sin que él hubiera participado. Se dio una buena ducha, se lavó el pelo, se afeitó con cuidado, se cambió de ropa interior, se puso unos pantalones azules y una camisa blanca.

Iría a verla. Estaba decidido. Solo de pensarlo se le hacía un nudo en el estómago y se sentó un momento en la cama para tranquilizarse, aunque surtió el efecto contrario. Lo asediaban las dudas. ¿Cómo podía estar seguro de que ella lo recibiría? ¿Cómo podía estar seguro de que estaría sola en casa? ¿Y si Matias había cambiado de opinión y había vuelto? ¿Y si estuviera de visita el profesor bizco? No era muy bizco, pero sí un poquito. Sus dudas crecían a cada minuto.

Entonces oyó un ruido en la puerta. No eran golpecitos, sino más bien como si hubiera un gato rascando para que lo dejaran entrar. Era Rania y quería hacerle una pregunta.

—¿Tienes hambre?

Tenía hambre de todas las formas imaginables. Rania también se había cambiado y se había lavado el pelo, que aún estaba húmedo. Se había puesto un vestido largo y negro y le sonreía con una sombra en la mirada. Ella también corría un riesgo. No estaba segura de que la estuviera esperando, pero el riesgo la atraía. Thanasis tenía razón. Rania interpretaba el papel principal de su vida y también era la guionista, por si acaso.

Se abrió una puerta al fondo del pasillo y Christo la metió rápidamente en el cuarto. No se besaron. No hicieron más que mirarse como si se estuvieran estudiando. Trató de abrazarla y ella se apartó, pero no del todo, como si otro intento no fuera un completo error.

—He preparado pasta, si tienes hambre.

—Te he echado de menos —le dijo quejumbroso.

Ella le dio una patadita en la espinilla.

—Pues no has hecho nada.

—No sabía dónde estabas. Me escribiste que no podías continuar. ¿Qué iba a hacer?

–Lo que fuera.

–¿Lo que fuera?

–Sí. Lo que fuera.

Volvió a intentar abrazarla y ella se volvió a apartar.

–Venga. Se va a enfriar la pasta.

–Ve tú primero. La gente va a empezar a decir cosas si nos ven juntos.

–¿Y qué más da? ¿Por qué te preocupa eso?

Lo dijo con toda la naturalidad. Lo que dijeran o pensaran los demás daba igual. Ella no se había criado en un pueblo griego en el que todos espiaban a todos.

Subieron juntos en el ascensor. Hizo otro amago de atraerla y ella volvió a apartarse, y él decidió no volver a intentarlo.

La mesa estaba lista. Rania encendió dos velas cuyo débil resplandor parecía a punto de desvanecerse. Disfrutaba de verla al tiempo que no podía liberarse de pensar en el que estaba ausente. En la entrada había colgada ropa de Matias. Particularmente aterrador era el tamaño de su calzado. Tenía dos zapatos enormes del número 46, mientras que a Christo le costaba encontrar de su talla, un 40 y medio, y a veces tenía que comprarse modelos de señora. Trató de olvidarlo, sin éxito.

Rania abrió una botella de vino tinto. Levantaron las copas y bebieron. Christo se sentía incómodo y se lo dijo:

–Aquí me siento como un ladrón.

No fue el comentario más afortunado. Eso la desinfló.

–¿Por qué? –preguntó irritada.

Es verdad, ¿por qué?

–Porque se trata de la casa de otro hombre.

–Y de la mujer de otro hombre, ¿no? Y yo no soy nada. No tengo voluntad propia, formo parte del mobiliario de la casa de otro hombre. ¿Es eso lo que me estás diciendo?

Qué raro. Él mismo decía siempre que uno no pertenece a la persona con la que está casado, pero al oírselo a ella le resonó antinatural, vulgar, lisa y llanamente.

Me queda mucho que aprender, pensó, pero no lo dijo y trató de aplacarla.

–No, no te estoy diciendo eso. Ha sido una tontería.

Christo tenía un aspecto miserable.

–Perdona que haya montado en cólera –dijo ella–. Es que estoy cansada de pertenecer siempre a otra persona. Desde que nací. De ser la hija, la novia, la prometida, la mujer. Nunca yo misma. Va en la sangre. Como ahora, por ejemplo. Me preocupa lo que pienses de la pasta. ¿Por qué? Porque es lo que me han enseñado.

–Entiendo –dijo él.

–Eso espero.

Comieron en silencio durante un rato. La pasta estaba muy buena y el vino era aún mejor. No había salido como él esperaba. No se habían lanzado el uno a los brazos del otro, no rodaron por la cama, pero tampoco estaban mal así. Le resultaba íntimo y agradable estar comiendo sentados uno frente al otro. Decidió conformarse con eso y se recostó en la silla.

Rania, que ya iba por la segunda copa, se volvió más y más habladora. Le contó el viaje a Italia, le habló de todas las ciudades y, sobre todo, de Verona, que no era ni más ni menos que un sueño con sus arcadas, sus iglesias y sus sombras.

–Los italianos fueron los primeros arquitectos que tuvieron las sombras en cuenta, decía Ivar.

Sabía que no debía preguntarlo, pero no se contuvo.

–¿Quién es Ivar?

–Mi profesor. Lo conociste en la exposición de la facultad.

La siguiente pregunta le salió sola.

–¿Estás con él?

Se arrepintió inmediatamente. Era demasiado tarde. Ella le clavó la mirada con una mezcla de asco y compasión.

–¿Con Ivar?

–Sí, si es que se llama así.

–Me encantaría estar con él, pero le gustan los chicos. Dicen que disfruta dándoles azotes con un látigo negro que tiene. Le gustó Thanasis.

–¿Y yo no?

–No, dijo que parecías demasiado mojigato.

–Qué suerte.

–No te pongas sarcástico. Es muy culto y muy generoso con su tiempo y su dinero. Tiene sentido del humor. Aunque yo me enamorara de él, él nunca se enamoraría de mí. ¿Estás más tranquilo ya? Si estás tranquilo, coge un poco más de pasta, porque no pienso darte nada más. Ya tengo un bulldog en casa. No me hace falta otro.

Aquello le arrancó una carcajada que se le contagió a ella.

¿Sabría de su encuentro con el profesor la noche helada en Humlegården? ¿Lo habría reconocido el profesor aquel día y decidió hacer un poco de teatro? No tenía forma de saberlo y tampoco quería preguntarlo. No estaba preparado para enseñarle las entrañas. Aún no.

–Es la primera vez que nos reímos juntos –dijo Rania.

–Hay muchas cosas que podemos hacer por primera vez –replicó Christo inclinándose sobre la mesa. Rania lo imitó y se besaron sobre las velas encendidas. El beso le sabía a la salsa que había preparado. Tomate y orégano. Lo transportó al pueblo del que se había marchado. Acababa de encontrar lo que había perdido. Ella era su nueva patria.

Palabras mayores, tal vez. Pero las necesitaba. Hay ocasiones en las que solo nos pueden salvar las palabras mayores. Quería decirlas o, al menos, pensarlas.

Se sentaron en el sofá y él comenzó una excursión por su cuerpo con los labios y la nariz, como un perro a la caza del rastro de viejos amores y deseos. Ella soltó un gemido suave, pero se cansó de todo aquello.

–Si vas a besarme más *concretamente*, tengo que asearme.

Y así fue. Rania se marchó al baño y volvió al cabo de un rato con un largo camisón blanco que había comprado en

Italia. Tenía una sonrisa enigmática en los labios y se colocó ante él con las piernas ligeramente separadas. Él sabía lo que tenía que hacer y lo hizo. La besó más *concretamente* y en apenas unos segundos ella se corrió con una prolongada contracción que le recorrió el cuerpo entero. Después se tumbó en el sofá, abrió los brazos y dijo: ven.

Lo único que le dio tiempo a pensar es que tenía que anotar cada detalle en la memoria. Su aroma, su sabor, cómo le presionaba la cabeza con suavidad. Solo te acuestas por primera vez con alguien una vez. Buscaba alguna expresión para decirle cómo se sentía, pero las palabras suecas lo incomodaban sin excitarlo. No las tenía arraigadas en el corazón, ni en las entrañas. Eran, en el sentido más literal del término, superficiales. Tenía la opción de hacer como que estaba tan entusiasmado que cambiaba al griego, pero susurrarle sonidos ajenos al oído le parecía bastante exagerado, además, no entendería nada, se volvería forzado y raro. Pero ni tan siquiera en griego se le ocurrían palabras adecuadas. Solo expresiones mecánicas, vulgares, de la superioridad y el poder del hombre. También estaba el viejo y manido te quiero, pero era tan excitante como una patata cocida. Y tampoco era cierto. No sabía si la quería. Lo que sabía era que la deseaba. Todo lo que le podía decir empequeñecía lo que estaba sucediendo y lo que sentía. Llegó a la conclusión de que el único lenguaje apropiado para el amor era el silencio, y volvió a entrar en ella sin decir nada. Ya la segunda vez no fue como la primera.

Después se quedaron tumbados en el sofá. Estaban apretujados, pero cabían si se tumbaban uno encima del otro. Podrían haberse ido a la enorme cama de matrimonio. Sin embargo, ninguno de los dos lo propuso.

−Si sabías que esto iba a pasar, ¿por qué te apartaste antes, cuando intenté besarte?

−Qué tonto eres. Eso era solo cara a la galería −dijo despreocupada.

−¿Como que no lo hayamos hecho en vuestra cama?

–No estoy tan liberada como piensas.

Eso lo anotó en la memoria. Ni ella ni él estaban tan liberados como pensaban. Las convenciones eran aún más fuertes que la moral. Los dos engañaban a Matias, pero no en su cama, en todo caso.

El sonido del teléfono llegó como un recordatorio de la situación.

–Debe de ser Matias –le dijo Rania.

–Cógelo –respondió él.

–Ahora no.

–¿Por qué?

–No es tonto. Me lo va a notar en la voz. Además, no quiero que oigas cómo miento.

Lo entendió.

–Lo entiendo –le dijo él.

No obstante, aquella llamada tardía había proyectado una sombra sobre los dos.

Ella le ayudó a encontrar un calcetín que le había desaparecido, lo abrazó con fuerza antes de abrir la puerta silenciosamente y él se escabulló sin encender las luces del pasillo. Como un ladrón.

¿Así iba a ser? ¿Viviría el amor de su vida en instantes robados? ¿Cuánto tardaría en transformarse en un error colosal?

El hecho de ser una criatura moral no garantiza que siempre vayas a hacer lo correcto. En cambio, siempre sabes cuándo te has equivocado. Christo lo sabía, pero lo iba a volver a hacer, una y otra vez.

Christo podía ocultárselo a todo el mundo salvo a Thanasis, que se lo notó enseguida cuando quedaron para tomarse un café al día siguiente.

–Lo hicisteis ayer –dijo.

Christo sonrió.

–¿Se nota?

—Si uno tiene ojos en la cara.

Thanasis quería enterarse de todos los detalles como un auténtico marido celoso, pero Christo se defendió. Podía contarle todo, puesto que lo recordaba todo. Cada caricia, cada olor, cada sonido, pero no contendría lo más importante. Por encima de todo, estaba el sentimiento de que no podía describir a Rania detalladamente, un poco como un río que fluye transformándose todo el tiempo. Describirla sería un atropello. Cambiaría su esencia. Era energía, ante todo, energía.

—Te podría hablar durante horas sin decirte lo esencial.

—¿Y qué es lo esencial?

—La deseo. Es mi hogar. Mi pila bautismal. Me quedo desnudo delante de ella antes de que me haya dado tiempo a quitarme los zapatos.

—¡Joder!

—Sí.

Los dos tenían la respiración entrecortada, casi excitados. Necesitaron de un momento para reponerse. Thanasis lo consiguió primero.

—¿Y qué piensas hacer? Es que está casada.

—No lo sé. Espero que podamos mantenerlo en secreto durante un tiempo. Hasta que hayamos llegado a algo.

Thanasis negó con la cabeza cubierta por aquella melena rizada.

—Qué cuna te acunó —dijo fiel a sus refranes—. Has nacido y te has criado con secretos, pero Rania no sabe lo que significa el secreto. No puede vivir a escondidas. Es un insulto para ella. Va a terminar contándoselo a Matias bien porque se arrepienta o bien porque no.

Christo estaba sentado observándose las manos. Con esas manos la había acariciado. Con esas manos viviría su vida.

—Bueno, llegado el momento se verá —dijo buscando en el repertorio de dichos suecos—. Pero tienes razón. Está casada, tiene marido y una hija. Me doy asco cuando lo pienso. Me cae bien Matias. Es un buen tipo. Eso no facilita las cosas. Ahora mismo no sé nada. Siento lo que siento por Rania. Pero ¿qué siente ella por mí? Sí, le gusto lo suficiente como para acostarse conmigo... ¿y después? No lo sé. Esta mañana me he despertado con una angustia espantosa. ¿Le gustaré de verdad? ¿Seré solo un polvo exótico?

–No eres tan exótico, querido amigo. Eres un indoeuropeo corriente, como yo. Eso es lo que eres.

–Sabes a qué me refiero.

–Lo sé. Pero no hace falta que te rebajes. Está claro que le gustas. Lo cual empeora las cosas.

Christo tomó aire, como si se le hubiera olvidado respirar, y así era de hecho.

–Me cuesta creer que una mujer se pueda enamorar de mí. Siempre me ha costado. Incluso me parece que hay que ser bobo para creerlo.

Thanasis se echó a reír.

–Pues yo creo que Mona me quiere y no creo que sea ningún bobo –dijo.

–Entonces la boba será ella –respondió Christo.

Era la hora de regresar a los libros, pero antes de despedirse, Thanasis lo tomó del brazo y le dijo muy serio.

–El amor no tiene por qué ser siempre una tragedia.

Los días siguientes fueron cualquier cosa menos una tragedia. Christo se pasó todo el tiempo con Rania. Se exploraron mutuamente con un deseo reforzado por la decisión que habían tomado. Aprovecharían esos días y esas noches, agotarían cada hora, cada minuto y cuando Matias regresara, se acabaría todo.

–Me voy a romper en pedazos si seguimos –dijo Rania.

–Yo también –dijo Christo.

Parecía una decisión razonable, aunque, en realidad, era como la promesa del jugador empedernido de apostarse todo una última vez y no volver a jugar nunca más. Como decir sí a todo antes de decir no a todo.

Cualquiera que los observara se asombraría. Se abrazaban sin motivo, iban corriendo sin motivo, reñían sin motivo, se reían sin motivo. No es que hubiera mucha diferencia entre ellos y dos mulas jóvenes. En los últimos días de buen tiempo, fueron a la playa de Långholmen a bañarse, lo que no supuso mayor placer para él puesto que no sabía nadar, pero ella lo fue guiando con palabras de aliento.

—No tengas miedo, aquí haces pie y yo estoy a tu lado —le decía mientras lo agarraba y él se entregaba a sus brazos. Es fácil imaginar lo que siguió. Hacerlo en el agua era algo completamente nuevo. En cierto modo, era primigenio.

También hablaban mucho. De sus primeros amores y sus primeras despedidas y cada conversación terminaba con más abrazos. Se confiaban sus planes de futuro. Ella quería pintar; él, escribir. El sueño de una vida en común los sedujo. Rania incluso dibujó un boceto. Un inmenso mar azul, un acantilado, ella frente al caballete y él sobre la máquina de escribir. Así podrían vivir. Si todo fuera diferente. Pero las cosas eran como eran. Su marido y su hija volverían y su lugar estaba con ellos.

Él trató de olvidarlo. O, más bien, de acomodarlo de alguna forma en su vida igual que un dramaturgo trata de poner orden en su obra. Por el momento, sus pensamientos los ocupaba otra cosa.

—¿Podrías ser un poquito más explícito? —dijo Thanasis.

Por supuesto, él era el destinatario natural de tan asombrosa noticia. Estaban sentados como siempre en la cafetería del centro de Solna mientras Rania hacía unos recados.

—No sé cómo decirlo. Es la primera vez que siento que una mujer me desea. No que le gusto o que le parezca simpático o gracioso o inteligente o cualquier otra cosa. Ella me desea. Me mira y se le hace la boca agua. Quiere poseerme, quiere mis cincuenta y seis kilos en su regazo. O sea, me desea de la misma forma que yo la deseo a ella. Nunca me había pasado nada parecido. Me habla como si ella fuera un hombre y yo una mujer. Túmbate aquí, me dice, que te vas a enterar. ¿Lo entiendes? No me ha dicho nunca que me quiera. Solo dice que me desea. Me excita tanto que pierdo la cabeza.

—Lo entiendo —respondió Thanasis—. Nunca me ha pasado. A mí me dicen que me quieren. Pero no se me echan encima.

—Eso es lo que yo llamo una tragedia.

—No seas sarcástico. Es una tragedia. Dejan fuera el cuerpo. Lo bueno es que el amor quizá dure un poco más que la lujuria, pero no es seguro.

—Por cierto, ¿has hablado con Mona?

—¿De qué?

—De que piensas largarte en cuanto termines.

Thanasis lo miró con una expresión seria.

—A veces eres muy descuidado con las palabras. No pienso largarme. Pienso volver a mi país. Es una cosa completamente distinta.

—Perdona... tienes razón. Pero ¿has hablado con ella?

—Sí.

—¿Y?

—Me ha dicho que siempre lo ha sabido.

—Pero ¿está dispuesta a irse contigo?

—Sí... aunque primero quiere terminar los estudios, le quedan dos semestres. Es decir, que no nos vamos a ver en todo un año. Quién sabe lo que puede ocurrir durante ese año... Cuando veo lo rápido que ha ido lo tuyo con Rania me asusto... No quiero perderla...

Christo tampoco quería perder a Rania y al mismo tiempo estaba seguro de que la acabaría perdiendo. De repente se imaginó a sí mismo con Thanasis dentro de veinte años o más... Estarían en Atenas o donde fuera y hablarían de lo que habían perdido... Rania y Mona... Las tardes en Estocolmo... La calle Hamngatan, que era una pasarela al aire libre delante de los grandes almacenes Nordiska Kompaniet.

—¿Cuándo vuelve Matias?

—¿No podemos hablar de otra cosa?

—No tenemos por qué hablar de nada.

–No.

Se quedaron callados un buen rato, absortos en sus esperanzas y en sus temores.

Después se levantaron los dos como si les hubieran hecho una señal. Había llegado el momento de volver a los libros. Aún faltaban unas cuantas horas para ver a las mujeres que amaban.

Eran su última tarde y su última noche juntos. Matias y Johanna regresaban al día siguiente. Se habían prometido no pensar en ello, pero no podían pensar en otra cosa.

¿Entonces se habría terminado todo?

Eso habían dicho y, en un principio, los dos estaban contentos con seguir viviendo conforme a esa decisión. Ya no lo veían tan claro. Cuando estamos saciados, nos olvidamos de que volveremos a tener hambre. Mientras que se tuvieran el uno al otro, un posible final apenas era una hipótesis, un juego. Estaban agotando la prórroga y tenían que decidirse.

–No quiero hacerle daño a Matias.

Se habían conocido cuando eran estudiantes jóvenes en la Facultad de Arte. Matias era la estrella masculina de la promoción. Guapo, agradable, inteligente. Las compañeras de clase se arremolinaban a su alrededor, y los compañeros también se veían atraídos por su personalidad. Rania, en cambio, no. Hacía como que él le daba igual y él se enamoró de ella para vengarse, la dejó embarazada y se transformó de una estrella reluciente en un meteorito que caía en picado, dejó la facultad y comenzó a trabajar en una agencia de publicidad para mantenerlas a ella y a la criatura que esperaban. No sufría por ello. Al contrario. Era feliz. La verdadera artista eres tú, le decía, a mí solamente se me da bien.

Es decir, que era un joven muy sabio. No hay muchos que comprendan que el tener facilidad para hacer las cosas no demuestra nada. Más bien lo contrario. Son las dificultades las que generan arte. Quería a su mujer, la adoraba y la cuidaba, pero todo eso llevó a lo que trataban de evitar. A la desgana, la monotonía, el aburrimiento. Se pasaban las tardes delante de la tele mientras que su hija iba corriendo del uno al otro como un puente vivo entre los dos, e intentaba, sin saberlo, mantenerlos unidos. Rania empezó a asfixiarse poco a poco.

La primera vez que se acostó con otro hombre se arrepintió. La segunda vez, no. La tercera vez se alegró. La cuarta lo disfrutó. Aun así, no tenía ninguna intención de romper. Seguía queriendo a Matias. Gracias a eso le resultaba fácil continuar casada. La forma más rápida de deshacerse de un amante del que se había cansado era decir que su marido había empezado a sospechar.

—En cuanto les sueltas algo así, miran todos para la puerta —le dijo a Christo, que estaba tumbado a su lado, le acariciaba el hombro desnudo de vez en cuando y se sentía un privilegiado por escuchar sus confesiones. Estaba celoso, pero aún más excitado.

—¿Cuál es mi número de salida en la carrera? —le preguntó para relajar un poco el ambiente.

Ella se rio y se abalanzó sobre él.

Pero el problema persistía.

Era la última noche.

—¿Qué vamos a hacer?

Rania necesitaba una respuesta. Él no tenía ninguna.

—Has dicho que no quieres hacerle daño a Matias.

—Así que soy yo la que debe decidir. ¿Tú no tienes nada que ver?

Ese era su punto débil. Acusarlo de no asumir la responsabilidad. Lo que, por desgracia, era cierto. Cuando se complicaba demasiado, salía huyendo. De su patria, de los padres, de las novias, de los estudios.

Tomó aire.

—Quiero estar contigo de la forma que elijas. Otra cosa no puedo hacer. No puedo exigirte que te divorcies, no pue-

do exigirte que me veas a escondidas. La decisión te correspon-
de a ti.

–¿Por qué no me puedes pedir que me divorcie? ¿Por qué no
puedes subir a decirle a Matias lo que hay? ¿Por qué lo dejas
todo en mis manos?

Estaba a punto de echarse a llorar.

Tenía razón. Así era. Él no quería cargar con ese peso.

–¿Qué puedo darte yo? No tengo nada, no soy nadie. No
estoy preparado para esa clase de decisiones.

–Si no estás preparado ahora, no lo estarás nunca.

Le habló con dureza. Ya habían empezado a hablarse con
dureza. Matias llegaría al día siguiente a primera hora, pero ya
estaba allí, compartiendo con ellos la estrecha cama del cuarto
de estudiantes de Christo, donde estaban tumbados con la luz
apagada.

–No sé qué voy a hacer –dijo Rania–. Quizá lo mejor sea
que no nos volvamos a ver, como acordamos.

¿Qué le iba a decir? La idea de perderla se le antojaba insoportable.

–Si no sabes qué hacer, no hagas nada. Es una buena
regla.

–Es demasiado tarde para reglas –replicó ella–. Ahora nave-
gamos en la oscuridad.

Esa noche no se quedó a dormir. Tenía cosas que hacer en el
apartamento. O sea, barrer todo el rastro de lo que había ocurrido. Él no protestó.

Transcurrió una semana sin que tuvieran ningún contacto. Decir que la pasó sufriendo sería una exageración. La
echaba de menos, pero haber tomado una decisión era un
alivio.

La vio una vez desde lejos y tenía el mismo aspecto de siempre. Iban ella, Matias y la niña. Estaban saliendo del supermercado. Habían hecho la compra, volvían a casa para preparar la

cena. Llevaban a la niña entre los dos. Exactamente igual que antes.

Rania parecía feliz. Eso también le reportó cierto alivio. Quería que fuera feliz. Trató de sobreponerse al dolor, a los celos, a su alma herida. No era fácil. Lo cierto es que se acordó de Carolina von H. Seguro que tendría algo que decirle. Recordó el asombro que sentía por su forma digna, tranquila, confiada de tratar su dolor por el desgraciado accidente del marido, el magnífico Coronel, que fue y siguió siendo el amor de su vida. Recordó lo que le dijo en una ocasión.

Uno no vive con el amor de su vida. Lo recuerda.

Pero La coronela Carolina von H. había fallecido.

Habló con Thanasis:

–Creo que hemos terminado.

–Esas cosas no terminan tan fácilmente –le dijo su amigo.

–¿Tú qué harías?

–Lo mismo que tú. Te lo dije desde el principio. La felicidad no se roba.

Tal vez fuera verdad. Thanasis prosiguió:

–En términos estrictamente económicos, te propongo que hagas uso del duelo. Es un buen sentimiento. Estimula la concentración y la conciencia. Ponte a estudiar. Deja correr las lágrimas por las páginas de Aristóteles. Aprovecha la ocasión para crecer. La pena y el dolor quizá no sean *scarce commodities*, pero sí son útiles.

Christo lo escuchó en silencio y se quedó pensativo. Después dijo en voz baja:

–Tienes razón. El mal de amores ha creado obras maestras. Ninguna otra cosa ha sido tan productiva.

–Creo que el que se inventó a Dios sufría por un amor no correspondido –añadió Thanasis.

–Qué idea más bonita –dijo Christo.

Se sonrieron satisfechos. A falta de amor, lo mejor que tiene uno es la amistad.

Los días pasaban. Las noches renqueaban un poco, pero también ellas terminaban pasando. Christo estaba ocupado con el trabajo de la facultad, leía a Cavafis cuando se sentía apático y una noche alguien arañó su puerta. Solo había una persona que lo hiciera y el corazón le dio un salto como una rana, y tuvo que mantener la boca cerrada para que no se le saliera.

—No he podido resistirme —dijo Rania.

Él había hecho todo lo posible por ignorar su dolor, trató de reconciliarse con la idea de que la vida seguiría sin ella, pero cuando apareció ante su puerta, cuando oyó su voz y reconoció su aroma, la nostalgia cobró cuerpo y sentido.

No se atrevía a decir nada. ¿Cómo le sonaría la voz? ¿Como un león herido? ¿O como un ratoncillo?

La dejó pasar y cerró la puerta. Se quedaron mirándose como si fuera la primera vez.

La primera vez de una nueva era.

Tenía muchas cosas que decirle. Pero la oleada de palabras que se le desató en la cabeza eran palabras en griego, incomprensibles para ella. ¿Aprendería alguna vez a querer en sueco? ¿O se quedaría mudo para siempre?

—Ven —se limitó a decir.

Un susurro monosilábico, mínimo. Lo único de lo que fue capaz.

—No tengo mucho tiempo —dijo ella.

No se desvistieron, no se tumbaron en la cama. De pie tras la puerta. Rápido, implacable, furibundo.

La nueva era había comenzado.

Continuaron viéndose en el más absoluto secreto. Lo hacían a toda prisa y completamente en silencio, con miedo a decir algo que no pudieran cumplir. El cariño desapareció. No tenían tiempo para el cariño. Rania dejaba a Matias en la cama de matrimonio y bajaba corriendo a la individual de Christo.

Antes, se quitaba el reloj cuando iba a verlo. Era lo primero que hacía. Ya no. Se abrazaban de manera explícita y sistemática. Todo debía suceder en cinco o diez minutos. Después ella volvía corriendo a su otra vida y él se quedaba allí, preguntándose qué acababa de ocurrir.

Dicen que la rutina de una relación llega con el tiempo. Eso es indudablemente cierto, pero también las prisas conducen a lo mismo. La mejor forma de hacer algo rápidamente es hacerlo de la misma forma todas las veces. Los besos y las caricias tenían su turno. El coito quedó coreografiado por la costumbre y la urgencia.

Se dieron cuenta de que estaban saqueando su amor, por la sencilla razón de que no tenían el valor de esperar. Preferían un momento breve tras una puerta cerrada antes que nada. Tal vez hubiera sido mejor no hacer nada. Limitarse a escribirse largas cartas. Una conversación extensa y calmada quizá hubiera roto la rutina. La esperanza de que un día pudieran vivir su amor abiertamente igual habría sido más reconfortante que vivirlo en secreto.

La experiencia está muy bien, pero para conseguirla hay que someterse a ella. Quizá hubiera sido mejor aguantar, pero no aguantaron.

Él se aislaba cada vez más. Ya ni tan siquiera quedaba con Thanasis. Se pasaba el día entero sentado en su cuarto, a la espera de que ella arañara su puerta. Y la noche entera. Rania también se quejaba de que lo único en lo que pensaba era en cómo se iba a escapar.

Lucharon por mantener la pasión encendida, pero la llama se iba enflaqueciendo y debilitando cada vez que no la avivaban y no se convertía en el fuego arrasador en el que estaba destinada a convertirse.

Fueron las circunstancias, una u otra, como dice Cavafis. No poseían la sabiduría suficiente para separarse a tiempo, antes de que la llama de su amor quedara reducida a cenizas a sus pies.

Así transcurrieron dos semanas. Rania estaba buscando trabajo. Había terminado los estudios para ser profesora de dibujo y se alegraba de empezar a trabajar, pero no había ningún puesto vacante en las escuelas de Estocolmo.

Sus encuentros eran más breves e inquietos. Cada vez sentía más miedo, no se atrevía a preguntar nada, a pedir nada o a esperarse nada para no aumentarle la carga a ella, y se dedicaba a soñar despierto que actuaba con heroicidad; que subía a ver a Matias y le hacía saber lo que estaba pasando. Disfrutaba imaginándoselo al tiempo que sabía que jamás iba a suceder.

¿Qué le podía ofrecer a ella? Una economía misérrima, sus estudios avanzaban con más paradas que el tren de la leche. No era nadie, no era nada y, cuanto más lo decía, más corría el riesgo de confirmarlo con su indecisión, su apatía y su incompetencia.

Una tarde llamaron a su puerta. No esperaba a nadie, y no era el arañar de Rania. Pero era Rania. Enseguida se apoderó de él un mal presentimiento.

–¿Ha pasado algo?

Ella no respondió, y lo empujó suavemente hacia la cama. No hizo falta mucho más. Cinco minutos después estaban tumbados sin aliento uno encima del otro.

–¿Cuánto tiempo vamos a aguantar así?

Fue una pregunta estúpida. No debería haberla hecho. Después de todo, era ella la que llevaba la mayor carga. Le tembló el labio. Sin mediar palabra, se levantó y comenzó a recoger su ropa. Él quería decirle algo que la calmara, pero no se le ocurrió nada.

A ella, en cambio, sí.

–Tienes razón. No podemos seguir así. Matias sabe que nos estamos viendo. No te he dicho nada porque me daba miedo que desaparecieras, como todos los demás antes que tú. Pero él no está enfadado. Al contrario. Se acuesta conmigo y disfruta porque engaño a mi amante con mi legítimo esposo, me dice, y se ríe.

Christo se la quedó mirando sin verla.

–¿Y tú qué le dices?

Ella se encogió de hombros, como hacía siempre.

–Te lo tragas todo, eh. Creía que los griegos eran listos. Pues claro que no le he contado nada a Matias. ¿De qué iba a servir? La verdad es que no tengo remordimientos por estar contigo. Tengo remordimientos porque estoy con él. No es fácil venir corriendo contigo y después volver a su lado. Pensaba que sería capaz, en realidad es con lo que sueña mucha gente, un desliz estimulante una vez a la semana. Funciona si no le das muchas vueltas. Pero yo se las doy.

Se sentó en la silla que había frente a la ventana. Estaba anocheciendo en el mundo. Estaba a punto de anochecer en sus vidas.

–No puedo más. Lo peor es Johanna. Siente que las cosas no van como deberían. Se queja del colegio, que normalmente le encanta. Ha empezado a hacerse pis en la cama, como un niño de pecho. Veo que está inquieta y no sabe por qué. Me parece terrible torturar a mi propia hija.

Esas palabras volaron la habitación en mil pedazos y la llenaron de silencio. Alguno debía decir algo, y fue Christo el que habló:

–¿Qué hacemos?

–No lo sé.

–¿Cómo te va con el trabajo?

–Nada aún. Tengo que irme.

Él ya lo sabía. Ella siempre tenía que irse. Así era. Quería decirle que la amaba, que quería vivir con ella, pero en ese momento le parecía más una amenaza que un motivo de alegría. No dijo nada y cerró la puerta silenciosamente.

Cuando una persona mayor moría en su pueblo, su madre siempre decía que la persona en cuestión «se había comido su último bocado de pan». Eso significaba que la vida ya no tenía nada más que darle. Significaba que la muerte llegaba en el momento justo. Significaba que todo era como debía ser.

Perder a Rania era como morirse un poco, pero tal vez fuera como debía ser. Tal vez el amor que sentían el uno por el otro ya se hubiera comido su último bocado de pan.

Trató de continuar como siempre. Iba a la universidad, se reunía con Maria-Pia y, en un instante de debilidad, le habló de Rania. A ella se le iluminó la cara.

—Estás hablando con una experta en la materia. Llevo toda la vida enamorada de hombres casados. Empezó con mi padre, que ya estaba casado. Siguió con mi profesor de latín del instituto, y cuando estuve en Roma estudiando, conocí a Franco, también casado. Duró, con interrupciones, tres años. Primero no podía divorciarse porque acababa de casarse. Después porque la mujer estaba embarazada, luego porque había tenido al niño, más tarde porque se encariñó con el niño y porque venía otro de camino. Al final me di cuenta de que no se divorciaría nunca y comencé a odiarme a mí misma por haberme pasado tres años tratando de robarle el marido a otra mujer, y un día la vi jugando con sus dos hijos en un parque cercano. Aquello fue demasiado. Me volví a casa, recogí mis cosas y regresé a Suecia sin verlo. Era evidente que no se iba a divorciar jamás. Y era igual de evidente que yo ya no lo deseaba. Pero aún me lamento por él. Ahora tengo a mi perro, que he llamado Franco, y no me engaña con nadie, porque lo he castrado. ¿Entiendes?

Lo entendía, pero no estaba dispuesto a rendirse aún.

—Algo habrá que se pueda hacer para salvar el amor.

—Renuncia a él. Eso fue lo que hizo Kierkegaard. Abandonó a su amada Regina y después se pasó toda la vida queriéndola.

—Pero yo no soy Kierkegaard —protestó.

—Él tampoco lo era antes de llegar a serlo —respondió ella.

La conversación no le solucionó nada, pero aun así le resultó más fácil respirar mientras aguardaba el arañazo de Rania en la puerta.

No tuvo que esperar mucho. Al día siguiente Rania vino y se lo encontró en la cama. Había conseguido trabajo.

—Me voy a mudar.

Le preguntó que dónde y ella le respondió deliberadamente sin precisar mucho.

—A Escania.

Comprendió que no debería seguir indagando en esa cuestión, así que pasó a la siguiente.

—¿Matias se va contigo?

—No. No quiero y además él no puede. Tiene su trabajo aquí, pero no estoy dejando a Matias. Ante todo, te estoy dejando a ti, ¿es que no lo entiendes? Por eso he venido. Para contártelo. Quiero estar sola. Vístete, por favor. No puedo hablar con seriedad si estás ahí tumbado medio desnudo.

—¿Por qué, alegría de mis ojos? ¿Es que te estoy tentando?

Ella se rio y él tuvo la oportunidad de atraerla hasta la cama.

—No quiero.

—Una última vez.

—No mendigues. No me acuesto con mendigos.

¿Por qué no dijo nada? ¿Por qué le permitió que lo aleccionara? ¿Por qué no se enfadó? Porque no podía, sencillamente. Era la primera vez que la veía así. Resuelta, resentida, cansada.

Además, se sentía culpable. Se había interpuesto entre ella y Matias, había dejado que el deseo decidiera y había alimentado la alocada esperanza de que no tendría ninguna consecuencia. Así que se vistió y se sentó encima de las manos, como cuando jugaba al ajedrez.

—Quiero que me escuches sin interrumpirme, ¿vale?

El asintió intranquilo. Nunca eran buenas noticias cuando le pedía que la escuchara sin interrumpir.

—Entiendo que te parecerá repentino. Pero no lo es. Llevo pensándolo desde la primera vez que nos vimos en la lavandería. No, incluso antes. Desde la vez que salí de la sauna y me sentía guapa y feliz, y Matias venía un paso por detrás de mí. Habíamos hecho el amor a toda prisa allí en la sauna. Noté tu mirada cuando pasé por delante. Ya en ese instante supe que llegaría este momento. También te lo conté en la breve carta que te envié. Vi que llegaría el dolor. Y aquí está. No quiero seguir yendo de un hombre a otro. Tengo que poder vivir mi vida con mi dinero, con mi casa, con mi puerta, que pueda cerrar sin que nadie más tenga llave. No he vivido como una mujer libre ni una sola hora. Primero fui hija, después hermana, amiga, novia, mujer, madre, amante. Una vida dentro de los límites y la medida de mi sexo. No estoy culpando a nadie. La libertad hay que tomarla, no te la da nadie. Y si te la dan, entonces no es libertad sino un contrato. No te reprocharía que no entendieras de lo que estoy hablando. Eres un hombre, eres griego, decías que eras el príncipe de tu madre. Tu sexo te abre puertas. El mío me las cierra. Mi madre estaba celosa de mí, me ponía obstáculos en el camino siempre que podía. Se irritaba conmigo por mi aspecto, mi voz, mi ropa, mis novios. Toda yo la irritaba. Mi padre era aún peor. Era un fanático cristiano, temía tanto al pecado que volvía la cara cuando me veía. Una vez, cuando tenía cinco años, le di un beso en la boca y él me dio una bofetada. No quiero que mi hija se críe así, no quiero vivir así, no quiero ser mujer. Quiero ser yo.

Se había quedado sin aliento, hizo una breve pausa y dijo otra cosa más:

—¿Lo entiendes?

Era más una súplica que una pregunta. Estaba deseando que él lo entendiera, y así fue. La necesidad de libertad e independencia, el placer de cerrar la puerta. Recordó la sensación de júbilo que sintió cuando se mudó a la residencia de estudiantes. Entró en la habitación, cerró la puerta para volver a abrirla, salir al pasillo y entrar de nuevo en la habitación, solo por el placer de cerrar la puerta.

También sabía lo que era sentirse prisionero de tu sexo. Ser un hombre a toda costa, actuar como un hombre, exigir como un hombre. Incluso en aquel momento le estaba exigiendo a ella, allí sentada en la silla frente a él, respirando con dificultad.

–Lo entiendo –le dijo–. Te voy a echar de menos.

–Yo también te voy a echar de menos.

Era extraño. Le parecía que nunca habían estado más cerca el uno del otro que en ese instante en el que iban camino de despedirse.

–¿Cuándo te vas?

–El miércoles.

Era lunes. Al cabo de dos días se habría marchado. ¿Cómo serían los días sin ella? Había perdido a tantas personas y tantas cosas… Una vida entera había perdido cuando se fue de su país. Aun así, todo siguió adelante. Otro tanto ocurriría esta vez. ¿De dónde había surgido esa confianza? Era apacible y triste. La había visto en la mirada de su abuela y en la de su madre. Era la herencia que le habían dejado. Las personas se doblan, pero no se rompen.

–¿Te volveré a ver antes de que te vayas?

Ella le respondió sin mirarlo.

–Creo que no.

Se abotonó el chaquetón, esbozó una sonrisa desconcertante y abrió la puerta. Él se quedó sentado, incapaz de ponerse de pie.

–Que sepas que te he querido mucho.

Esas fueron las últimas palabras de ella antes de salir y cerrar la puerta despacio y con suavidad.

Pasó algo así como medio minuto y la puerta volvió a abrirse.

–¿Me das un abrazo? ¿Un último abrazo?

Tenía los ojos llenos de lágrimas.

Él se levantó y la abrazó con tanta fuerza como pudo.

–¿Es de verdad la última vez? –dijo Christo.

Ella no respondió, sino que se desprendió del abrazo como se desprendía de la ropa.

Él se quedó un momento viendo cómo se marchaba.

Después cerró la puerta.

¿Por qué no le propuso irse con ella?

Se le había ocurrido la idea, pero no se atrevió. No porque ella fuera a decirle que no, sino porque le dijera que sí. No quería volver a empezar de cero en una nueva ciudad, sin trabajo y sin residencia de estudiantes, sin Thanasis, sin la universidad y sin la directora. Ese era su mundo. Además, Rania le había dejado bien claro que quería estar sola. Christo no tenía nada que reprocharse.

Los remordimientos también se convierten en hábito. Apenas hay emigrantes que no los tengan. Forman parte de la emigración. Christo no era una excepción. Lo consumían la culpa y la vergüenza por sus padres muertos, y se volvía loco de culpa y de vergüenza por cada hora que desperdiciaba en Suecia: por no aprender el idioma más rápido y mejor, por no terminar los estudios, por no tener novia y robarle la mujer a otro hombre.

Era una suerte que el otoño tomara el relevo en serio. Los árboles adquirieron nuevos colores y muchos de ellos perdieron las hojas; las manzanas y las peras sin coger se pudrían en los jardines y desprendían un dulce aroma; los vientos se volvieron más fuertes y más fríos; llegaron días nublados y días de lluvia; las chicas se tapaban; toda la ciudad parecía un casto monasterio.

Christo pensaba en lo poco que escogemos en la vida y lo mucho que la vida escoge por nosotros. Los poemas de Cavafis eran un consuelo, y el trabajo que estaba redactando, también. Purificarse. De todo. Del error y los miedos, del deseo y la pasión, de las heridas que les había ocasionado a los demás y de las que se había ocasionado a sí mismo.

Los días pasaban incluso sin Rania. Por las mañanas iba a la universidad, asistía a distintas clases, a veces veía a su directora, que siempre lo apoyaba. Por las tardes, iba a la biblioteca a leer. Por las noches quedaba con Thanasis siempre que podía.

—¿Cómo es posible dejar a la persona que quieres así sin más? —le preguntaba cada vez, y el amigo siempre le respondía lo mismo.

–No le des más vueltas.

No era fácil. Christo no paraba de darle vueltas. Esperaba una señal de ella todos los días. Comenzó a contarlos no en función de lo que había pasado, sino de lo único que no pasaba.

Sin noticias de Rania, escribía en el cuaderno. Al menos ahora tengo su ausencia. Un día también la perderé. Así pensaba, y se fue descuidando. Adelgazó cuatro kilos, tomaba medicación para el estómago, tuvieron que extraerle dos muelas del juicio podridas, dormía poco y mal.

–Te lo advertí –dijo Thanasis.

Se lo había advertido. Christo no le había hecho caso. Nunca escuchaba los consejos que avisaban sobre las consecuencias perniciosas del amor. Incluso su madre lo sermoneaba.

–Las faldas serán tu ruina –solía decirle.

–Es culpa tuya –le respondía él, y ella fruncía los labios ante aquel dudoso piropo, que le gustaba a pesar de todo. Ella tenía razón. Le gustaban las chicas. Eran guapas, gráciles, muchas veces perspicaces y, por lo general, más maduras. ¿Cómo no le iban a gustar?

–No voy a sucumbir, querido amigo –le dijo a Thanasis–. No te preocupes. Un poco de tristeza y de dolor nunca han destruido a nadie.

¿Se lo creía de verdad?

Sí, no porque fuera fuerte, sino porque era débil. Cuando soplan vientos de tormenta, uno no se mantiene erguido. Uno se agacha. Y eso hizo. Se dejó arrastrar por el dolor y la nostalgia, no renegó de ellos. Podría haber sido mucho peor. Que cualquiera de los dos padeciera una enfermedad terminal. O que se odiaran. Aprovechó todo lo que le pudiera brindar un instante de consuelo. Los poemas de Cavafis, el otoño que pintaba el mundo de amarillo y rosa, las bonitas piernas de la directora y la cabeza rizada de Thanasis.

Y fueron pasando los días. También las noches.

Una tarde se encontró con Matias en el supermercado del barrio. Su primera reacción fue hacer como si no lo hubiera visto. ¿Qué sabría Matias de su papel en todo esto? No estaba seguro. Rania había escurrido el bulto cuando le preguntó al respecto.

En la mirada de Matias no había rastro de hostilidad, solo soledad y cansancio. Era evidente que no sabía nada y le pareció casi absurdo haberle provocado tanto dolor a otra persona sin que la persona en cuestión tuviera ni idea.

Christo se avergonzaba como un perro y quería contárselo todo, algo que, por supuesto, no hizo. No habría tenido razón de ser. Probablemente se habría sentido más honrado, pero Matias sería el que lo pagara. Lo mejor era mostrarle la simpatía que sí le inspiraba de todos modos. No es que él fuera el motivo del divorcio, era un síntoma, puesto que Rania también lo había dejado a él. La diferencia consistía en que el dolor de Matias era legítimo, mientras que el suyo era de contrabando.

—Rania se ha ido. Imagino que Thanasis te lo ha contado.

Tenía la voz neutra, descolorida, como si hablaran del tiempo.

Él también está luchando, pensó Christo, y se dio cuenta de que habían comprado prácticamente lo mismo. Una lata de sardinas, un limón, una barra de pan. Matias los llevaba como si fuera a tirarlos a la basura.

¡Qué desolados nos volvemos de un día para otro! La vida cotidiana había desaparecido con Rania. ¿Qué sentido tenía ir a comprar cuando iba a sentarse solo a la mesa? Sería aún peor para Matias, que había pasado muchos años con Rania sentada al frente y ahora contemplaba su silla vacía.

Hasta Matias se fijó en la compra tan escasa de Christo.

—¿Quieres venir a casa? Podemos comernos juntos las conservas. Estoy solo.

—¿Y Johanna?

—Se fue con Rania. Era lo más sencillo.

Matias le había abierto el alma sin grandes palabras ni gestos. Su dolor era digno y claro como un abedul. No se engalanaba con plumas, su soledad no era ni un adorno ni un escudo. Tú estás solo, yo estoy solo. Ven que comamos juntos. Nada más. Y ya está.

Christo no sabía qué se había imaginado, pero desde luego no que el apartamento estuviera de un limpio reluciente, que tuviera los platos fregados, la cama hecha y que hubiera flores en la mesita del sofá junto al tablero de ajedrez con todas las piezas en su sitio. Tenía el cerebro lleno de imágenes de películas y novelas. Los clichés de la soledad. Desorden, abandono, botellas de cerveza y vino vacías, ceniceros hasta los topes, olor a cerrado, ropa sin lavar.

Para nada. Al parecer, Matias administraba su existencia solitaria de una forma tan metódica como Jean Jacques organizaba la encimera de la cocina antes de empezar a preparar la comida.

–Qué ordenado lo tienes todo. Mi cuarto está hecho una pocilga.

Matias abrió las latas de conserva con el abridor que cogió sin mirar, se limitó a alargar el brazo a ciegas.

–Es necesario. Por dentro parezco Hiroshima después de la bomba atómica. El exterior no puede tener el mismo aspecto. Sería demasiado. Eso lo aprendí de Gauguin. Es imposible trabajar cuando todo está desordenado, le decía siempre a Van Gogh.

Colocó las sardinas en dos platos, cortó unas finas rebanadas de pan que puso en una bonita cesta y sirvió la cerveza en jarras apropiadas.

–Un brindis por la infiel –dijo levantando la jarra.

No se lo esperaba.

–¡Salud! –dijo Christo un tanto apurado.

Solía comerse las sardinas directamente de la lata. Sabían mejor servidas en el plato. Gauguin tenía razón.

–Rania fue, es y seguirá siendo el amor de mi vida. Lo tenía todo. Solo faltaba una cosa.

Christo se vio tentado a preguntar qué, pero se contuvo y Matias prosiguió:

–Su amor quemaba, pero no calentaba. No sabía lo que era el cariño. Había algo en ella que era duro como el granito. Sus manos no acariciaban. Desembarcaban en mi cuerpo como si yo fuera una tierra extraña. A Johanna le pasaba lo que a mí, y se quejaba a menudo. Tan fuerte no, mamá. Me haces daño. Nos acostábamos como si fuera una lucha. Nunca tenía suficiente. Me iba dando instrucciones. Más rápido, más hondo, más fuerte. Como si fuera un empleado de Obras Públicas. Pero también me gustaba. Ella era la encargada de las cosas del sexo. Me quitaba un peso de encima. ¿Y ahora? ¿Cómo voy a vivir ahora? ¿Dónde encuentra uno a una mujer como Rania?

Se le empañaron los ojos, no había tocado la comida, pero sí había apurado la jarra.

–Perdón por todo lo que te estoy soltando.

Christo estaba luchando consigo mismo. La confianza que Matias le mostraba hacía que su secreto le resultara aún más repugnante, aún más asqueroso. A la vez que lo envidiaba. A él no le había dado tiempo a experimentar ese amor que quemaba sin calentar. ¿Llegaría a experimentarlo alguna vez? Quería confesarse, contarle la verdad. No lo hizo.

–No pasa nada –se limitó a decir.

Matias se rellenó la jarra y le dio un buen trago.

–Este ha sido el último verano feliz de mi vida. Nunca más la veré acercarse pedaleando con el pelo lleno de flores y una peonía entre los pechos. Nunca más volveré a oírla canturreando para sus adentros, a verla pintando desnuda al sol y morderse el labio. ¿Cómo voy a vivir?

Christo no debería haber dicho lo que dijo.

–Al menos la has visto así.

Se quedó helado al oírse. Incluso Matias se sorprendió.

–¿Qué quieres decir? –le preguntó buscando la mirada de Christo.

Era una suerte que fuera griego y hubiera aprendido a mentir espontáneamente y con desenvoltura.

–Me refiero a que tienes el recuerdo. Nadie te lo puede quitar. Eso es un consuelo.

Matias se paró a pensarlo.

–Tienes razón.

–No desesperes. No sabes lo que te aguarda a la vuelta de la esquina.

–No me importa lo que haya a la vuelta de la esquina. Sé lo que acabo de perder.

–Así es la vida –dijo Christo, y fue la primera vez aquella noche en la que sintió que estaba siendo sincero.

Matias negó con la cabeza.

–Nosotros somos los que creamos la vida. Es culpa mía haberla perdido. Dejé de hablar con ella… Llegaba a casa medio muerto… Nunca la engañé, pero la había colocado entre mis pertenencias sin darme cuenta. Esas cosas que poseemos y que siempre tendremos. El amor no muere por sí solo… Lo matamos despacio cada día. Un beso distraído, una caricia cansada, miradas vacías. Y de pronto es demasiado tarde. No son las doce menos cinco. Son las doce y algo… Hay un refrán… No me acuerdo ahora mismo…

–En Grecia decimos que ojalá hubiera sabido lo que sé ahora…

–Sí… Algo así –respondió Matias, cuya voz resonaba como si estuviera agotado.

Era la hora de despedirse.

–Perdona… No era mi intención aguarte la noche.

–Me alegra que hayas hablado conmigo –le dijo Christo.

Era verdad y mentira a partes iguales. No se alegraba de oír lo mucho que Matias quería a su mujer, pero le pareció que estaba bien incorporarlo al cálculo moral al que seguía dando vueltas en la cabeza.

¿Cuánto es lícito que cueste el amor?

Es una pregunta que hay que plantear, aunque haya apóstoles que digan que es una blasfemia. *Amor über alles*. No era tan fácil. Al menos, no para él, salvo cuando tenía a Rania en sus brazos y el resto del mundo se transformaba en una abstracción. Sencillamente, no existía, pero volvía con toda su fuerza cuando tomaba conciencia del dolor de los demás, del sufrimiento de los demás. Tienes vía libre para sacrificarte por amor, pero no para sacrificar a los demás.

El amor de tu vida no tiene que ser necesariamente un mal paso, pero puede ser un malentendido.

Tenía el corazón desbocado cuando entró en la habitación. Había estado a punto de que lo descubriera, de irse de la lengua. Eso es lo malo de la verdad. Está al acecho. Uno la acaba soltando cuando menos se lo espera.

Por un momento, los celos se apoderaron de él, cuando Matias le habló de verla acercarse con flores en el pelo y una peonía entre los pechos. Él nunca la vería así. Al mismo tiempo, le resultaba doloroso ver sufrir a Matias de aquella forma tan horrible. También le resultaba doloroso darse cuenta de que se acostaba con Matias de la misma forma que con él. Con instrucciones y peticiones concretas. La primerísima vez le dijo: Entras dentro de mí como si quisieras comprobar que el agua está fría. Rania no soportaba la indecisión. En cambio, Christo no podía vivir sin ella.

Vivir separados quizá fuera lo mejor para todo el mundo. Pero ¿quién ha dicho que las personas hagan lo que es mejor para ellas?

Ese otoño Thanasis terminó sus estudios. Licenciado en Económicas por la Facultad de Empresariales de Estocolmo. Christo lo felicitó con entusiasmo y sinceridad. La verdad es que era una hazaña. Durante los tres años que había pasado en Suecia, había aprendido dos lenguas extranjeras, sueco y alemán, y había obtenido una titulación universitaria. Era asombroso.

–Así conseguirás el trabajo que quieras, querido amigo.

Thanasis tenía otros planes.

–Christo, me vuelvo a casa. Ya lo hemos hablado. No voy a vivir en Suecia. Me gusta mucho y agradezco profundamente la oportunidad que me han dado aquí, haber comprobado cómo funciona una democracia, poder respirar con libertad y que me hayan sufragado los estudios, por no hablar del hecho de haber conocido a Mona. Pero mi vida está en Grecia.

–¿Estás seguro?

Thanasis se aclaró la garganta discretamente, como siempre hacía cuando se preparaba para extenderse en una explicación.

–Ya me conoces, Christo. Thanasis nunca hace nada sin pensárselo bien antes. Mona vendrá a Atenas en cuanto termine la carrera. Ya he conseguido un trabajo. Llamé a un compañero de clase cuyo padre es el director de una empresa de importaciones y exportaciones, nada del otro mundo, productos industriales ligeros, sobre todo.

–¿Como cuáles?

–Pues tú sabes… frigoríficos corrientes, calentadores de agua, cocinas de campaña. Ganan muchísimo dinero en los países árabes. Quieren expandirse. Les escribí. Que soy licenciado en Económicas por la Facultad de Empresariales de Estocolmo, que hablo inglés, alemán, sueco y que puedo aprender el idioma que haga falta para el negocio en el futuro. Se hicieron pis de alegría. Me respondieron con un telegrama. ¿Qué sueldo solicita, señor Thanasis? Les dije una cantidad, no muy baja, para que no se creyeran que era un mindundi, pero tampoco demasiado elevada, para que no pensaran que iba con toda la artillería. Apliqué la teoría de la proporción áurea y llegamos a un acuerdo.

Christo no tenía ni idea de cuál era la teoría de la proporción áurea.

–¿Y cuál es la proporción áurea entre ser un mindundi e ir con toda la artillería?

Thanasis se rio con resignación.

–Te voy a echar de menos, maldito comunista –le dijo.

A Christo se le hizo un nudo en el estómago y no dijo nada más. Un paso más cerca de la soledad. Las cosas iban desapareciendo a su alrededor. No perdía solo a un buen amigo, sino un apoyo en la vida. Podía confiar en él. Habían pasado tres años viéndose prácticamente a diario. Habían hablado de todo, desde asuntos privados menores hasta los problemas del mundo. Muchas veces estaban en desacuerdo, pero sin acritud, puesto que la conversación se nutría de sus diferencias. Nunca se pelearon.

Perderlo era como si le amputaran una extremidad. ¿Qué iba a hacer? Siempre podía alegrarse de que no fuera peor.

La vida no es un camarero que va tomando pedidos.

–Voy a perder al único amigo fiel de verdad –dijo.

Thanasis lo consoló.

–Siempre tendrás a tus fieles enemigos.

Había que celebrar la graduación de Thanasis, y Christo los invitó a él y a Mona a cenar. Seguramente aquella era la noche más apacible del año. Había estado lloviendo por la tarde. Las calles relucían. El aire estaba fresco como el aliento de un recién nacido.

–Oh, La vie s'en va. Qué nombre más bonito –dijo Mona sonriéndole a Thanasis.

–Se le ocurrió a Christo –respondió Emelie, que les dio la bienvenida. El bar había superado la crisis. Jean Jacques y Emelie también se habían vuelto a encontrar durante las vacaciones en Francia. A Christo le pareció que a Jean Jacques le había crecido un poco la nariz, pero no dijo nada. Le dio un abrazo muy fuerte a Emelie sorprendido al comprobar lo mucho que la había echado de menos.

El comedor estaba lleno. La guapísima Paola estaba aún más guapa y más tranquila. Se había casado con el «partidazo», o sea, el rico heredero, y su Porsche esperaba fuera del restaurante como un perro. La boda había aparecido en todas las revistas semanales, que eran muchísimas. Con ellos estaba también la corte habitual de jóvenes que hablaban con acento de Östermalm, con voz clara pero llena de hastío.

Todos se pusieron a aplaudir cuando oyeron que el nombre había sido idea de Christo.

—A mí me enterrarán en aplausos –le susurró a Thanasis, y se arrepintió. No quería ensombrecer el ambiente, aunque el riesgo fuera mínimo. Thanasis sabía lo que quería hacer y pensaba hacerlo, sobre todo teniendo en cuenta que Mona no dejaba de acariciarle el cuello y no se alejaba de él.

—¿Por qué te quejas? Si es tu sueño –le respondió Thanasis.

Bebieron y comieron, hablaron en broma y en serio.

—Me preocupa que en nuestra patria se imponga una dictadura en cualquier comento –dijo Christo.

—A mí no me preocupa la dictadura. Me preocupan más otras cosas –dijo Thanasis.

Christo se quedó a la espera de la continuación, que sabía que vendría. Mona había ido al baño.

—Me preocupan más todas las libertades que hemos conseguido y que nos permiten vivir sin consideración ni pudor. Yo sé qué postura adoptar ante la dictadura. Pero ¿cómo he de comportarme ante la necedad, ante la irresponsabilidad? No lo sé. Me temo que estamos a punto de desmantelar nuestra humanidad y ese será el principal problema del futuro.

Christo no compartía esa opinión.

—Lo que dices es cierto para una parte privilegiada muy pequeña. Pero en Vietnam continúan con una guerra injusta, millones de personas mueren de hambre, más millones aún viven sin ninguna libertad. ¿Cómo vamos a pedirles que cultiven su humanidad mientras permitimos que otros los pisoteen, los exploten, los utilicen, los encarcelen, los maten?

Por suerte, Mona volvió y quería bailar *sirtaki*. La película de Anthony Quinn sobre Zorba, el griego que tanto disfrutaba de la vida, había allanado el camino al alma, los bailes populares y la música griegas.

No podía decirle que no. Uno no puede querer salvar el mundo y a la vez negarle un baile a su amada. Para sorpresa de Christo, Thanasis resultó ser un bailarín admirable. Volaba por el suelo, Mona estaba muy orgullosa de él. Poco después, Paola y su séquito se levantaron y fueron a bailar, Emelie se puso a bailar, incluso Jean Jacques dejó sus cacerolas y sus sartenes y empezó a bailar.

Solo Christo permaneció sentado. No sabía bailar y tampoco le gustaba. Dijo que no se encontraba muy bien.

Era cierto. Todos los hombres allí presentes tenían una mujer a su lado, todos menos él.

Esa noche volverían paseando a casa. Se acostarían, cansados, un poco achispados, pero muy juntos.

Él no. Él regresaría a la residencia, a su cama de Procusto, solo, con el deseo y el anhelo palpitándole en las venas.

Rania se había marchado.

El otoño se acentuaba a su alrededor y en sus adentros. Un día vio un camión de mudanzas a las puertas de la residencia. Resultó que el que se mudaba era Matias. Había perdido el derecho a seguir viviendo allí. Ya no era estudiante. Volvería a casa de sus padres durante un tiempo. Después ya vería.

—Mucha suerte —le dijo Christo.

Matias lo miró a los ojos, demasiado tiempo, como si en ese instante no tuviera otra cosa en la que fijar la vista.

—Eres un buen tipo, Christo. Nos vemos por el centro.

Se dieron la mano y se despidieron.

Christo se sentía como la mierda más grande del mundo. Había sumido en ruinas la vida de otra persona mientras echaba a perder la suya.

Se aisló aún más. De Rania no había sabido nada. Se esforzaba por asistir a la universidad todos los días, escuchaba distraído alguna clase y después se iba a la biblioteca con otros estudiantes extranjeros y hacían comentarios sobre las chicas. Era repulsivo, pero también un oasis en el desierto de su vida.

Sin darse cuenta, fue aumentando la distancia no solo con su país, no solo con Suecia, sino también consigo mismo. Era como si otra persona estuviera viviendo su vida. Comenzó a hablar solo, a referirse a sí mismo en tercera persona. Se sentaba a leer y murmuraba: Vamos a ver si el pobre Christo se entera de algo.

Vivía exiliado también de sí mismo.

Se hundió en una ciénaga de pena e indecisión que lo paralizaba. Pasaba días y noches enteros sin ser capaz de tomar la menor decisión. Iba a comprar comida y se mareaba al ver tantos productos. Buscaba el monedero hasta que se daba cuenta de que se lo había dejado en casa o que lo llevaba encima, pero que no tenía dinero.

Estaba cansado a todas horas. Se despertaba con un bostezo que le duraba el día entero. Estaba seguro de que bostezaba en sueños. Sin embargo, no le veía relación con la ausencia de Rania. En el fondo, creía que todo eso ya había pasado. Que su ausencia tuviera semejante peso era algo que no entendía.

Pensaba cada día en volver a Grecia, a sabiendas de que no volvería. Fracasado en Grecia, fracasado también en Suecia. Era demasiado. Más le valdría arrojarse delante de un tren. Así que siguió escribiendo unas pocas frases del trabajo todos los días, pero se agobiaba al leerlas.

Estar enamorado sin esperanza es una tortura.

Tener algo que decir sin saber expresarlo es tal vez peor.

Aun así, no se rindió. Dentro de él, había pese a todo algo valioso.

NO SE RINDIÓ.

Tenía el corazón mudo y el cerebro, vacío. A veces lloraba y, a veces, se reía sin motivo. Cada día pensaba en suicidarse, pero sabía que no lo haría.

Simplemente no se rindió.

Mientras tanto, Thanasis había comenzado con los preparativos para el viaje de vuelta a casa. Tenía mil cosas que organizar después de tres años de vida en Suecia. Amigos y conocidos de los que despedirse, conseguir certificados y diplomas, debía vender las cosas que no se podía llevar y comprar las que quería llevarse.

No se veían mucho.

Además, Mona estaba a todas horas a su lado. Los obligaba a hablar en sueco y la manera de hablar entre ellos perdió sabor. Incluso ella lo notó y los animaba a que hablaran en griego, pero no les gustaba, su lengua se convertía en algo así como una conspiración o en símbolos masónicos secretos.

Al final llegó el domingo en el que se marcharía Thanasis. Christo se ofreció a acompañarlo al aeropuerto de Arlanda, pero Mona, que podía usar el coche de su madre, era la que iría con él.

—Vente. Así tendrá compañía de vuelta a casa —dijo Thanasis.

Y eso hicieron. Christo se les unió a pesar de que estaba cansado de ser el tercero de una pareja, el buen amigo. Así había sido desde su juventud. Sus amigos iban con chicas, él era el único gato solitario y, cuando se despedían por la noche, volvía a casa maullando por las mal iluminadas calles y callejones de Atenas. La suya era una autocompasión sobredimensionada, era consciente de ello, pero su dulzor era cuanto tenía.

Mona era una conductora excelente, seguía el tráfico con calma y seguridad, sin esfuerzo ni frenazos o acelerones repentinos. Thanasis iba a su lado en silencio, concentrado como si fuera camino de un duelo a muerte. Ella soltaba el volante con la mano derecha de vez en cuando, se la ponía en el interior del muslo y la movía de un lado a otro con el mismo movimiento con el que se peina a un niño.

Christo iba sentado en el asiento trasero, mirando el paisaje que discurría a toda prisa, como preguntándose si era real.

Mona rompió el silencio.

—¿Cuándo vas a volver tú? —le preguntó a Christo, pero fue Thanasis el que respondió.

—Christo no va a volver. En Grecia no hay lugar para él.

Mona no entendió bien lo que quería decir. Ella entendía que un pueblo o una ciudad pudiera quedarse pequeño, pero ¿un país entero? Se le había olvidado que cientos de miles de suecos huyeron de Suecia hacía un siglo y que casi ninguno regresó.

Suecia había llegado a la edad del olvido. Había que apartar el pasado a toda costa. El Estado feudal, los reyes por gracia divina, las corrientes nazis antes y después de la Segunda Guerra Mundial, todo había que retirarlo en favor de un nuevo orden democrático y socialmente consciente. Lo nuevo era lo que importaba.

Pero en un país como Grecia no se olvida nada, salvo la propia culpa.

—Es una larga historia —dijo Christo.

No era el momento de iniciar un debate ideológico, mientras Mona y él estaban a punto de despedirse de una persona a la que los dos querían, cada uno a su manera.

Además, acababan de llegar. Mona aparcó. Christo llevó una de las dos maletas hasta la entrada.

Era una mañana nublada. La lluvia acechaba en el aire. Los dos amigos se abrazaron.

—¡Bueno, amigo mío! Saluda a Grecia de mi parte —le dijo Christo con un nudo en la garganta.

Thanasis no dijo nada. No podía. Schumpeter y Hayek no tenían ninguna recomendación para momentos así. Se contentó con volver a abrazar a Christo. Después se fue con Mona al mostrador de facturación. Christo los dejó solos para que se dijeran adiós.

Desde lejos, vio que Thanasis saltaba para besarla como un perro con la lengua fuera. Ella era más alta que él, y cuando él la cogió en brazos bailando, parecía aún más alta. Mona esbozó su preciosa sonrisa serena.

¿Qué habría pasado?

Transcurrió media hora. Christo ya echaba de menos a su amigo. Su consideración. Thanasis le había comprado unas cálidas zapatillas finlandesas a su abuela, que siempre tenía los pies fríos en su casa.

Los suecos pasan frío en el exterior y los griegos dentro, pensó riéndose para sí.

Era cierto. El invierno griego transcurre sobre todo en el interior. No le había dado tiempo a profundizar en la cuestión cuando volvió Mona. Era obvio que había llorado, pero se la veía entera y tranquila.

–Aquí tienes, un abrazo de Thanasis.

–Ya lo echo de menos.

–Yo también. Pero tengo compañía.

Christo pensó que se refería a su familia, a sus amigos y amigas, probablemente incluso a él. Pero Mona le cogió la mano y se la llevó a la barriga.

–Lo llevo aquí.

Christo sintió una alegría irrefrenable sin saber por qué.

Mona estaba embarazada. Su amigo iba a ser padre. La paternidad encajaba con su forma de ser.

–No vas a encontrar mejor padre para el niño –le dijo.

–Lo sé –respondió Mona.

Se fueron al coche para la vuelta a casa. A Christo le gustó sentarse junto a la mujer y el hijo de su amigo, como una especie de teniente de padre, si es que existía la expresión.

–¿Los hombres también desean tener hijos? –dijo Mona al cabo de un rato en silencio.

–Vaya si lo deseamos. Solo que no lo sabemos. Se ha vuelto loco cuando se lo has contado.

Mona se rio un poco.

–La verdad es que me ha sorprendido que se haya puesto tan contento.

–Te va a sorprender muchas veces. A mí también me sorprende.

–Lo quiero muchísimo –dijo Mona.

Christo se quedó callado un rato.

Después dijo:

–Él también te quiere.

Se sintió muy bien al decirlo.

Mona lo llevó a la residencia de estudiantes. Después continuaría hasta la casa de sus padres para dejar el coche.

–¿Les has contado que estás embarazada?

–No me dio tiempo. Mi madre se dio cuenta enseguida –dijo guiñándole un ojo, como solía hacer Thanasis.

Christo se quedó solo.

No pudo dormir esa noche. Pensaba en Thanasis, de camino a Grecia. En Sara, que había ido a Hungría para encontrar a su primer amor, en Rania que los había dejado a Matias y a él para encontrarse a sí misma.

Ellos habían hecho algo. No morirse a bostezos. Sabían lo que querían hacer.

Por la mañana, cuando se estaba disipando la bruma y el día levantaba su falda, supo lo que quería hacer.

Dos semanas después se bajó del tren en la estación central de Helsingborg. Soplaba un viento fuerte. Pero el cielo estaba despejado y podía ver Elsinor al otro lado del estrecho.

Estaba a solas con el viento.

Había dejado el cuarto de la residencia de estudiantes. Recogió las pocas cosas que tenía en la maleta barata y raída con la que había llegado a Suecia, y se marchó de Estocolmo.

La noche anterior fue al bar para despedirse de Jean Jacques y Emelie. No se atrevió a contarle sus planes al nieto de Cartesius, que seguro que lo disuadiría, pero sí se los confió a Emelie. Ella se alegró, incluso dio unas palmaditas de entusiasmo. Le gustaba la decisión que había tomado y le deseó suerte. Le haría falta. No tenía ningún contacto con Rania, pero Matias había mencionado que había conseguido trabajo de profesora en Helsingborg. Eso era todo. Christo no sabía dónde vivía ni dónde trabajaba. No sabía siquiera si querría volver a verlo.

Le daba igual. Quería estar en la misma ciudad que ella. Quería pasear por las mismas calles que ella, sentarse en las mismas cafeterías, ver el mismo mar.

Emelie se conmovió.

—Voy a echarte de menos.

—He estado muy a gusto con vosotros.

—Seguro que nos volvemos a ver —dijo Emelie—. No te vas a mudar a la luna.

—Nunca se sabe.

Jean Jacques le pagó hasta la última corona y añadió unos billetes de cien, probablemente como agradecimiento por no haber desvelado su aventura.

Le resultó más difícil explicárselo a su directora. Maria-Pia le había dedicado tiempo e interés. Aquí no hacemos esas cosas, se limitó a decir ella y consiguió que él se ruborizara de vergüenza. Le prometió que seguiría escribiendo, sobre todo ahora que sabía un poco más.

Por fin estaba haciendo algo. Podría pensarse que la catarsis es lanzarse de cabeza a unas aguas desconocidas.

Para tener suerte hay que arriesgarse. Encontró una habitación amueblada en alquiler cerca del puerto. Pagó un mes por adelantado a la mujer tuerta que lo alquilaba, dejó la maleta y salió en busca de trabajo. No tuvo que buscar mucho. La vieja cafetería del puerto, donde había ido a tomarse un café, necesitaba un chico para todo. Le gustó el lugar. Se oía el mar, se oía el viento. Se bebió el café y le preguntó a la camarera si podía hablar con su jefe.

—Yo soy la jefa. ¿Qué querías?

—El trabajo.

Ella lo miró como si fuera un sastre y le estuviera tomando medidas.

—Tuyo es. ¿Puedes empezar hoy?

La jefa, cocinera y camarera era Marja-Leena, de Finlandia. De mediana edad, agradable pero lenta como un caracol. Christo y ella se entendieron desde el primer momento. Quizá porque ella recordaba cómo había llegado a Suecia, quizá porque vio la soledad en la mirada de Christo, pero ya a partir del primer día surgió entre ellos una afinidad que se fue fortaleciendo a medida que pasaba el tiempo. A veces se tomaban una cerveza después del trabajo.

Hablaban de su vida. Él no dudó ni un segundo en contárselo todo. Por qué estaba en Helsingborg, y que no pensaba rendirse.

—¡Pobre criatura! —se limitó a decirle ella—. Perseguir el amor es como correr detrás de tu sombra.

Marja-Leena estaba viuda. Sus hijos habían abandonado el nido.

—Mi marido sufrió mucho al final. Empezó con cáncer de próstata. Lo operaron y se sentía un poco mejor, pero la operación lo dejó impotente. Yo lo consolaba. No importa, le decía. Te quiero de todos modos. Eres mi marido. Y era verdad. Lo quería. Teníamos dos hijos, llevábamos veinticinco años juntos, los dos habíamos nacido en la guerra. Aprendimos a acurrucarnos, a quedarnos quietos durante horas sin decir nada. Era feliz solo con oírlo respirar. Pero no pasó mucho tiempo hasta que volvió a aparecer el cáncer. Esta vez en los pulmones. Metástasis, dijeron los médicos. No era nada extraño. Más bien lo contrario. Era la norma. Lo operaron y su forma reposada y lenta de respirar se volvió acelerada y ronca. Lo seguía queriendo. Era mi marido. Después apareció otro tumor. En el cerebro. Nunca había sido muy hablador, pero hablaba cuando le apetecía. Ya no podía expresarse ni aunque quisiera. Solo pronunciaba palabras incoherentes. Al final lo único que podía hacer era mirarme. Y sonreír. Nunca olvidaré sus ojos ni su sonrisa. Ya han pasado tres años desde que falleció. Hace tres años que no toco a un hombre y que un hombre no me toca a mí. Tres años sin mirarme al espejo. Me da miedo lo que pueda ver.

Intentar decir algo después de haberla escuchado era imposible. A Christo no se le ocurría nada. Hizo lo único que se podía hacer. Alargó la mano y le dio una palmadita en el hombro.

Marja-Leena se enjugó las lágrimas con el delantal y le sonrió.

–Quiero pedirte un favor.

–Claro. Si está en mi mano.

–Puede que sí, puede que no. No es tan fácil.

–Ponme a prueba.

Apretó los labios como si no quisiera que se le escapara ninguna palabra imprudente. ¿Cómo dice la Biblia? Sella mis labios, Señor. O algo parecido. Christo no quería pensar así, pero eso era lo que pensaba, y esperó.

–Dime... De verdad... Te lo suplico... Qué piensas de mí... Como mujer, quiero decir... ¿Qué aspecto tengo?

No cabía duda de que lo decía en serio. No podía responderle con ninguna bromita ni con ninguna mentirijilla. Quería saber la verdad. ¿Y cuál era la verdad? ¿Que había envejecido, que se le había encanecido el pelo, que tenía un par de kilos mal colocados?

Eso era cierto, pero también lo era que toda ella era una persona a la que entraban ganas de abrazar, cuya risa daba gusto oír, con la que uno se tomaba una cerveza de buena gana.

–Me gustas –dijo él–. ¿Por qué lo preguntas?

–Porque ya nadie me ve como... Mujer.

A eso era más fácil responder.

–Eso no depende de tu aspecto, sino de cómo eres. Siempre estás triste... A los hombres les da miedo la tristeza... Creen que es una debilidad.

Marja-Leena lo miró con los ojos relucientes y una sonrisa de oreja a oreja imitando teatralmente una expresión de alegría.

–¿Mejor así?

–Por supuesto.

–El dolor pasará algún día.

–Está bien saberlo –dijo Christo, con la esperanza de que resultara ser cierto.

Que al final el dolor pasa.

Lo único que lo mantenía ocupado por el momento, además del trabajo, era salir a pasear por las calles y plazas y callejuelas, por los supermercados y las tiendas de ropa y las zapaterías; por las cafeterías y los restaurantes, sobre todo en el Stadshotellet. Todo con la esperanza de ver a Rania.

En su búsqueda, llegó a conocer la ciudad y le gustó. El viento soplaba constantemente, el cielo cambiaba de color de un minuto a otro. El dialecto era engorroso, pero el suyo también lo era. Tiempo al tiempo, pensaba. En cualquier caso, la gente parecía muy amable, a la vez que daba la impresión de que él no les pareciera del todo real. También podía deberse a que él mismo no se sentía del todo real.

¿Qué hacía un joven griego en una ciudad adinerada del sur de Suecia? Iba en busca del amor. En busca de su sombra, como había dicho Marja-Leena.

Y en ese caso, ¿hasta qué punto eres real? ¿Tanto como un Don Quijote del amor?

En otras palabras, la cosa no pintaba bien, pero no se rindió.

El amor requiere paciencia, tozudez y suerte. Eso no lo habían dicho ni Aristóteles ni Cavafis ni Marja-Leena. Lo había dicho su amigo Thanasis. Christo contaba la paciencia y la tozudez. Con la suerte no podía hacer mucho más que rogar a los dioses, pero no tenía ningún dios al que rogar. Si a uno le da sed en el desierto, no invoca a los dioses, sino que se pone a cavar un pozo. Incluso los griegos de la Antigüedad lo decían: Ruega a la diosa Atenea, pero no dejes de moverte.

En momentos así, sentía una gratitud enorme por el almacén de saberes y conocimientos llamado cultura que divulga lo que merece la pena divulgar.

El ser humano nunca está solo. Está en su cultura.

Quizá pudiera usar eso en el trabajo de la facultad. La soledad existencial humana tal vez no fuera más que una ocurrencia poco imaginativa de egocéntricos megalómanos en cuyo mundo no cabe nada salvo su propio ego. No cabe duda de que nos sentimos solos, pero eso no prueba que lo estemos de verdad. Siempre podemos hablar con los poetas y los filósofos muertos, o con nuestros muertos. Si eres griego, puedes hablar con todos los árboles y las aves, que son ninfas o mujeres jóvenes felices o desgraciadas, puedes hablar con el mar que tiene mil lenguas y con las montañas, a las que les cuesta expresarse.

El ser humano nunca está solo.

Christo se sentía solo, pero no lo estaba y lo sabía.

Sabía también que Rania trabajaba en un centro escolar. Se compró un mapa de Helsingborg y buscó todos los colegios e institutos con la extraña sensación de que presentiría cuál era el suyo.

Si nos fiamos a la suerte, es fácil convertirse en su víctima.

Entonces vio el nombre mágico, la respuesta a sus fervientes plegarias.

Instituto Nicolai.

Se le aceleró el corazón. No podía ser otro centro. Estaba prácticamente convencido de que allí era donde se encontraba Rania y se convenció del todo al día siguiente. Ese edificio hermoso y viejo, una mezcla de hospital y convento, descansaba tranquilamente con todo su peso sobre el mantillo de Escania. Dentro, en algún lugar tras aquellos gruesos muros, debía encontrarse la mujer que amaba.

Su primer impulso fue entrar enseguida y preguntar por ella, pero no tenía tiempo, Marja-Leena estaba sola en la cafetería.

Era el día de las sorpresas felices. Marja-Leena no tenía su habitual expresión de tristeza y no se movía tan despacio como se había acostumbrado a verla. Al contrario. Se le veía una alegre esperanza en la mirada e iba de las mesas a la cocina revoloteando.

Cuando se calmó el ajetreo de la mañana, se sentaron a tomarse un respiro. Estaba claro que Marja-Leena tenía algo en mente.

–¿Cómo se dice «me gustas» en griego?

Lo dijo con voz despreocupada y un tanto conspiratoria.

Christo dio un brinco.

–¡No me digas que has conocido a un griego!

Eso era precisamente lo que había ocurrido. Había conocido a un griego y quería darle una sorpresa. Christo le aconsejó que no lo hiciera. Corría el riesgo de que le despertara los celos retroactivos –los peores que hay– y que creyera que ella se dedicaba a andar por ahí con todos los griegos que pasaban por Helsingborg.

–No despiertes a la serpiente que dormita –le dijo.

–Al oso que duerme, decimos aquí. No la serpiente.

Sin embargo, los celos no son un oso de movimientos torpes, sino una astuta serpiente con la habilidad de colarse por los escondrijos más diminutos del alma. Christo sabía de lo que hablaba.

Se quedaron en silencio unos instantes. Después ella le preguntó:

–¿Cómo te ha ido a ti? ¿La has encontrado?

–Aún no, pero me estoy acercando –respondió. De pronto no se atrevía a contarle más para no tentar al azar, el más poderoso de los dioses. Si podemos encontrar el amor por azar, ¿por qué no vamos a poder perderlo de la misma forma?

La mañana siguiente se fue derecho a la secretaría del Instituto Nicolai y preguntó si había una profesora de dibujo que se llamaba Rania R.

No.

–Tiene el pelo rubio –dijo como un estúpido.

La joven al otro lado del mostrador se rio.

–La mitad de Suecia tiene el pelo rubio.

Sí que había un profesor de dibujo, pero era un hombre, pronto jubilado y calvo.

–¿Por qué era? –le preguntó ella.

–Por mi vida –respondió él.

Se hundió por dentro. Resultó que la certeza de que la intuición lo hubiera conducido al lugar adecuado era errónea y que intuición era otra forma de decir esperanza.

Pero no pensaba rendirse.

Pasaban los días. Pasaban las semanas. Los vientos se volvieron más fríos, las calles se quedaron más vacías. No era ni fácil ni agradable salir a pasear. Los pulmones no podían con la humedad que se extendía sobre la ciudad como una sábana mojada. Los bronquios se le contraían en cuando salía por la puerta. El tabaco se humedecía, se volvía impotente, era imposible encenderlo.

Le quedaba un consuelo. Cuando se cansó de comer en la cafetería, donde el menú se limitaba a bocadillos de diferentes tipos, se dirigió a un restaurante sencillo con el imponente nombre de Akropolis, regentado por una pareja de jóvenes griegos. Allí el griego formaba parte del menú. El anhelo y la nostalgia por su idioma eran decisivos para toda su existencia, que en cierto modo enarbolaba la bandera equivocada. No era sueco y la realidad sueca lo rehuía. No sabía realmente lo que estaba diciendo, no lo sentía en las entrañas. Eran palabras desconectadas de su cuerpo. Palabras que no le hacían daño, pero tampoco lo hacían feliz.

Vivo con muletas. Unas muletas suecas estupendas, sí, pero que no eran sus piernas.

Allí, en el restaurante griego, recuperó el cuerpo. Y no empeoraba las cosas el hecho de que la comida tuviera sabor a Grecia, o que los jóvenes griegos estuvieran enamorados y se frotaran el uno contra el otro en cuando tenían ocasión.

Ya hablaban un griego influenciado por el sueco y en su trabajo había objetos que no existían en su lengua materna, como el cortador de queso. Le resultaba divertido oírla gritar en griego: cariño, y continuar en sueco: ¿has visto el cortador de queso?

Christo se sentaba allí encantado a hacer observaciones glo-sológicas. El griego era una lengua generalista. Se lava la ropa, los platos, los dientes. En sueco se lava la ropa, se friegan los platos, se cepillan los dientes. Tres palabras distintas para tres tareas diferentes. A veces, se entretenía mezclándolas. Ahora vamos a fregarnos los piños, decía para sus adentros, y le pare-cía gracioso quebrantar el sistema sueco.

No obstante, eso era precisamente lo que necesitaba.

Entrar en el sistema.

Se cogió un día libre en el trabajo y tomó el tren a Lund para matricularse en la universidad, cosa que hizo pese a que la ciu-dad lo asustaba con el excedente de estudiantes jóvenes que le hacían sentirse mayor y agotado hasta tal punto que llegó a marearse.

Al cabo de un tiempo conoció al griego de Marja-Leena, que le había propuesto matrimonio. Se llamaba Spyros, tenía alrede-dor de cincuenta, un torso macizo, bonitos ojos castaños y una cantidad terrible de pelo puntiagudo que le daba el aspecto de un jabalí amable. Era electricista, autónomo, ganaba bastante dinero, pero su profesión había afectado a toda su persona, sin duda. Si se cruzaba con una mujer atractiva, decía: resiste mu-chos amperios. O: aquí hay muchos vatios. También era genero-so y los invitaba cada vez que salían los tres. Christo protestaba, si bien con poco entusiasmo, y Spyros insistía siempre.

–Voy a decirte una cosa y que no se te olvide. Podrías ser mi hijo. No tengo hijos. Y me gustan los griegos. Hay mucha gente que quiere a Grecia, pero mucha menos que quiera a los griegos.

Cuánta razón tenía. Eso podía decirse también de los pro-pios griegos. La mayoría adoran Grecia, pero muy pocos que-rían a sus compatriotas.

–Qué sabias palabras, señor Spyros.

–Hasta un humilde electricista sabe cosas –dijo acariciándo-se el denso pelo puntiagudo.

Se hicieron buenos amigos y Christo le contó su búsqueda infructuosa de Rania.

–¿Se llama Rania?

–Sí.

–¿Tiene una hija pequeña?

–Sí.

–¿Y es profesora?

–Sí.

–¿Y habla muy bajito?

–Como un arroyo.

–La conozco.

–¡No!

–Sí, le cambié la instalación de la casa.

–¿Dónde vive?

–A la vuelta de la esquina.

–¡Ay, señor Spyros! ¿Qué Dios lo envía? ¿Tiene la dirección?

El señor Spyros se pasó la lengua por los labios. Estaba muy contento con que el joven le hablara de usted y aún más con la alegría que manifestaba. Después de todo, un poco Dios sí que era. Además, tenía la dirección exacta en la cabeza, pero era muy tarde y a esas horas todos los portales estaban cerrados. En resumen, solo cabía esperar a que Dios trajera un nuevo día.

Al día siguiente, a las siete de la mañana, Christo se encontraba ante el portal número dos de la plaza de Hamntorget. Era prácticamente el mismo edificio en el que vivía él. Todas esas semanas se habían estado cruzando. No durmió nada esa noche. ¿Cómo reaccionaría Rania? ¿Lo desearía aún o lo habría descartado ya?

Pasó media hora. Soplaba un viento helado que rizaba el mar como si tuviera frío. Le gustaba Helsingborg, el viento y el horizonte abierto. Y, de repente, allí estaba ella. Johanna iba detrás dando saltitos.

–¿Dónde has estado todo este tiempo?

Lo dijo con un poco de aspereza, como si hubieran quedado y él llegara tarde.

—Buscándote.

Ella lo abrazó sin reservas. Todo su cuerpo contra el suyo, pecho contra pecho, sexo contra sexo.

El día que no se me pegue así, ya me habrá dejado, pensó.

No se besaron. Johanna los observaba, con curiosidad, pero también inquieta.

—Ya te besaré más *concretamente* luego —dijo Rania—. Ahora tenemos que irnos corriendo al colegio de Johanna y después al mío.

—¿Dónde trabajas?

—En el Instituto Nicolai.

—Me acerqué a preguntar por ti. Me dijeron que no trabajabas allí.

—Siempre dicen eso. No quieren a gente rondando el instituto cada dos por tres.

Mientras tanto, Johanna se había acercado. La mochila era más grande que ella. En las manos llevaba un perro de trapo al que le susurró algo. Tenían sus secretos, obviamente.

—Hola, Johanna. ¿Te acuerdas de mí?

—Por supuesto —respondió casi ofendida.

Rania tenía prisa.

—¿Nos vemos esta noche? —preguntó ella.

—Trabajo hasta las nueve.

—Perfecto. El tercer piso. En la puerta pone Johanna y Rania R. —le gritó mientras corría de la mano con su hija.

Christo no se movió del sitio. Necesitaba un minuto para reponerse. La había encontrado. Y ella aún lo deseaba.

Marja-Leena lo estaba esperando en la entrada de la cafetería.

—Por fin vamos a tener un poco de paz los dos —le dijo, visiblemente emocionada, y entraron a la cocina para preparar el desayuno.

El edificio del número dos de Hamntorget habría sido bonito en su día, no cabe duda. Sin embargo, los años no habían sido clementes con él y no parecía que a los dueños les preocupara mucho. Probablemente quisieran construir un rascacielos, deshacerse de los antiguos inquilinos y acoger a otros con mucho capital. Thanasis le había explicado la situación, puesto que estaba sucediendo lo mismo en Estocolmo y Nueva York y en otras ciudades. Los dueños de los edificios dejaban que manzanas enteras se deterioraran para que la gente se viera obligada a mudarse a otro sitio.

Por otro lado, si el señor Spyros no le hubiera cambiado la instalación al apartamento de Rania, quizá él y Rania habrían estado viviendo en el mismo barrio durante años sin encontrarse.

Era muy tentador encontrarle un sentido a todo.

El amor sin obstáculos es como el agua. Te la bebes y desaparece la sed.

El amor con obstáculos es como el vino. Te lo bebes, te emborrachas y no quieres volver a estar sobrio nunca más.

Todos los obstáculos son para bien, solía decir su abuela. Quizá fuera verdad.

Había trece horas entre las ocho de la mañana y las nueve de la noche. En el trabajo se sentía prácticamente ingrávido, bromeó con los clientes, invitó a una segunda ronda de cafés, incluso el tiempo le parecía propicio. Marja-Leena estaba tan contenta de verlo así, que derramó unas lágrimas finlandesas —y hay que saber que las finlandesas son más valiosas que otras—. Y pasaron las horas.

Estaba ante su puerta, en la tercera planta, exactamente a las nueve en punto. Ella le abrió antes de que tocara el timbre y despertara a la niña. Se abrazaron y se quedaron así un buen rato, como para comprobar si encajaban.

—Prométeme que no volverás a desaparecer.

—Nunca más.

Se dirigieron al dormitorio y a la cama. Hizo el ademán de quitarse la camisa, pero ella le sujetó las manos.

–Deja que lo haga yo –le dijo en voz baja, y lo fue desvistiendo despacio como si pelara una naranja. Cuando ya lo tenía completamente desnudo ante sí, se arrodilló y lo besó más *concretamente*.

Con los siguientes pasos estaban familiarizados. Ya los habían dado antes. Sus manos los recordaban. Sus labios los recordaban. Sus lenguas que se deslizaban hacia dentro y por encima y alrededor.

Después se durmieron un ratito, mientras él seguía dentro de ella. Cuando se despertaron, volvieron a hacerlo.

–¿Quieres que me quede a dormir? –le preguntó él.

–No podemos. Johanna se despierta a veces en medio de la noche y se viene a mi cama.

Él lo entendió y se fue del apartamento un poco después tan silenciosamente como pudo.

Era cerca de la una. Las calles estaban vacías. Las farolas del puerto apenas se distinguían en la densa bruma. Los ojos de Rania daban más luz. Volvería a verlos dentro de unas horas, no los perdería nunca más. Sentía una paz en el cuerpo y una tranquilidad en el alma que lo reconciliaron con todo.

Esto es la catarsis, mi querido maestro Aristóteles, murmuró mirando al sur. No se consigue con la piedad y el miedo, sino con caricias y besos.

Lo difícil es que llegue el agua a la zanja. El resto va solo.

El señor Spyros había tenido una idea. Su sueco era prácticamente ininteligible, lo cual no impidió que su empresa creciera. Necesitaba ayuda. El primero en quien pensó fue Christo. Hablaba bien sueco, parecía simpático y era griego. Cuando se lo propuso, Christo se resistió. No sabía nada de instalaciones eléctricas.

–Pero ¿qué se supone que voy a hacer, señor Spyros?

–Lo que yo te diga que hagas.

Era tentador. No solo por el dinero –estaría mucho mejor pagado–, sino, ante todo, por la jornada laboral. De siete de la mañana a tres de la tarde con media hora para comer, de lunes a viernes. Hacía pocos años que habían introducido la semana laboral de cinco días.

Quizá fuera sensato aprender una profesión, saber hacer algo con las manos. Estudiar en Lund no le atraía mucho.

–No quiero volver a ser adolescente –le dijo a Rania.

A ella no le gustó la idea.

–Me enamoré de un hombre que leía poemas y escribía sobre Aristóteles. Me imaginaba un sinfín de noches maravillosas llenas de maravillosas conversaciones. Es decir, un hombre que ensanchara mi vida. ¿Qué voy a hacer contigo si tienes la cabeza llena de cables y fusibles? Cuando pase un tiempo empezarás a verme como una clavija de tres agujeros –le advirtió con no poca clarividencia.

No se equivocaba del todo. Era obvio en el caso del señor Spyros. Hasta de Marja-Leena decía que era un *cable conductor*. Christo no aceptó la generosa oferta y el señor Spyros no se lo tomó mal. Siguieron siendo amigos y continuaron con sus bromas griegas, que no eran para oídos suecos.

No obstante, el problema con Lund seguía existiendo. No le gustaba la ciudad. Era llana como la suela de un zapato. Por ninguna parte había colinas y no tenía mar.

–Tengo la sensación de que allí hasta las aceras me miran por encima del hombro –se lamentó.

–La próxima vez iremos los dos –dijo Rania.

Fueron juntos. Todo era diferente con ella a su lado. Los estudiantes se volvían a mirarla, los profesores de mediana edad lo envidiaban, incluso las estudiantes le sonreían a Rania.

–¿Qué te pasa? ¿Tienes patitas de búho?

Ella no lo entendió.

–Es lo que decimos en Grecia cuando a alguien lo quiere todo el mundo. Que la persona en cuestión tiene patitas de búho.

–¿De verdad? ¡Qué bonito!

Fueron al mismo restaurante al que había ido él la vez anterior. Había tenido que esperar un cuarto de hora para que uno de los camareros se fijara en él, y media hora más para que le trajeran la comida y otra media hora para pagar.

Esta vez fue diferente. Los camareros acudieron corriendo y les dieron la mejor mesa, a ella le retiraron la silla y tal. Sonreían y se inclinaban ligeramente para verle de cerca el pecho.

¿A qué se debía?, se preguntaba él. No a su aspecto, Lund era un hervidero de mujeres encantadoras o directamente guapas. Ni a la ropa, que se cosía ella misma. Ni a su forma de andar con pasos ligeros, como si no rozara el suelo. Ni a su esbelta figura.

Se debía a todo al mismo tiempo y, en particular, a su aura y su manera de actuar. Le dijo «gracias» al pobre camarero y sonó como una promesa de placeres inolvidables. Era su sonrisa. Todos podemos sonreír, pero pocos pueden sonreír con todo el cuerpo. Rania llevaba la sonrisa un paso más allá. Era su cuerpo el que sonreía sin reservas, sin controles.

Las patitas de búho eran sencillamente que Rania era Rania.

Ella le abrió las puertas cerradas de Lund en unas horas. Había transformado la ciudad. Christo ya no le tenía miedo. Seguiría estudiando, tenía la obligación de hacerlo por ella y por sí mismo.

No pasó mucho tiempo hasta que la gente de su entorno comenzó a considerarlos una pareja. Pero no Johanna. Los niños por lo general son pragmáticos. Se acostumbran rápido, pero seguía viendo a Christo como un intruso, que es lo que era. Lo evitaba, respondía reacia cuando le preguntaba algo, no se sentaba a la mesa para cenar con ellos, sino que cogía el plato y se lo llevaba a su cuarto. Se estaba quejando, pero sin gritos, comentarios insolentes o respuestas maleducadas.

Rania tenía una paciencia infinita, no levantaba la voz, no salía con amenazas o castigos, no la obligaba a irse a la cama, puesto que sabía que no se dormiría hasta que Christo se fuera.

—Quiere a su papá. Está enamorada de él y Matias es buen padre, muy buen padre. No vamos a imponerle nuestra relación, y cada día que pasa juega a nuestro favor –le explicó Rania.

Él no estaba seguro.

—Le habéis enseñado a hacer lo que quiera.

—¿Y qué deberíamos enseñarle? ¿A hacer lo que nosotros queramos?

—Hasta cierto punto, sí. En eso consiste la educación.

—Eso no es educación. Es sadismo.

Fue su primera riña. Le preocupaba que vinieran más. Pero, de momento, el deseo era más fuerte. Volvieron a hacerse amigos con caricias silenciosas y besos.

Un día Rania tuvo que quedarse en el trabajo más tiempo del habitual. Había que recoger a Johanna del colegio. Él se ofreció pese a que le preocupaba cómo se lo tomaría la niña.

Johanna no dio ninguna señal de sorpresa al verlo. Rania la había avisado. Parecía incluso que se alegraba un poco. No corrió a abrazarlo como corría hacia su padre, pero tampoco salió corriendo en dirección contraria, que era lo que él temía.

—Hola.

—Hola, Johanna.

—¿Qué planes tenemos hoy? –le preguntó ella.

Se tuvo que morder el labio para no reírse. Hablaba como su madre. Era lo que Rania decía siempre. «¿Qué planes tenemos hoy?», y él nunca tenía ningún plan que no fuera ir a la cama cuanto antes. También le había dado un consejo antes de aquella tarde crucial.

Si está enfadada, cómprale un helado. Si no está enfadada, cómpraselo también.

—Se me había ocurrido que podíamos tomarnos un helado.

Johanna no dijo nada, pero él notó que acogía bien la propuesta. Fueron paseando a la plaza. Hacía un día espléndido de sol invernal. No iban de la mano, pero sí muy cerca.

El hombre de la heladería la conocía, había estado allí varias veces con Rania, que utilizaba a su hija como pretexto para darse el gusto de comerse un helado un día sí y otro también.

—Bienvenidos, bienvenidos —dijo él—. Veo que hoy vienes con papá.

Johanna negó con la cabeza.

—Christo no es mi padre. Es un buen amigo.

—Ah, ya veo.

Christo sintió una alegría desenfrenada, pero la mantuvo a raya. El hombre de la heladería era, por supuesto, un inmigrante de Italia y se puso contento al saber que Christo era de Grecia.

—*Una razza, una faccia* —dijo.

Era un dicho popular. Una misma raza, un mismo aspecto. Lo había aprendido de los pocos soldados italianos estacionados en su pueblo durante la ocupación.

Se compraron unos helados muy ricos, de tres bolas cada uno, se sentaron en un banco y se pusieron a observar los barcos del puerto.

—Aquí es donde me siento siempre con mamá —dijo Johanna.

—Las costumbres están muy bien —se oyó decir, y se dio cuenta enseguida de que era muy cierto.

La vida también es una costumbre.

Al otro lado del estrecho, Hamlet se preguntaba hacía mucho la cuestión fundamental: ¿ser o no ser?

¿Cómo puede uno dejar de elegir la vida cuando tiene a una niña a su lado dándole lametones a un helado, cuando el helado está rico y el sol calienta?

Al cabo de un rato, apareció Rania. Primero le dio un beso a su hija.

—¿Cómo lo habéis pasado?

—Estupendamente —respondió Johanna imitando a su madre. Ahora le tocaba a él. Rania lo besó fugazmente en el cuello y le susurró «gracias» al oído.

Esa noche se quedó a dormir en su casa. Durmió junto a Rania. Ocurrió con toda naturalidad, como el agua va al arroyo. Poco antes de quedarse dormido, notó la mano de Rania en su cuerpo.

–No hagas nada. Este es mi terreno.

¿Cómo puede uno dejar de escoger la vida?

La vida cotidiana se normalizó con nuevas costumbres. Los sábados iban a Elsinor, paseaban por los estrechos callejones donde se podía comprar vino, cerveza y bebidas espirituosas mucho más baratas que en Suecia. Se paraban a tomar una salchicha aquí y un helado allá, visitaban el castillo de Hamlet.

Fueron juntos a la boda de Marja-Leena y el señor Spyros, que se celebró en la antigua iglesia de Santa María. Rania dio un breve discurso. Johanna la escuchaba con devoción.

–¡Cuánto sabes, mamá!

El novio y la novia eran cristianos ortodoxos y el cura, protestante. Podría haber sido problemático, pero a él no le supuso ningún problema.

–Cuando dos personas se quieren, el Todopoderoso se alegra y los bendice –dijo.

La ceremonia fue breve y la celebración, larga, en el restaurante griego. Había varios griegos de Helsingborg y de los municipios cercanos. Todos se emborracharon, y más que ninguno el cura, que se puso a coquetear de una forma de lo más explícita con una mujer casada, cuyo marido ya se había marchado con una de las amigas finlandesas de la novia. Christo iba de la mano de Rania todo el tiempo para evitarse complicaciones.

Por suerte, estaban cerca de casa y Christo cargó con Johanna, que se había quedado dormida.

Fue una fiesta muy bonita.

Una vez por semana iba a Lund, asistía a las clases y participaba en los seminarios sin hacer nuevas amistades. No era necesario. Le entretenía más pensar en Rania que conocer a gente. Es lo que uno hace cuando está entregado al amor, igual que cuando una mujer está embarazada.

Se le notaba. Marja-Leena lo veía, el señor Spyros lo veía, los clientes de la cafetería lo veían.

En otras palabras, se notaba que era feliz. Sin embargo, había en su horizonte una nube negra que se acercaba a medida que pasaban los días. La Navidad. El momento del reencuentro. Johanna hablaba del tema todos los días. Quería ir a ver a su papá, Rania quería ver a su madre enferma.

Además, ya era hora de que se desvelara la verdad. Matias tenía derecho a saberlo. Se lo dijo a Rania.

–Sí, ya es hora –dijo ella también.

Una noche llamó a Matias. Acordaron celebrar la Navidad con los padres de él, como hacían antes, dado que ahora vivía con ellos. Johanna se puso muy contenta.

–Te vas a quedar completamente solo –dijo Rania.

–No pasa nada.

–¿Seguro?

–Seguro.

Sentía un peso en el estómago, pero no quería arruinar su alegría. Y, después, por la noche, cuando ella se hundió en su terreno, él se relajó del todo.

Al día siguiente le compró a Johanna *El día del niño en Bullerbyn*, de Astrid Lindgren, y a Rania *Un exiliado vuelve sobre sus pasos*, de Aksel Sandemose. Celebraron lo que se llama una «prenochebuena». Les dio los regalos, y él recibió los suyos. Rania le regaló *Dos en la estrella* de Ann Smith y Johanna, un dibujo que había hecho de él. No se parecía mucho, pero la pipa le había quedado perfecta.

Comieron bien, tomaron aguardiente y cerveza y vino. Johanna se quedó dormida en el sofá y él la llevo a la cama. Aquello no tenía por qué estar mal, pero sentía que estaba mal, como si estuviera robando la vida de otra persona.

Al mismo tiempo, era feliz. Oyó a Rania tarareando en el cuarto de baño y le sobrevino una sensación de libertad absoluta. Se desvistió y se tumbó completamente desnudo en la cama, preparado para entregarse a su mirada. Nunca se había sentido tan libre. Tan desprovisto de temores.

–Pareces una odalisca –dijo Rania asombrada–. Me entran ganas de tomarte por la fuerza.

–Eso no me lo habían dicho antes.

Se unieron como dos arroyos. Sin bordes, sin grietas, sin reservas.

Estaban creando un pasado juntos. En algún momento en el futuro, viejos y cansados, recordarían ese instante y sentirían envidia de sí mismos.

La mañana siguiente, Rania y Johanna tomaron el tren a Estocolmo. Christo las acompañó a la estación. Johanna estaba muy animada y exigía toda la atención de Rania. Y así fue la despedida. Rania le dio un beso rápido supervisada por la niña, que tiraba de ella sin cesar.

Resultaba irritante, pero él no se irritó. De niño él era igual y seguía cada paso que daba su madre. Le preocupaba perderla desde que le alcanzaba memoria y siguió preocupándose de que sus novias lo dejaran, y la cosa terminó con que fue él el que abandonó tanto a la madre como a las novias.

Ser o no ser era el primer problema.

Abandonar o que te abandonaran era el segundo.

Hacía un día muy frío. En el cielo se había desatado una tormenta. Las nubes se perseguían unas a otras, adoptaban nuevas formas continuamente. Pensó en Hera, la esposa de

Zeus, que se transformó en una nube para librarse de que la poseyera un gigante que la perseguía.

Hacía mucho frío, pero no era por el frío por lo que temblaba y se estremecía, sino por haber tomado conciencia de que nunca podría abandonar su país. Estaba por todas partes. En la tierra con las montañas, los ríos, el mar. En el cielo con las estrellas, los vientos, las tormentas y los rayos. Incluso el inframundo era una colonia griega. Todos los símbolos, todas las formas, columnas y meandros, las estaciones del año y también todas las palabras. En su mente, todo eso era Grecia, y así seguiría siendo. La casa de la asociación de estudiantes del partido Moderado de Lund se llamaba Atheneum, y la bonita cafetería, Athen. Sencillamente, era imposible abandonar Grecia.

Se sentía igual con Rania. Pasara lo que pasara, no la perdería. Incluso aunque lo abandonara y no quisiera volver a oír su nombre, no la perdería. No podría arrebatarle la felicidad que le había dado. Era suya. Su amor le pertenecía a él. Y si a ella no le importaba, a él le importaba un carajo o, como dijo para sí en griego: Me lo escribo en la suela de un par de zapatos viejos.

Nada tiene menos prioridad que lo que está escrito en la suela de un par de zapatos viejos.

Organizó la soledad rápidamente y se ofreció a hacer turnos dobles en el trabajo los días de fiesta. Marja-Leena se lo agradeció y le prometió una bonificación extra. Le hacía falta el dinero, porque tenía la vista puesta en un coche de segunda mano para facilitar los viajes a Lund.

Se encargaba de la cafetería él solo desde las siete de la mañana hasta las nueve de la noche. Eran muchas horas, pero apenas se le hacían pesadas. Las criaturas solitarias que no tenían dónde ir no eran muchas y él las conocía tanto a ellas como sus historias, que tenían un parecido asombroso. El denominador común era que habían abandonado a alguien o que alguien los había abandonado, y entonces se imponía el desconcierto de la soledad. Se convertían en extraños en sus propias vidas o en prisioneros de su libertad.

Christo los escuchaba, los consolaba, bromeaba con ellos aunque en el fondo sabía que lo único que podría salvarlos era que ellos mismos hicieran un esfuerzo sobrehumano. Es posible, pero no todos son capaces. De momento, se aseguraba de que estuvieran al abrigo del calor de la cafetería y los invitaba a una taza.

Olli era uno de ellos. Había llegado a Suecia después de nacer en una guerra, solo que la guerra para él nunca terminó. Desde los diez años echaba de menos su casa en Finlandia, aunque ya no quedaba nadie allí. Habían aniquilado a toda su familia. ¿Cómo se recupera uno de algo así? Bebió para olvidar y siguió bebiendo para recordar, perdió el trabajo, la casa, la novia. No tenía más de treinta años y aparentaba setenta. Le temblaban las manos, tenía la mirada vacía.

A Christo le caía bien. Olli encarnaba una advertencia. Lo único que se puede hacer con la pena es ennoblecerla. De lo contrario, uno sucumbe. Había leído los poemas de Ann Smith y le gustaron. Ella también era partidaria del contacto. Pensaba en el trabajo de la facultad. Si la catarsis era el fin último de la tragedia, ¿cuál era el fin de la catarsis? ¿Vivir bien? ¿Tener la conciencia tranquila?

No lo sabía, pero él no tenía la conciencia tranquila. ¿Cómo la iba a tener? Había abandonado a sus padres, había destrozado la vida de Matias. Había vivido la vida equivocada, ni más ni menos.

Era una conclusión dolorosa, y lo único que la compensaba era el amor de Rania. Por eso aguardaba todos los días al cartero, a la espera de unas palabras de ella, que lo echaba de menos, que quería saber cómo estaba, pero no llegaba nada.

Sí que recibió una carta de Mona. El embarazo evolucionaba con normalidad, con patadas en la barriga, dificultades para dormir, glotonería y carreras al baño, pero, pese a todo, era feliz y echaba de menos a Thanasis, que la esperaba en Atenas.

La carta de Mona lo llevó a pensar en su madre, que solía contarle lo feliz que era cuando estaba embarazada de él. Todo el mundo me dijo que me sentiría pesada, pero tú nunca pesaste más que una pluma, decía. No podía saber si era cierto o no. Pero le agradecía que se lo hubiera dicho. Habría sido una lástima comenzar la vida como una carga para otra persona.

En Nochebuena todo estaba cerrado salvo la cafetería de Christo en el puerto, y allí acudieron las almas solitarias. Había recibido la orden de Marja-Leena de invitarlos a todos a un sándwich y una cerveza. Ella y el señor Spyros vinieron de todos modos para desearles feliz Navidad y dejarle un regalo, unos calzoncillos largos que le venían de maravilla. Christo les dio las gracias y le confió al señor Spyros sus planes de comprarse un coche, se había encaprichado de un Simca de segunda mano, pero quedó descartado enseguida.

Los coches franceses no están hechos para el invierno sueco, dijo el señor Spyros, y le prometió ayudarle a encontrar un coche adecuado, es decir, un Volvo viejo.

En general, fue una noche muy agradable.

Rania le había dicho que volvería el 3 de enero. Christo la esperaba en la estación y el tren llegó puntual. Estaba anocheciendo, pero la nieve seguía irradiando luz. La vio salir sola del último vagón y la saludó mientras que corría hacia ella para ayudarle con la maleta. La abrazó, pero sintió que ella se apartaba un poco. Lo abrazó, pero solo con los brazos. Él recordó lo que se había dicho a sí mismo.

El día que no se pegue a mí, ya me habrá dejado, pero lo justificó con que había mucha gente por allí y con que ella estaba cansada del largo viaje. No era el momento adecuado para esas cuestiones.

También era un poco raro que Johanna no estuviera allí.

—¿Y Johanna? —le preguntó.

—Luego lo hablamos —respondió ella.

Caminaban despacio por la calle cubierta de hielo. Iban sin hablar. ¿Por qué no había de pronto ni rastro de alegría? ¿Era porque ella estaba cansada o porque él estaba siendo impaciente?

Le ayudó a subir la maleta al apartamento, pero tenía que volver al trabajo.

−¿Vengo después o estás demasiado cansada?

−Vente −dijo como si estuviera pensando en otra cosa.

Marja-Leena quizá fuera feliz y estuviera recién casada, pero no ciega.

−¿Qué pasa? Pareces preocupado.

−Qué va.

−¿Cómo está Rania?

−Un poquito cansada del viaje.

−Si quieres, puedes irte a casa temprano esta tarde −le dijo.

−No hace falta.

Sabía que tenía que refrenar la preocupación, y trabajar era la mejor forma de conseguirlo. Nunca había fregado o pasado la aspiradora con tanto empeño. Secó los tenedores diente por diente como si esperaran la visita del rey. La modesta cocina de la cafetería relucía como el culo de un bebé. Y las horas pasaron.

Eran las nueve cuando entró en el apartamento de Rania. Había periódicos y cartas en el suelo de la entrada. La maleta seguía sin abrir. No se había cambiado de ropa, ni tan siquiera se había quitado el chaquetón, y se había sentado en la cocina delante de un vaso de agua con la mirada clavada en la vela que había encendido.

−Siéntate.

Se sentó y no sabía qué hacer ni qué decir. El telón de acero era una cortina transparente en comparación con la zona oscura que había entre ellos en ese momento. No se atrevía ni tan siquiera a mirarla.

−Te lo voy a contar todo. No me interrumpas, por favor, y limítate a escucharme.

No tenía un buen recuerdo de la última vez que le había pedido que la escuchara sin interrumpir, quiso decir, pero no rechistó y le dio un sorbo al vaso. No era agua, sino alcohol.

–¿Tienes que emborracharte para hablar conmigo?

–Te he pedido que me escuches. Así que escúchame, no estoy borracha. Y aunque lo estuviera, daría igual. Todo lo que te voy a contar es cierto –dijo sin mirarlo.

Se lo contó todo. Él no sabía qué era verdad y qué era mentira. No importaba. Hay momentos en la vida en los que tanto la verdad como la mentira acarrean las mismas consecuencias.

Los padres de Matias vivían en un luminoso chalé en Stocksundstorp, cerca del mar. Él era hijo único y lo querían muchísimo. También apreciaban a Rania, pero adoraban sobre todo a Johanna, que se parecía un poco a su esbelta y elegante abuela y hablaba de la misma forma altiva que ella. Habían comprado regalos caros, habían montado el árbol, habían preparado comida navideña y metieron el champán y el aguardiente en el frigorífico, mientras dejaban que se airearan dos botellas abiertas de vino tinto francés. O sea, que estaban listos para unos días de fiesta igual que otros años. Matias solo les había dicho que Rania se había mudado temporalmente a Helsingborg por motivos de trabajo.

La recibieron con los brazos abiertos. No era el momento de revelar verdades. Rania hizo lo que le había pedido Matias. No dijo nada para no estropear la Navidad, sobre todo, a su hija. Johanna se escondía en el regazo de Matias como la perla en la concha y no quería salir. Allí estaba su sitio.

–Me he pasado todo el tiempo pensando en ti sin poder hacer nada. No quería perderte, pero me di cuenta de que echaba de menos la vida de la que había huido. Comprendí qué le había arrebatado a mi hija y eso me atormentaba. ¿Tenía derecho a hacer algo así?

Estaban en aquel salón tan acogedor, tomaban whisky caro, comían chocolate belga. Sus suegros los elogiaron por la buena pareja que hacían y por la maravillosa nieta que les habían dado, y ¿no era ya momento de tener otro?

–Estaba engañando a todo el mundo. A ellos y a ti. Incluso a mí misma. Salí al jardín a tomar el aire, tenía la sensación de que no podía respirar allí dentro.

El cielo estaba despejado y cuajado de estrellas. Ella tenía el alma llena de espinas. No había solución y comenzó a llorar. Así la encontró Matias. La abrazó, le ayudó a entrar en calor, porque se estaba quedando helada con la chaqueta tan fina que llevaba. Su cuerpo lo recordaba y lo deseaba.

Pasaron la noche en la casa de los suegros, en el cuarto de cuando Matias era pequeño. Como siempre habían hecho en el pasado. Allí era donde se había criado él y donde hicieron el amor por primera vez. Allí volvieron a hacer el amor, susurrándose promesas de no separarse nunca más.

–Te he engañado, amor mío –le dijo con voz ronca, tapándose la cara con las manos.

Christo no se enfadó ni se decepcionó ni se desesperó. Ya se había visto superado por la vida antes. Le acarició el pelo y le secó las lágrimas.

–Hicieras lo que hicieras, habrías engañado a alguien –dijo.

–Johanna me lo dijo. Mamá, no voy a volver a Helsingborg. Yo quiero estar aquí.

Ella lo acarició con el dorso de la mano. Es lo que hizo aquella vez en el oscuro pasillo de la residencia de estudiantes. Cuando todo comenzó. ¿Terminaría del mismo modo?

Se besaron y lo que había entre ellos seguía allí. Él la deseaba y ella a él. ¿Qué importaba que se hubiera acostado con Matias? ¿O que se hubiera acostado con todos los hombres del mundo? Mientras que le abriera su regazo, él volvería a cobijarse allí.

Los celos son ridículos. No había cambiado nada. Rania era y seguía siendo ella misma. La quería como era y nunca la perdería, aunque no estuvieran juntos.

Te he engañado, mi amor.

Se necesita valor para decir algo así, y se necesita la confianza que nos otorga el amor verdadero. A la vez, se dio cuenta de que su decisión era irrevocable. Iba a volver con Matias y su hija.

Si él es capaz de perdonarla, ¿por qué yo no?, pensó.

Hicieron el amor como antes y él estaba dentro de ella, cuando en realidad todo estaba tocando a su fin.

Tardaron varios días en arreglar todo con el instituto, con el casero, con el teléfono, con los cuadros. Necesitaba una maleta más y fueron a comprarla juntos. Se veían por la noche, hablaban sin decirse nada; se tumbaban uno junto al otro sin hacer el amor. La pena los había paralizado. Lo intentaron una vez, y les pareció que estaban nadando en un lago oscuro sin encontrarse. Se besaban con labios secos y temblorosos.

Rania se estaba transformando ante sus ojos, y él ante los de ella. Era aterrador y lamentable.

–No podemos ser víctimas de nuestro amor –dijo él.

Lo dijo en serio.

Pero era demasiado tarde.

Ya había sucedido.

Rania hablaba cada noche con Matias y la hija por teléfono. A veces Christo también era testigo de las llamadas y oía la voz intranquila de la niña, ¿cuándo vienes, mamá? Le daba pena Rania, que tenía que fingir con él como testigo y se subía la sábana hasta la barbilla para esconderse.

Marja-Leena lo trataba como si estuviera enfermo. Quizá lo estuviera.

–¿Qué vas a hacer ahora, cuando se vaya? –le preguntó.

No lo sabía. Él también se lo preguntaba.

Uno de esos días le llegó una carta de Thanasis, que le contaba que se arrepentía amargamente, que la situación en Grecia empeoraba por momentos, que echaba de menos Suecia y derramaba lágrimas negras cuando pensaba en su cálida habitación de estudiante, en Hamngatan y en las chicas que lo miraban a los ojos, y que echaba de menos a Mona, más de lo que creía posible.

Christo lo llamó ese mismo día para consolarlo y para que lo consolara. Se lo contó todo.

—No sé qué hacer.

El amigo se aclaró la garganta discretamente.

¡Uy! Van a darme una lección sobre la vida.

Y se la dio.

—Sabes que estaba en contra de la relación desde el principio. Te lo advertí, pero no me escuchaste. Entraste en su casa como un ladrón y como un ladrón vas a salir. Está bien que se haya terminado. Te olvidarás de Rania y Rania se olvidará de ti. Paciencia. Y, ante todo, quédate en Suecia. Nuestra Grecia está irreconocible. Trabaja duro con Aristóteles, lee a Cavafis, gradúate. ¿Qué era lo que decíamos siempre? No nos rendimos. ¿Te acuerdas?

Se acordaba. Era su contraseña.

—¿Te acuerdas de aquella vez que te desmayaste del hambre?

—Esas cosas no se olvidan.

Christo se sentía un poco mejor solo de hablar griego un ratito. ¿Sería quizá que vivir sin tu lengua es una pena constante? ¿Cómo sería hablar griego con Rania?

Las personas tienen sentimientos, al menos, la mayoría. ¿Hasta qué punto se parecen esos sentimientos? ¿Se lamenta una pérdida de la misma forma en el bosque que ante el mar? ¿Es lo mismo en el pueblo que en la ciudad, en casa y en el extranjero?

Quería que el amor de Rania supliera la ciudad que tanto echaba de menos y el cielo griego que ya no podía contemplar.

Probablemente la quería porque era quien era, pero también por todo lo que él había perdido.

Al día siguiente se marchaba y él la acompañó al tren. Seguramente tenían mucho que decirse, pero no hablaron hasta que llegaron al vagón y ella se detuvo en un peldaño con una calma que solo el pesar más profundo puede provocar.

–Debes saber que te he querido, dijo ella.

El marido de Marja-Leena había dicho lo mismo antes de morir. ¿A quién trataban de convencer? ¿A la otra persona o a sí mismos? Quería pedirle que se quedara, que no lo abandonara, pero no pudo. Las palabras de Thanasis seguían surtiendo efecto.

Entraste en su casa como un ladrón y como un ladrón vas a salir.

–Yo también te he querido –dijo al final.

Así se despidieron. Sin lágrimas, sin besos desesperados, sin piedad. No cabía duda de que ella lo había querido, y tampoco cabía duda de que se había terminado. Puede que él lo negara durante un tiempo, saliera corriendo tras ella, le escribiera cartas, largas o breves, que incluso montara alguna que otra escena. Pero ella no tenía ninguna obligación de quererlo. Los juramentos en nombre de Afrodita no cuentan, decían los griegos antiguos. Tenían razón entonces y también después. Decimos cosas sin estar seguros de si las vamos a seguir pensando dentro de un mes o de un año.

Se reconcilió con esa idea del mismo modo que se reconciliaba con una tarde lluviosa después de una mañana soleada. Él no era Orfeo, y no podía descender a las profundidades del alma de Rania para hallar la chispa perdida. Era un inmigrante griego en Suecia, friegaplatos y lector de Aristóteles. Necesitaba el cerebro para sobrevivir a la pérdida, la soledad, la miseria; y para salvar lo que se pudiera salvar.

Fue al trabajo como siempre y vio a las mismas personas, a los solitarios, a los que habían abandonado o habían sido abandonados y habían permitido que la vida los arrollara como una trituradora. Todos creyeron en el amor de su vida. Resultó ser un mal paso, cuando no un malentendido.

Su tragedia había terminado y no había catarsis.

Marja-Leena estaba preocupada por él, pero no decía mucho, aunque le acariciaba el pelo cada vez que pasaba por su lado. Eso era suficiente para que no se hundiera.

Una noche, cuando ya estaban sentados tomándose la cerveza, sintió que la nostalgia se apoderaba de él y le preguntó:

–Marja-Leena, tú que lo sabes todo, ¿crees que el amor es posible?

Ella dejó la jarra.

–No, creo que no.

–¿Y por qué existe entonces?

Se quedó pensativa un buen rato.

–Porque también lo imposible debe existir.

Sintió como si hubiera arrojado sobre él un puñado de luz.

Puede que sea así.

Lo imposible también tiene que existir.

Aun así, la vida seguía su curso. El vacío que dejó Rania lo llenó con la misma gente que antes de conocerla, con Cavafis y Aristóteles. Procesaría la pena, no se convertiría en su víctima. La pérdida del amor latiría en sus adentros, no como un cáncer creciente, sino como un corazón más.

Con mucho esfuerzo, terminó de escribir el trabajo de la facultad, en el que afirmaba que la catarsis era posible solo para el creador de la tragedia, no para el público o para los protagonistas y las protagonistas que o encontraban el amor y morían o morían sin encontrarlo.

No creía que fueran a aprobarlo, pero así fue. Maria-Pia A. elogió su perseverancia. Se graduó y pudo solicitar trabajo como profesor de instituto. Envió su documentación a varios centros de Escania. Ninguno respondió.

El señor Spyros, que mientras tanto le había encontrado un Volvo de segunda mano pero en buen estado, y Marja-Leena lo animaron a enviar su documentación a institutos de otras partes del país. No estaba muy seguro de querer hacerlo. Le gustaba Helsingborg, aunque llevaba mal la humedad y los vientos constantes le daban dolor de cabeza, sobre todo desde que Rania regresó con su marido y su hija.

Pensaba en ella todos los días. Al principio cada minuto, después cada diez minutos, luego cada hora y, poco a poco, solo una vez al día y un poquito más por la noche.

El olvido es un misterio. Cómo se olvida, por qué se olvida. Se alegró de que la pena fuera cediendo, de no despertarse cada mañana con un nudo en el estómago que a veces era tan grande que le costaba respirar. Sentía remordimientos por la breve felicidad que había robado, pero también por no haberla robado para siempre.

Se alegraba de ver que todo eso cedía, pero, a la vez, la mujer a la que deseaba estaba desapareciendo, y no quería que ocurriera. Estaba olvidándose de sus ojos, de su pelo, de su piel, de su risa, de su capacidad para ir siempre un paso por delante de él.

¿Había alguna manera de salvarla en su fuero interno sin sufrir?

Si fuera poeta, podría escribir poemas.

Si fuera pintor, podría pintarla.

Si fuera músico, podría componer una canción.

No era nada de eso.

Afortunadamente había otros que sí. Todos los días encontraba algo que le recordaba a ella. Una frase, un verso, una canción, un cuadro. Despacio y con paciencia, como los vencejos, construyó un nido dedicado a la alegría que Rania le dio.

¿Pensaría ella alguna vez en él? Tal vez sí, tal vez no. No importaba. La decisión estaba tomada. Vivirían el uno sin el otro.

Envió su documentación también al Instituto Täljegymnasiet en Södertälje, donde vivían varios inmigrantes griegos que trabajaban para Scania Vabis. La edad de los milagros no había terminado. Le respondieron, les gustaría contratarlo, a ser posible cuanto antes.

Habían transcurrido ocho meses desde la ruptura con Rania. No había sabido nada de ella. En cambio, hablaba mucho con Thanasis. En Grecia, una junta militar se había hecho con el poder. Más presos políticos, más persecuciones. Si le quedaba alguna idea de volver a casa, la olvidó. Thanasis se lo desaconsejó firmemente. Mona había tenido un hijo. Al terminar una de aquellas conversaciones, Thanasis le pidió que no lo llamara más. La policía secreta había ido a verlo para advertirle que dejara de tratar con comunistas como ese traidor que vivía en Suecia.

Christo aceptó el trabajo en Södertälje. Se despidió del señor Spyros y de Marja-Leena, de la joven pareja que llevaba el restaurante Akropolis, de los clientes de la cafetería, de los vientos y de las olas, se metió en el Volvo de segunda mano y se dirigió al norte.

Le gustaron enseguida el viejo instituto, los colegas, los alumnos, jugaba al fútbol con ellos y acudía a la asociación griega de Södertälje. La cruzada por el amor había quedado relegada al pasado. La cruzada por la democracia en Grecia ocupó su lugar.

El instituto le ayudó con la vivienda, un piso de dos habitaciones cerca de la estación central. Una tarde de sábado tomó el tren a Estocolmo y fue a La vie s'en va. Jean Jacques y Emelie se alegraron mucho de verlo, se sentaron un momento en la cocina y hablaron de todo en general y de nada en particular.

Después, esa misma tarde, apareció Paola, tan guapa como siempre y quizá un poco más. Estaba embarazada. El comedor se había llenado. Christo le ofreció compartir la mesa. Jean Jacques se acercó, se dieron un abrazo y volvió a las cacerolas.

−Sé lo que estás pensando −dijo Paola.

Él se sorprendió.

–¿Y eso?

–A lo mejor crees que Jean Jacques es el padre del niño, pero no. Sé que nos viste. De hecho, yo también te vi ese día.

–¿De verdad?

–Sí. De verdad. Como también es verdad que solo pasó aquella vez, que nunca más he vuelto a acostarme con él, siempre me has gustado tú.

–Me estás tomando el pelo. ¿Por qué te acostaste con él entonces?

–Era algo que tenía que hacer porque tenía que hacerlo.

–Entiendo –dijo él, aunque no lo entendía–. ¿Quieres algo de beber?

Ella se señaló la barriga.

–Solo agua.

–Bueno, ¿cómo te va ahora?

Paola lo miró de pronto con curiosidad.

–¿Te interesa de verdad?

¿Le interesaba de verdad? Quizá no. Pero era sábado por la noche, octubre había traído lluvia y viento, estaba solo como un faro en desuso. ¿Por qué no le iba a interesar? Anhelaba tocarla, comenzar a vivir de nuevo.

–Pues claro que me interesa –dijo.

Es posible que Paola también se sintiera sola. Acercó la silla, lo miró directamente a los ojos y le contó su historia con una sonrisa divertida.

–Me casé con mi caballero del Porsche. Nos lo pasábamos bien, pero cuando me quedé embarazada, sintió pánico. No quería ser padre ni cambiar pañales ni jugar en el parque. Se largó a dar la vuelta al mundo en un barco de vela que le dio su papá, quizá precisamente para que me dejara. No me querían. ¿Y por qué iban a quererme? El hijo se codeaba con príncipes y princesas y algún día él heredaría un imperio. Ahora me manda postales desde distintos puertos del mundo y me pide el divorcio. Y claro que nos vamos a divorciar. Ha nacido para ser hijo. Nunca podría ser un buen padre. Y no quiero tener que amamantar a dos críos al mismo tiempo –concluyó con una risita.

Christo pensó hasta qué punto la había malinterpretado. Además, se había bebido tres copas de vino.

–Si por algún motivo necesitas un padre, aquí estoy –le dijo tranquilamente.

Paola le cogió la mano.

–¿Lo has hecho alguna vez con una mujer embarazada?

Se fueron juntos del bar. Paola vivía en un piso grande de cuatro habitaciones frente a la iglesia de San Juan. Resultó que el tipo del Porsche era generoso después de todo y dejó que siguiera viviendo allí. Desde una ventana se veía un cuartel de bomberos. Desde las otras veía una nueva vida que se abría ante él con la misma facilidad con la que su padre extendía la masa.

Lo hicieron conforme a las instrucciones de Paola. Con cuidado, tranquilos, casi con veneración por la barriga que estaba por todas partes.

Probablemente los dos creyeran que no habría más. Que al día siguiente se olvidarían. No fue así. Él se quedó todo el domingo, fueron a pasear por Djurgården, estuvieron hablando, no hicieron planes.

–La vida baraja y reparte –dijo Paola–. Lo único que podemos hacer es jugar nuestras cartas de la manera más racional posible.

Se alegró de oírla decir «racional». Pensó que era una buena señal, por extraño que pareciera.

Olvidamos que un río no es un río en su origen. Con todo respeto por el futuro, pero el presente no estaba mal. Él tenía su trabajo y ella el suyo. Él tenía su casa y ella también. Comían mucho juntos, él se quedaba a dormir, le colocaba a ella un almohadón extra cuando le hacía falta, la llevó a la clínica de maternidad y la recogió con el niño recién nacido en brazos.

Sin ser conscientes de ello, se volvieron imprescindibles el uno para el otro y el tiempo fue pasando. Paola estaba tranquila, alegre, casi feliz. Su niño era una copia de ella –casi podríamos hablar de un nacimiento virginal– y le puso el nombre de Leo, porque le encantaba Lev Tolstói.

Christo se convirtió en padre de carambola, por así decirlo, pero no tenía importancia. Leo lo llamaba papá, eso era lo que contaba. La vida había dado un giro. Había conseguido otro trabajo en el centro francés de la isla Stora Essingen. Le ayudaron sus conocimientos de francés, y también Paola con sus muchos contactos.

¿Llegaron a estar enamorados? Sí, pero no de la manera habitual. Nunca los alcanzaron las flechas del dios niño, sino un sentimiento tranquilo de comprensión mutua. A ella le gustaba la seriedad calma de él, confiaba en él, Leo se lanzaba a sus brazos con un cariño ciego, y además era un niño encantador con aquellos ojos de caniche.

A él le gustaba verla dormir y despertarse, verla jugar con el niño; le gustaba su aroma suave y, sobre todo, esas manos capaces de todas las caricias del mundo. Sí, se quisieron antes de enamorarse. Era poco acorde con los tiempos, pero funcionó.

A veces pensaba en Rania, sin dolor, sin pena, pero con una especie de nostalgia, un poco como echamos de menos la sombra en un día soleado de verano.

Una tarde gris de octubre se la encontró. Tan inesperadamente como la primera vez. Rania se le acercó por la ancha acera de Sveavägen, a la altura de la Biblioteca municipal. Lo embargó una alegría desatada que lo sorprendió. Y ella hizo como siempre hacía y se le adelantó.

–Se ve que no hay forma de librarse de ti –le dijo, y una vez más aprovechó la oportunidad y tomó el mando.

Se sentaron en la terraza junto a la entrada al edificio de la Asociación para la Formación de los Trabajadores y era como si nada hubiera cambiado.

—No me arrepiento de nada —dijo Rania—. De volver con Matias y nuestra hija, ni de enamorarme de ti. No querría cambiar nada.

—Creo que hiciste bien.

—¿De verdad?

—De verdad.

¿Había algo cortante en su voz? ¿Por qué tuvo que acentuarlo de más? Rania lo notó y se quedó callada, pero parpadeó rápidamente como si le hubiera entrado polvo en los ojos.

—Nunca he dejado de quererte —dijo ella.

La alegría que sentía por verla era evidente, pero el amor se había terminado y ya no le provocaba dolor.

—Yo también pienso en ti —dijo Christo titubeando, puesto que no sabía qué responder.

—Claro, pero ¿me quieres aún?

Rania se mordió el labio y se le empañaron los ojos.

—No. No de la misma forma que antes.

Hablaban en voz baja, muy cerca el uno del otro.

Rania se levantó, tenía los ojos llenos de lágrimas, pero sonrió y le acarició la mejilla con el dorso de la mano.

—Eso era lo que quería saber.

Christo no dijo nada y se limitó a ver cómo se dirigía al metro hasta que la perdió de vista.

Paola se dio cuenta enseguida de que había ocurrido algo. Y él se lo contó. Sin eufemismos, sin ocultarle nada, sin olvidarse de nada.

—Siempre me va a venir al pensamiento.

Paola le cogió las manos.

—Si supieras en cuántos pienso yo —respondió, y le arrancó una carcajada.

Se miraron a los ojos. Ella lo veía a él y él a ella. Cada uno contaba con la aprobación del otro.

Esta mujer me ha dado la vida.

Paola debió de pensar algo similar.

Se inclinó y le dio un beso en la boca de la misma forma que besaba a su hijo.

—No tiene sentido pelearse con la vida, mi queridísimo amigo. Lo mejor que podemos hacer es amarla.

Eso fue lo que dijo.

Y Christo pensó que si él era el sello, ella era la carta.